Simon Normand

L'Apocalypse selon Marc

Tome 2. 100 Damnés

Éditions Dédicaces

L'APOCALYPSE SELON MARC : TOME 2. 100 DAMNÉS
par SIMON NORMAND

ÉDITIONS DÉDICACES LLC

www.dedicaces.ca | www.dedicaces.info
Courriel : info@dedicaces.ca

Simon Normand

L'Apocalypse selon Marc

Tome 2. 100 Damnés

À Robi et au Sasquatch
Vous étiez là au tout début.

Chapitre 1
L'homme qui rit

Quelques années plus tôt
10 h 03
Las Vegas, Nevada

Ce qui est remarquable avec le silence, c'est que le premier bruit qui suit devient immédiatement l'instigateur de quelque chose de nouveau. Dans ce cas-ci, le silence laissait place à un élément qui semblait avoir délaissé la pièce : la vie.

C'était effectivement un bruit très infime – pour ne pas dire quasi inexistant – qui surgit dans la chambre. Le cillement de l'homme sur le lit parvint néanmoins à briser ce silence et à redonner vie à cette salle si morte que même les plantes n'arrivaient pas à y vivre et où l'éclat de la peinture s'était terni, dépourvu de toute beauté; fané.

Le souffle qui quitta ses poumons réussit à faire changer la cadence du moniteur cardiaque qui, jusqu'à maintenant, avait gardé un rythme plus ou moins stable. En à peine deux secondes, cette régularité fut remplacée par quelque chose d'autre : l'irrégularité, l'instabilité et la panique. Et c'est sur quoi Colin Drake ouvrit les yeux.

Sur une panique sans nom propagée sur toute la surface de son corps par cette simple et dernière image qu'il avait vue avant qu'il ne sombre dans le coma.

La pièce se remplit du cri de douleur qu'il aurait dû lâcher 6 ans plus tôt, avant de lentement se transformer en un rire aigre et étrange; comme si la fumée du feu qui l'avait ravagée était encore dans sa gorge et enrouait toujours sa voix. Puis, peu à peu, le rire devint un sanglot.

Et, avant que ses sanglots ne se changent en rage, un couple d'infirmiers entra pour le maîtriser et lui injecter une forte dose de barbiturique.

***

— Vous souvenez-vous de votre nom?

Son œil se tourna vers la figure patibulaire du docteur avant de retourner à la fenêtre qui donnait côté jardin. Sur une branche, un oiseau rouge volait au-dessus d'une pousse d'ancolie. Le flash des flammes déchira sa vision. L'odeur des cendres pénétra ses narines. Puis, plus loin encore, la pensée du jardin et de ses parfums vint hanter son esprit. Sa mâchoire se crispa de peine, provoquant ce son croustillant, rappelant presque le bruit d'un bacon trop sec qu'on brise en deux. On avait eu beau lui répéter que le travail des chirurgiens avait été exemplaire, ils (les médecins) n'avaient pas réussi à le convaincre d'un iota. Cette peau calcinée qui faisait office de visage n'avait en fait été que recouverte d'un odieux masque de plastique qui s'étendait de son cou à son front en délaissant le contour de ses yeux et de sa bouche. Lui, il n'y voyait que sa chair brûlée, son visage défiguré et son nez. Et puis il y avait ce sourire qu'ils avaient laissé tel quel; déchiré, découpé par la lame d'un couteau, il y a six ans de cela…

Colin avait le goût de l'enlever. De percer son masque pour être lui-même une bonne fois pour toutes. Si sa femme lui avait bien appris quelque chose, c'était bien que la beauté se trouvait à l'intérieur et non à l'extérieur. Cette leçon elle la lui avait enseignée du bout des doigts, doucement, en effleurant son cœur et son âme.

Cette beauté méritait d'être avec elle.

— Alors? Votre nom? répéta la voix qui se voulait infantilisante.

Pour toute réponse, Colin ouvrit la bouche. Elle s'ouvrit. Encore. Et encore. Et encore. Beaucoup trop. Laissant apparaître la langue, longue et noire, les dents jaunes, les lèvres calcinées, les gencives brûlées. Dans ses joues, les tendons s'étiraient avec ce bruit élastique qu'on tire et tire, encore jusqu'à ce que, une fois trop tendus, ils produisent ce bruit. C'était une vue terrible, horrible et le psychiatre ne put retenir ce faciès de dégoût.

Il se leva pour ne plus devoir faire face à cette horreur qui refermait peu à peu sa grande gueule et, rendu sur le seuil de la porte, il se retourna. « Puisque vous ne voulez pas coopérer, nous allons vous apprendre les manières. » Sur ce, il fit signe aux deux infirmiers dans le corridor. « Ça sera sûrement long et pénible pour tous les deux, mais j'espère de tout cœur que ce sera plus pénible pour vous que pour moi. Emmenez-le. »

Les infirmiers l'agrippèrent et l'écrasèrent contre une civière.

Peut-être qu'il souriait; peut-être pas. Mais, son rictus démesuré s'affichait alors qu'on l'emmenait à sa chambre. D'où il était, le Docteur pouvait entendre un gloussement moqueur résonner contre les parois des corridors. C'était comme si ce patient se jouait de lui.

Et il détestait ce rire.

**

Il devait être trois heures du matin quand le téléphone sonna et le réveilla. Une brève conversation suivit, lui expliquant la situation, et c'est avec un empressement hors du commun qu'il s'habilla devant les yeux ébahis de sa femme. Tout ce cirque ne la tracassa pas bien longtemps. Après tout, ce n'était pas la première fois que son mari sortait du lit pour travailler et elle se rendormit facilement, même malgré la consternation qui habitait le visage de son homme. Elle s'endormit sans savoir que c'était la dernière fois qu'elle le voyait.

En 40 minutes, il traversa toute la ville et arriva à l'hôpital. À cette heure, la plupart des corridors étaient vides mis à part pour quelques agents de sécurité qui allaient et venaient au gré de leur ronde. Quand il fit face à la cellule dont il avait été question, il se figea.

L'intérieur blanc était tapissé de longues comètes rouges.

Seigneur.

D'un pas plus nerveux, le docteur se rendit à l'étage. Le corps était gardé dans un sac en plastique noir et épais; fort probablement pour éviter les mauvaises odeurs de sortir. Il l'ouvrit, non pas par intérêt personnel ou pour simplement voir laquelle des infirmières avait été massacrée, mais bien pour essayer d'établir un lien avec le patient dans une éventuelle entrevue. *Blonde, grande, cheveux bouclés, teint pâle, nez fin, seins lacérés par des ongles, visage déchiré par des coups de rasoirs, un œil barré d'un « x », l'autre crevé par la lame de rasoir laissée dans la cavité, langue arrachée, visiblement à coups de mâchoire.*

Il s'empara d'une poubelle qui traînait et ne put s'empêcher de recracher son ris de veau de la veille. *Jésus, Marie, Joseph.*

Sa descente vers les sous-sols fut lente, sans cesse hantée par cette image du corps. Ses jambes qui flanchaient à chaque marche n'aidaient en rien. Cette aile était réservée aux dangereux et, après les évènements de cette nuit, elle habitait peut-être bien un des pires qu'elle n'ait jamais détenu.

Un policier se tenait devant la porte. Quand il le vit arrivé, il lui fit un bref signe de la tête.

— Il a parlé?

— Pas un mot.

— Merci.

— Dites, vous permettez que j'aille me chercher un café?

— Oui, oui, allez-y.

— Merci. Oh et docteur!

— Oui?

— Faites attention… Celui-là est un vrai malade.

Sur ce, il entra dans la cellule. Il était là, couché de tout son long sur une longue table blanche, lié à elle par des sangles de cuir. Il regardait par l'unique fenêtre dans le haut de la pièce, son rictus maniaque figé comme à son habitude sur son visage plastique cette fois recouvert de sang.

— Le meurtre n'est pas toléré ici. Je suppose que vous vous en doutiez? Dès demain vous serez remis aux autorités et vous quitterez cet endroit pour un espace mieux adaptés aux « gens » comme vous.

— C'est la pleine lune ce soir. Sa voix était sèche, aigre. L'absence de consonne dure n'empêchait nullement l'altération qui rappelait au docteur le son de rails qui s'entrechoquent à l'approche d'un train. C'était comme s'il y avait une vibration sur chaque syllabe prononcée, une dissonance.

Il leva les yeux et remarqua l'éclat lunaire.

— Effectivement. Mais m'avez-vous bien compris? Vous serez transporté à…

— Ooooh non… sa voix était lente et calme. « Demain je serai libre et vous, vous ne serez plus qu'un corps sans tête. »

La remarque lui provoqua ce long frisson dans le dos, comme si la mort elle-même se jouait de lui.

— Je vois mal comment cela pourrait arriver. Sa voix, contrairement à la sienne, tressaillait de peur.

— Et bien, voyez-vous, lorsque l'infirmière – je me rappelle plus de son nom et je présume que c'est sans importance – est venue pour le rasage hebdomadaire et bien ce n'est pas un rasoir que je lui ai volé…

— Pourtant c'est avec ça que vous l'avez…

— Je lui en ai pris deux.

Le visage du docteur pâlit. Il fit volte-face pour vérifier si l'agent de police était revenu. Personne. Il se retourna, mais tout ce qu'il aperçut fut une sangle en cuir déchirée avant que quelque chose n'aille s'introduire dans son palet avec force. Un rire – *son* rire – résonna dans toute la pièce avant qu'il ne sente quelque chose couler au creux de sa gorge.

***

« Le Montevista Hospital est littéralement tombé sous les flammes hier, vers 4 h 40 du matin, alors qu'une explosion d'origine criminelle a complètement dévasté tous les sous-sols avant de s'en prendre aux étages supérieurs. Fait surprenant : aucun des patients ou membres du personnel à l'intérieur n'a réussi à s'échapper. Le personnel et les patients semblaient avoir été tués avant que l'incendie ne soit déclaré ce qui fait supposer à l'équipe de police responsable que nous avons affaire à une crémation, mesdames et messieurs. Oui, vous m'avez bien compris, une crémation. L'identité du criminel demeure toujours inconnue, mais la police de Las Vegas a confirmé y avoir mis leurs meilleurs agents. C'était, dans les studios, Katie Crowther pour *Channel 13.* »

— Putain qu'on vit dans un monde de malade. poussa Aaron avant d'écraser son nez contre la table basse. Il renifla bruyamment, inspirant la longue traînée blanche quand son patron entra, habillé d'un complet italien sur mesure.

— Qu'est-ce que tu fais, merde!? Les jeunes pourraient te voir. Fous le camp à l'avant pour accueillir les parents. Et cache-moi cette saloperie de *coke.* Si quelqu'un venait à te voir avec ça…

— Désolé, monsieur. Il déguerpit tout en s'essuyant d'un revers de la manche. Il regarda son patron visiblement furieux. Quand il devenait de la même couleur que la tache de vin lui barrant la moitié droite du visage, c'était signe qu'il devrait s'en aller au plus vite.

— Dis-moi te que les affaires avec nos amis bureaucrates du Nord vont beaucoup mieux que mes clubs et nos connards de proxénètes? demanda Thorn à Billy Dee, son second, qui s'était tenu muet à ses côtés.

— La construction va bon train. Selon ce que j'ai entendu, ils ont trouvé une vieille cabane en bois et ils ont mis leurs installations là-bas. Les paies rentrent. Je présume que c'est l'essentiel. Son ton resta en suspens comme s'il retenait quelque chose.

— Mais?

Il sourit. « Mais mes soucis ne sont pas importants. Concentrez-vous sur la Bat-Mitzvah de votre fille. » Les deux hommes s'échangèrent une joviale poignée de main avant que Thorn ne se lève de son bureau.

— Justement, vers quelle heure est-ce que ce satané clown doit arriver?

— D'une minute à l'autre. D'ailleurs, si je peux me permettre, pourquoi un clown pour une Bat-Mitzvah?

— C'était le choix de Duela. Elle adore ce genre de pitreries. Qu'est-ce que tu veux que j'y fasse?

Le talkie-walkie à la ceinture de Billy Dee grinça et annonça la présence du clown aux grilles de la résidence.

— Bon! Que la fête commence. dit Thorn.

***

Le soleil était à son zénith dans le ciel. Et c'est la figure barbouillée d'un maquillage de clown qu'il sortit de la camionnette et se dirigea vers la valise. À l'intérieur, il prit tout ce dont il aurait besoin pour faire le spectacle le plus mémorable possible; un spectacle qui mettra un sourire comme le sien sur leur visage. Il referma en prenant bien soin de pousser dans un coin le corps froid.

Devant lui, un somptueux manoir contemporain d'au moins 15,000 pieds carrés. Ensemble, la maison et le terrain devaient valoir dans les alentours des 10 millions. Le retour aux anciennes habitudes le réjouissait. Il avait l'impression de se retrouver, de retrouver l'ancien Colin. Il regarda son bon vieux briquet qu'il replaça dans ses poches.

— C'est toi le clown?

— Non. Moi, je suis hygiéniste dentaire. Je m'habille comme ça seulement pour faire encore plus peur aux enfants! C'était Aaron. Colin s'amusa à le dévisager, content de constater qu'il ne le reconnaissait pas. Les 6 années avaient eu tort de lui. Des cheveux gris commençaient à se dessiner au travers son toupet toujours prisonnier de cette affreuse mode rockabilly. Un flash déchira Colin, celui d'une lame s'enfonçant dans le creux de sa bouche. Le sang giclant.

— Allez, viens. On va entrer par en arrière. Les gosses doivent pas te voir.

— Ils sont beaucoup?

— Une vingtaine. Peut-être un peu plus. Je t'avertis, si tu ne conviens pas, on te sort, *presto!*

— Oh, vous en faites pas pour moi. Ça ne sera pas la première fois où je suis dans une situation… délicate. Sans qu'il s'en empêche, sa langue lécha le contour de ses joues maculées de rouge. Il sentait encore la douleur de ses cicatrices et la simple présence d'Aaron lui provoquait cette sensation; ce titillement.

Ils passèrent par une porte sur le côté. D'où il était, Colin put aisément lire le code pour l'alarme. *123456. Il faut vraiment faire ça facile pour un abruti comme lui!* Le garage était grand et rempli de voiture de tout genre. Une Camaro, un Humvee, plusieurs sea-doos dans un coin, une Mercedes-Benz.

En s'avançant entre les bolides, il prit bien soin de laisser son ongle faire une marque contre la peinture.

— Restez là. On va venir vous chercher dans quelques minutes.

Colin permit à son large sourire de répondre à sa place. Aaron avait l'air mal à l'aise, comme s'il commençait à saisir que ce clown était plus qu'une mauvaise blague.

Il quitta Colin pendant un instant. Des outils traînaient sur un mur. Le kit complet du bricoleur du dimanche; marteau, tournevis, pinces, etc., etc. Il passa une longue minute à les regarder. Il semblait avoir un attrait particulier envers les cisailles à haies.

Puis quelque chose attira son attention, une boîte à fusibles dans le fond de la pièce. Il l'ouvrit et y laissa contre les disjoncteurs un des paquets pris dans la camionnette. Il régla la minuterie sur 45 minutes. Comme si de rien n'était, il se mit à siffler en faisant de grandes lignes sur la portière de la Mercedes avec une paire de ciseaux.

Après quelques minutes, Aaron revint. Sans un mot, il l'entraîna avec lui dans les couloirs de la maison au plancher de marbres et aux murs recouverts de copies de Van Gogh et de Cézanne. Colin s'amusait à répéter à chaque pas un *tic-tac* se voulant angoissant ou sinon il fredonnait le thème de *Jaws*.

Le corridor déboucha sur un flot de lumière et de cris ludiques. Des filles, pour la plupart, couraient tout partout dans le salon essayant vainement de déclencher une moindre réaction chez leur parent dans l'espoir qu'ils leur donnent une infime bribe d'attention.

Dès qu'elles virent le clown, elles redoublèrent d'excitation, sautant à pieds joints aux côtés de leur mère affalée comme des zombies sur leur BlackBerry. Sous tout ce bruit, plusieurs d'entre elles quittèrent vers la terrasse, préférant les chiffres d'affaires à la joie inscrite dans le visage de leur enfant. *Cette joie sur leur beau sourire...*

Colin s'installa. L'attroupement de mini-princesses vint automatiquement s'asseoir dans leur robe d'innocence face à lui. Elles lui souriaient toutes de leurs belles dents blanches. Les mamans restantes formaient la dernière ligne. À l'arrière, entourant un sompteux trône placé pour l'occasion, Aaron et Billy Dee le dévisageaient, protégeant Thorn qui accueillait un étrange hôte sur ses genoux.

Pendant 30 minutes, il fit le fanfaron devant la foule qui s'exclamait à chacune de ses pitreries. Il commença avec un tour de magie simple qu'il avait appris jeune; celui de faire disparaître un objet de petite taille. Pour le numéro, il faisait disparaître une pierre qui ressemblait à un saphir de la grosseur d'une balle de golf. Après tout, c'était de circonstance. Elle réapparut par après dans sa paume, multipliée pour le bonheur des enfants et la stupéfaction des plus vieux.

— Pour conclure, je vais avoir besoin d'un ou d'une partenaire!

Toutes les mains se levèrent dans les airs et les yeux s'agrandirent. Les têtes se hérissaient comme s'ils se disaient que ça les aiderait à être choisis. Pourtant, ils avaient la gorge tellement tendue qu'ils ressemblaient plus à des monstres à cou de girafe. *Et les monstres, c'est laid! Les gens n'aiment pas les monstres!*

— Toi!

Son doigt ganté s'étira pour former un revolver. La balle invisible parcourra la pièce et atteignit de plein fouet celle désignée sous le regard ébahi des jeunes. Elle quitta son trône et s'avança jusqu'au centre du salon. Elle rappelait une version humaine de *Jabba le Hutt* dans *Le Retour du Jedi*. Un visage si gras qu'il donnait l'impression qu'elle n'avait pas de cou. Le tout était recouvert d'une touffe de cheveux brune qui dissimulait des boucles d'oreille si immenses qu'un chien saucisse pourrait sûrement y sauter.

— Quel est ton nom, ma chérie?
— Duela.
— Écoute-moi bien Duela. Pour ce tour, je vais devoir te rendre aveugle. Colin ne put retenir sa brusque explosion de rires.

Devant lui, Thorn le fixait avec attention. Colin sortit un long foulard rouge de sa manche et le plaça sur les yeux de la fillette. « Tu vas voir, c'est comme porter une cagoule. Tu ne pourras pas voir où je t'emmène. »

Les sourcils d'Aaron se plissèrent. Comme si cet imbécile commençait à pouvoir faire ENFIN des liens.

— Puis-je te poser une question? Ses yeux ne pouvaient plus désormais se détourner de Thorn, qui le regardait, légèrement méfiant. « Est-ce que ton papa t'aime beaucoup? »

— Oh oui. Beaucoup, beaucoup, beaucoup. N'est-ce pas papa?

— Le gras bonhomme répondit d'un « Han-han » mal à l'aise.

— Il doit donc aussi te dire que tu es belle, non? Est-ce qu'il t'a déjà demandé de danser dans un de ses clubs?

Il y eut un silence inconfortable. Les mères arrêtèrent de fixer leur cellulaire pour désormais porter attention à ce qui se passait. Mais elles se figèrent de peur en voyant que Billy Dee et Aaron avaient dégainé leur arme.

— WOW! Sérieusement mon gars, bravo… T'infiltrer ici chez… Chapeau! Chapeau bas. Les regards alternaient entre Thorn et Colin, chacun impassible, se dévisageant mutuellement. « Maintenant laisse ma fille s'en aller ou sinon… »

— Elle va y goûter? fini Colin. Son rire conclut sa phrase. Toute cette scène paraissait surréelle. On revenait 6 ans en arrière, mais les rôles étaient inversés. Colin fit apparaître un couteau de sa manche qu'il laissa glisser contre la joue de Duela. Son rire devint de plus en plus prononcé, jusqu'à être un ricanement dément.

— Salopard…

Celle-là est pour toi, Déa.

D'un coup sec, il laissa passer la lame dans les joues de Duela. *5.* Le rugissement de Thorn vibra dans toute la pièce. *4.* D'un autre, Colin lui lacéra les yeux. *3.* Les enfants hurlaient la perte de leur naïve innocence. *2.* Des balles commencèrent à fuser au même moment que les cris. *1.* Mais toute cette hystérie était ensevelie sous le rire de Colin.

0.

BOUM!

***

Le salon était plongé dans les flammes. Les flammes et le sang. Le corps de Duela avait été le premier à tomber et avait ensuite suivi celui des jeunes les plus près. Des sourires avaient été taillés sur leur visage. Une forme s'approcha dans le noir. Colin n'eut qu'à lever sa lame et étendre le bras pour accueillir la gorge. Une bonniche.

Des coups de feu résonnèrent. Un « Oh merde! » singulier retentit par après. *Thorn*. Il venait sans doute d'abattre un gosse.

Colin rit.

La situation le faisait rire.

Tout le faisait rire.

C'était comme si le seigneur lui accordait enfin son *Mea Culpa* lui permettant de remettre la monnaie de sa pièce à celui qui l'avait transformé ainsi.

Colin marcha tranquillement vers le lieu des détonations. À mi-route, il vit le cadavre de Billy Dee. Sa figure était boursouflée par la chaleur du brasier qui enveloppait désormais toute la maison. Aaron était disparu, mais Colin le retrouverait.

— ALLEZ! VIENS. ESPÈCE DE SAC DE MERDE, QU'ON RÈGLE ÇA UNE BONNE FOIS POUR TOUTES!

Colin sourit. *Avec plaisir.*

***

Il venait d'envoyer un coup de 12 mm en plein dans le crâne du fils de sa nièce. Elle avait 6 ans et sa tête explosa comme un chou-fleur sur une armoire de la cuisine. Les flammes dansaient sur les murs. Et son rire résonnait dans toutes les pièces.

Thorn, bien qu'il ne veuille pas se l'avouer, avait peur à en chier dans son pantalon.

— ALLEZ! VIENS. ESPÈCE DE SAC DE MERDE, QU'ON RÈGLE ÇA UNE BONNE FOIS POUR TOUTES!

Des crépitements, le son du verre se craquelant sous ses Versace. Thorn tira plusieurs fois dans la direction du couloir. Un tremblement à l'étage. Le bruit du piano qui s'écrase au sol, les notes s'échouant ensemble provoquant cet accord dissonant.

— OÙ EST-CE QUE TU ES?

Thorn se figea. Il sentit d'abord son souffle contre son cou. Ce fut seulement après que sa voix âpre lui murmura ce « Ici. » au creux de l'oreille. Il éclata de rire quand Thorn se retourna. D'un geste brusque, Colin lui lança quelque chose en plein ventre qu'il attrapa tout juste.

C'était lourd. Glissant. Tout rouge. Gluant. Thorn le leva à la hauteur de ses yeux. C'était un corps. Gras et couvert de sang. La tête avait les orbites découpées et la bouche largement agrandie.

— SALOPARD!

Il laissa tomber le cadavre de sa fille au même moment où Colin lui donnait un coup de pied au diaphragme. Le choc le fit reculer sur la cuisinette. Une série de coups le frappa. Colin n'était pas particulièrement fort. Il réussissait seulement à l'empêcher d'attaquer. Il plongea néanmoins sa main derrière Thorn et arracha quelque chose qu'il entoura solidement à sa gorge. Un jet chaud lui aspergea la moitié du visage. Colin serra le tube en plastique sur Thorn, l'étouffant.

Puis il s'arrêta. Il le contempla finement ficelé comme un rôti sur le comptoir. Thorn était rouge. Des deux côtés.

Il regarda, impuissant, Colin se pencher sur le corps de sa fille et lui planter un couteau en plein cœur. Il s'approcha. Il venait de perdre son sourire. Il avait retrouvé un semblant de sérieux. Il s'approcha et, quand il ne resta plus qu'une dizaine de centimètres entre eux deux, il lui demanda : « Et puis? Comment on se sent de voir ce que l'on aime le plus disparaître devant ses yeux? »

Sur ce, Thorn lui répondit d'un violent coup de tête. Il tira sur le tuyau barrant son cou et plaqua solidement Colin. Ses années de *linebacker* remontaient au lycée, mais il ne paraissait avoir rien perdu de son mordant. Écrasé au sol, il le prit à la gorge.

Il serra. Étrangement, le revirement de situation lui redonna son rictus démesuré.

— Tu sais… Tu sais ce que t'as sur le visage, gros malin?

Thorn resta silencieux alors que ses doigts se resserraient. Son sourire s'agrandissait en une moue moqueuse.

« T'as pas l'air de comprendre…

— De quoi tu parles?

Colin étendit son bras et sortit un petit carré brillant.

— Je crois que tu es recouvert de gaz, non? HA, HA, HA!

Il tourna la roulette du briquet. Une violente explosion retentit au moment où Thorn lâcha son premier cri.

Le feu lécha sa peau. Les mots pour exprimer sa douleur n'étant pas encore inventés, il dut se contenter de ses hurlements pour faire transparaître sa souffrance. Il se roula par terre pour taire les flammes, mais rien ne semblait fonctionner. Chaque fois qu'il parvenait à les attendrir, la maison se rebellait contre son propriétaire et elle envoyait un nouveau brasier lui mordre le visage.

Colin se releva. De son œil non boursouflé par les cloques, Thorn le voyait lui faire face. Les flammes dansaient autour de lui sans jamais l'atteindre.

Il sortit un couteau de sa poche et il alla le laisser glisser contre son oreille.

Son sourire avait disparu.

— Tu sais quoi? Ma femme – celle que tu as tuée – elle avait un don! Celui de trouver la beauté chez les autres! Mais, toi... t'es laid... t'es un monstre! Et ce que tu as engendré... il se pointa, c'est un monstre cent fois pire! Ma femme, avant de mourir... elle savait ce qui se passerait, elle l'avait devinée. Je suis un monstre... »

Sur ce, Colin fit pénétrer la lame dans sa tempe. « Pourquoi le cacher? » Lentement, sans cesser de fixer Thorn, il riait. À chaque centimètre que le stylet faisait dans sa peau, il riait de plus en plus fort. Il traça tout le tour de sa tête. Finalement, quand il eut fini, son visage plastique tomba au sol. Thorn n'osa même pas regarder. Il hurla tout simplement.

Colin en fut surpris. Malgré toute sa force et sa fortune, cet homme n'était rien de moins qu'un homme. Il avait ses peurs. C'était une personne normale au fond. Qu'un tas de chair et d'os, pas plus puissant que n'importe qui d'autre. Colin le dévisagea avec dégoût. Avec un rire moqueur, il lui écrasa son pied sur l'arrière du crâne.

Thorn était mort. Sa vengeance était complète.

Il observa sa main, la pierre verte incrustée dans sa paume, celle qu'il avait gardée soigneusement quand le feu l'avait ravagée, celle qui faisait maintenant partie de lui.

Il est temps de retourner à la maison...

Chapitre 2
Trois nuits

```
Jour 4
Quelque part dans les égouts
Heure inconnue
```

Trois jours depuis son échec. Trois jours! Trois putains de jours à être dégoûté de soi, à s'empoisonner l'esprit avec des idées folles, à ne pas dormir, trop dérangé par des pensées malsaines, à sans cesse s'imaginer des perversités tout aussi effroyables que la dernière. Pour seul repas, il devait manger les rats qu'il saisissait dans l'urgence de vivre. Lorsqu'il avait soif, il était obligé de se désaltérer avec l'eau par terre, brune et pâteuse. À chaque lapée, ce qu'il avalait devenait une boule informe et épaisse.

Le soir, quand il entendait les siens dans ce tintamarre digne d'une fanfare militaire; ô comme il désirait qu'ils en attrapent un et qu'ils lui donnent le châtiment qu'il lui aurait infligé pour faire pardonner sa peine. *Il rêvait...* Dans les méandres de son délire, il dessinait des plans. *Il se voyait qui les attaquait... Savourant chaque moment...* Les quatre murs qui l'entouraient s'étaient transformés, en soixante-douze heures, en un immense plan de bataille. *Il sentait le sang qui lui coulait dans la gorge...* Leurs cris résonnaient déjà dans son tympan comme un acouphène réconfortant.

Il fut soudain terrifié par ce bruit de pas allant et venant. *Viennent-ils pour moi?* Il commença à ramper vers la porte. Avec l'espoir de l'homme aux abois, il dévisagea le mince rai de lumière à la recherche de pieds s'attardant devant sa porte. Que ce jet blanc qui faisait briller les fleurs de poussières volant au vent. *On doit être le matin...* se dit-il.

Il s'avança vers le centre de sa prison. Tout autour de lui, ses plans ornaient les murs. Combien d'heures pouvait-il rester là, à les contempler muettement, chuchotant parfois une série de syllabes incompréhensibles? Lorsqu'il essayait de dormir, les murs bougeaient, le sol tremblait et ses plans semblaient prendre vie devant lui. Souvent, il reniflait un pain de viande au four; souvenir d'une ancienne vie. Un visage lancinant, l'odeur du métal chauffé au rouge et des pleurs. Beaucoup de pleurs. Et beaucoup de rage. Et une pluie de neige sur cette route dans la nuit où ses mains sont recouvertes de sang… *Je ne veux pas – je ne dois pas… je ne dois pas – devenir comme Colin!* Ou sinon la ligne verte d'un moniteur cardiaque s'arrêtant...

Pourtant la folie était là, juste en face.

Mais il devait y renoncer. Il se le devait s'il désirait accomplir le Plan. Se venger de ce qu'ils lui avaient fait. *Ensuite, Colin...* En trois jours, son idée était presque à point. Il s'était entraîné. Il était presque prêt. Il regarda les dessins. Les attaques seraient plus impitoyables et plus fréquentes. Plus aucun prisonnier; plus aucun captif; plus aucune offrande au grand chef. Que des morts.

Et un foutu paquet!

Les plus faibles d'abord. Après on va monter! pensa-t-il. Je vais tous les tuer! Tous! Un par un s'il le faut!

Finalement, avec un lourd grincement rappelant celui de boulons vieux de 100 ans, la porte s'ouvrit. Un halo enveloppa l'entrée qui resplendissait d'un éclat ténu. Après un moment, une masse informe fut lancée à l'intérieur.

C'était sale et triste. Ça pleurnichait. D'un coup de patte, il retourna cette chose flasque et froide sur le dos. Une expression de peur et d'affolement était affichée sur ce visage recouvert de larmes. Un jeune garçon noir d'une dizaine d'années.

Il prit une grande inspiration avant de plonger. Sa faim dictait chacun de ses mouvements. Sa raison ne répondait plus de ses actes. Il était devenu esclave de son envie; de son besoin de tuer.

Il commença par arracher un bras. Des muscles suivirent accompagnés par des tendons qui avaient été plus durs à rompre. Ses plans furent éclaboussés d'hémoglobines jusqu'à en disparaître. La chair tentait tant bien que mal de résister aux attaques, elle avait beau s'accrocher autant qu'elle voulait, elle finissait toujours par céder. Le sol n'était plus qu'une marre de sang qui engloutissait peu à peu le corps dans la boue. À chaque fois, ses doigts traçaient leur chemin dans la peau avec l'aisance du couteau dans du beurre. Il n'entendait pas les cris du gamin. Ce goût dans sa bouche lui montait au cerveau comme une ivresse extatique à chaque coup de dents. Par la suite, il s'en prit à l'autre bras. Il lacéra les jambes, dévorant les cuisses comme s'ils avaient été de vulgaires ailes de poulet. Il broya le ventre pour aller se régaler de l'intérieur qu'il termina en un rien de temps. Il avala férocement, morceau par morceau, les boyaux de cette larve putride, aspirant le tout comme s'ils avaient été une quelconque pâte italienne qu'on tire entre nos lèvres.

Le corps ne ressemblait désormais plus à rien d'humain.

Il se releva et s'avança vers la lumière. De l'autre côté de la porte, la figure du grand Chef se découpa. Et, plutôt que de l'accueillir, il demeura immobile, à le dévisager. *Pourquoi est-ce que tu ne bouges pas? POURQUOI?* Les poings fermés, serrés, il s'apprêtait à lui sauter dessus. Mais il s'arrêta. Le patron de son âme lui fit signe de le rejoindre. Par ce simple geste, il se raidit, terrifié. Le lourd regard de son maître était l'unique témoin que sa rage avait été mise à jour avant même d'avoir été exprimée.

Lentement, il s'avança sans toutefois compléter le mouvement. Quelque chose le retenait ici. *Est-ce le sang? Cette prison?* Il tourna la tête. *Non.* C'était les remords, sa honte, sa propre douleur qui avait habité ces lieux qui l'empêchaient de partir. Son devoir par contre le lui commandait. Il observa ses dessins – désormais plus ou moins lisibles – sur les murs. Il reconnaissait la carte de la ville, tous les angles d'attaques et toutes les possibilités inimaginables. Il regarda son chef qui, en ayant à peine lorgné la pièce, paraissait avoir compris chaque plan dans leur intégralité comme s'il les avait conçus. Il fit un autre pas vers son maître, écrasant la main du jeune garçon ouverte vers le ciel qui sollicitait une quelconque aide sans avoir de réponse.

Dieu ne vient plus en aide aux damnés depuis longtemps.

Sur le seuil, il attendit un moment avant de franchir le cap entre les couloirs des égouts et sa prison. Il hésitait. Un dernier coup d'œil derrière, vers sa demeure de déshonneur et d'opprobre.

Quelque chose en lui ne voulait pas qu'il parte.

Étrangement, il se dit que s'il sortait, il laisserait quelque chose derrière, une part de de qui il était. Il fit le premier pas qui le ramenait dans le monde réel. Étrangement, le sol semblait plus dur de ce côté-ci; plus matériel, plus vrai. Son supérieur le regarda et, de son doigt rugueux, laissa son index glisser le long de la cicatrice qui ornait son œil.

Il enleva sa main et le cogna au ventre. Son poing s'enfonça dans son diaphragme avec la violence de la guerre. *L'échec n'est pas accepté... Je le sais...* Une dernière leçon; indéfectible et inévitable. Il aurait préféré qu'on la lui scarifie sur tout le corps en minuscules caractères plutôt que d'avoir à l'apprendre à nouveau de son maître.

Le chef lui expliqua qu'il avait pris les mesures nécessaires pour qu'il retrouve son poste. Mais il devait le mériter. Il continua en lui annonçant qu'une attaque serait lancée sous peu. L'exaltation était à son comble. Cette fois chez les deux.

Quand il lui dit que ce serait lui qui mènerait la charge, il s'inclina, ravi. Aucune nouvelle n'aurait pu être meilleure. En lui, une toute nouvelle excitation faisait palpiter ses papilles. C'était comme de retrouver une raison de vivre.

Il se retourna vers le garçon noir laissé au sol. La tête était là, fixant le vide. Il s'approcha et, d'un bond, sauta dessus. D'un coup de dents, il déchira et détruit ce visage et y finit ce qu'il avait commencé.

En moins de dix secondes, il ne resta plus qu'un squelette couvert de morceaux de graisses et de muscles indigestes qu'il se refusait de manger par pudeur.

Dès qu'il en eut terminé, il s'agenouilla devant son maître. Il le regardait de son air impérieux, presque hautain. Il était venu pour lui l'heure de la chasse…

Et il chassait maintenant sa vengeance.

***

Tu es au beau milieu de nulle part. Enfermé. Prisonnier.

L'horizon se dessine devant toi. Nette. Rectiligne. Auréolée d'un soleil levant.

Et au loin tu vois un corps. Un pendu.

Il n'y a que ses contours, noirs, devant l'astre.

Tu presses ta main contre ton échappatoire. Tu pousses. Une bourrasque pénètre et ballait ton crâne d'une brise d'été. Tu hésites à ouvrir davantage. *La peur.* Celle de permettre aux monstres d'entrer. Malgré ton désir de sortir. Tu veux plus que tout t'enfuir. Mais tu en es incapable. *Parce que si j'ouvre cette porte je pourrais ne jamais revenir.*

Parce que si j'ouvre cette porte je vais mourir.

Mais tu le fais et tu continues, t'enfonces. Le son; le murmure du vent bourdonne. C'est le chuchotement rauque de ces bêtes. Tu te crispes. Tu as peur. Ce murmure se transforme. Il résonne de ton nom, t'appelle.

C'est la mort qui le susurre. Elle te conjure de la rejoindre.

Non. Ce n'est pas la mort. Tu reconnais cette voix. Tu l'as entendue par le passé, il y a longtemps. Familière, oubliée depuis des années. *D'outre-tombe.*

Des promesses. Tout plein de belles promesses. Elle t'en chante au creux de l'oreille. Elle t'invite à venir avec elle. Tout cela te semble inimaginable.

Elle te parle d'une vie après.

C'est suffisant pour te convaincre.

La bête a déposé le pendu dans son caveau. Elle se retourne. Tu sens ses yeux sur toi. Elle s'avance. *Vers moi. Pour moi.*

Mais, toi, tu te figes.

Une nouvelle voix en arrière-plan. Tu fais volte-face. Tu es seul. Le vide blanc derrière toi. Mais elle résonne encore.

Tu ne sais plus où tu es. Tu essayes de revenir sur tes pas. La main sur la hache de guerre prête à frapper, tu t'enfonces vers l'inconnu, au travers du néant et de la poussière. Tu cherches la voix qui t'appelle.

Qu'une lumière rouge au loin, comme un phare brillant. Ou est-ce une flamme? Un brasier ardent?

Cette voix t'es mystérieuse. Pourtant ce qu'elle murmure en toi pourrait te faire exploser de rage. *Désirs. Fantasmes. Violences.*

Puis la voix d'outre-tombe refait surface. Forte, mais réconfortante à la fois. Autoritaire, mais cajoleuse. Triste. *Morte.* Elle te demande de venir avec elle. Elle t'implore presque. Un chagrin infini résonne dans chaque note de sa voix.

L'asphalte sous tes pieds devient le champ de bataille entre les deux voix. Tout ce que tu comprends est leur cri qui te rugit ce mot : « vengeance »!

Tu arrives à destination. Tu ne sais pas où tu es, mais tu es arrivé. Tu le sais. Une maison. Pas la tienne. Ni celle de quelqu'un que tu connais. Une maison qu'on dirait tirée d'un songe… ou d'un cauchemar.

Un bruit!

Au loin. Derrière toi. Sous toi. Partout!

Une sensation.

Ta main se raffermit sur ton arme.

La terre vrombit.

La peur glisse sur les terrains; coule le long des trottoirs. Elle t'atteint.

Et te contamine.

L'effroi.

La peur au goût de sang. Celle qui s'infiltre en toi; se déverse en toi; brûlante comme de la braise. La peur au goût de sang.

Tu remarques une voiture renversée dans la rue. Un homme et son fils regardent le bolide se faire dévorer par les flammes et par la fumée noire. Ils sont couverts de sang. *Ils ont eu un accident.* Le père tient dans ses bras un corps inconscient.

Affolé, tu tentes de t'enfuir.

Mais la peur est en toi.

Ton bras est d'écailles.

Il est le mal.

Tu cries. Tu te retournes.

Et dès que tu te commences à courir, l'ombre au corps bestial est devant toi.

Tu n'as pas le temps de bouger...

Que déjà son poing s'enfonce en toi.

Tu tombes au sol. Tu vois son visage.

Une partie est celle du monstre.

L'autre moitié se fond avec un visage que tu reconnais. Le tien.

Puis il disparaît, il te laisse là. À crever comme un chien.

Mais tu ne meurs pas. Du moins, pas tout de suite.

Tu rampes comme un ver. Jusqu'à ce que *ça* te trouve.

Une silhouette. Une autre, différente. Faites de lumière et flamboyante. Elle te regarde. Elle est là pour toi. Tu en es certain.

Lueur d'espoir; lueur merveilleuse avant de t'éclipser.

L'obscurité de la nuit envahit la scène de ta mort.

Mais ça ne sert à rien. Elle va me sortir de là.

Elle se penche vers toi. Son sourire panse tes blessures. Elle prend ta main noire et la tire.

Tout ce que tu sens, c'est sa chaleur.

Et au loin, comme une berceuse, tu entends le murmure de l'eau qui chante en toi un rêve paisible, tombant lentement du ciel.

Quand elle se relève, son visage s'est transformé. Elle semble avoir mûri d'une trentaine d'années.

En fait, ce n'est plus elle.

C'est devenu ce visage d'outre-tombe.

Elle tient dans le creux de ses paumes ton arme.

Et d'un coup elle te fait tomber dans l'obscurité.

Tu tombes et tu tombes toujours sans jamais t'arrêter.

Et quand tu arrives au sol, tu t'enfonces dans une marre de corps qui, comme toi, a été enlevé par leurs ascendants; tous, corde à leur cou devant l horizon...

***

Son cri étouffé envahit le gymnase. Il ouvrit les yeux sur cette lumière encastrée dans le plafond. Il était en sueur. Tous ses sens étaient à l'affût. L'impression qu'un monstre était là, tout près; si près qu'il pourrait sentir son souffle; était omniprésente dans son esprit.

Mais il y avait aussi autre chose. L'image de Christopher, vivide, gisant par terre. Il fouilla du regard la pièce. Pourtant, non; rien; absolument rien.

Il se massa les tempes espérant vaincre ses peurs, mais cette vue sur les siens ne l'aida en aucun point. *On croirait un village du tiers-monde.* C'était la pauvreté et la misère qui s'offraient devant lui, mais la ténacité et la persévérance également. L'étrange mélange de la désolation et des douces consolations; de l'optimisme et du pessimisme contraignant.

Tout le monde avait dû s'impliquer pour passer au travers des derniers jours. Un sentiment d'unicité les reliait désormais. Ils avaient été obligés de s'organiser; de s'unir. Pour dormir confortablement (bien que « confortablement » soit un mot fort exagéré ici), ils avaient été forcés de recouvrir le gymnase avec les matelas de gymnastique. Les filets de volleyball s'étaient transformés en grands hamacs dans lesquels les élèves tentaient de regagner Morphée.

Ces trois dernières nuits avaient été plutôt dures. Parce qu'il était incapable de trouver le sommeil, chaque nuit le rendait quelque peu hystérique. Lors des courts moments où il arrivait à fermer les yeux, il revoyait sans cesse toutes ces images. Il y avait quelque chose dans la compagnie des autres qui le terrifiait. Il fit donc ce qu'il avait fait pendant ces trois dernières nuits : il se leva et partit.

Il remarqua cette jeune fille dont les cheveux couleur de braise avaient pris un teint caramel. À une vingtaine de mètres de lui, elle était là et elle dormait, paisible, dans les bras de Chuck. Même ainsi, elle réussissait à garder cette beauté énigmatique.

Mais il ne supportait plus de regarder Ember. Le souvenir du matin où il s'était réveillé en sursaut et qu'il avait inconsciemment pointé son arme directement vers elle le hantait toujours. *Le doigt sur la gâchette; prêt à faire feu; prêt à... Merde...*

Ça avait laissé en lui cette cicatrice qui ne guérirait fort probablement jamais; une question à ce jour sans réponse. *Est-ce que, dans ma peur, je pourrais lui faire du mal?*

Cette idée le torturait sans arrêt. Elle l'écrasait, créait sans cesse le doute et le glaçait de sa présence. Chaque coup d'œil qu'ils s'offraient devenait l'image de son cadavre.

Mieux vaut ne pas y penser.

Et, quand ses yeux parvenaient à s'en détourner, ils allaient s'accrocher à quelque chose qui lui rappelait Christopher. Car, peu importe où il regardait, tout, tout dans cette damnée école, lui évoquait son absence. Les murs, les paroles d'étudiants qui discutaient dans son dos, la trace brunâtre sur l'asphalte devant l'entrée. Tout n'était que souvenirs de cette nuit.

— Est-ce que je peux te parler deux minutes?

Une fille. Une amie à Ember et Chuck.

— Qu'est-ce qu'il y a?

— Je voulais savoir si tu pouvais…

— Écoute. Ne me demande pas de te protéger. J'en ai déjà assez de devoir protéger tout le monde. Je suis plus qu'écœuré que vous me demandiez ça. Elle baissa la tête, gênée. « Désolé. Je voulais pas être méchant. Écoute, s'il y a une attaque, moi, j'essaye de protéger tout le monde! Alors oui, c'est sûr que je vais essayer, ne t'inquiète pas! »

— C'est pas pour moi… C'est pour ma sœur. Elle pointa une fillette qui dormait en boule par terre, sans matelas ni rien. Marc ne la connaissait pas, mais il l'avait déjà croisé quelques fois. Il savait que, dernièrement, elle avait été attaquée. Elle avait eu un sérieux choc. « Mais merci, ça me rassure quand même. »

Marc détestait ces moments. Il répugnait ces lâches qui le suppliaient sans cesse d'être privilégié. Mais qui était-il pour qu'ils lui demandent cela? À chaque fois, il répondait avec regret, en sachant pertinemment qu'il ne pourrait sûrement pas tous les sauver. Et dernièrement il répondait toujours de manière de plus en plus ingrate. Il disait quand même qu'il ferait son possible pour leur venir en aide, mais il savait… C'était une autre des raisons

24

pour lesquelles il restait éveillé. *Je fais des promesses que je sais je ne vais pas tenir.*

Depuis les derniers jours, la solitude était devenue son meilleur ami. La compagnie des élèves était pénible. Même celle de ses amis. De brusques excès de colères le prenaient. Souvent, quelque chose lui donnait l'envie de tout laisser tomber. *Fuir.* Mais dans la solitude, Marc trouvait une impression de réconfort. Ça lui rappelait ce soir avec Ember, dans les marches ou sur le toit. Quand elle lui avait parlé d'un chalet sur la côte…

Pendant ces moments d'isolement, il songeait à tout ce qui s'était passé et à tout ce qui ne s'était pas passé. Tant de personnes mourraient; tant de sang et pourquoi? *Parce que deux « espèces » différentes n'arrivent pas à partager un territoire?* Ça semblait insensé comme théorie. Il devait y avait quelque chose de caché. Personne ne déclarait la guerre pour un trou plein de sable. *Encore moins pour un trou plein de sable comme Mead's Cliff.*

Il devait y avoir anguille sous roche…

Mais où? Sous nos pieds? Est-ce qu'il y aurait du pétrole? Ici, à Mead's Cliff? Peu probable… Alors quoi?

Mais là, il n'avait tout simplement pas la tête à ça. Il cherchait le calme. Et il savait où le trouver.

Le corridor administratif qui menait à la cafétéria était rempli de débris, de terres, de bandages et d'armes improvisées. On aurait cru un camp de base du Vietnam. Tout avait été emménagé pour qu'ils soient prêts au pire. Chaque jour, des élèves tentaient d'élaborer de nouveaux moyens pour repousser ces choses sinon ils s'efforçaient de dissuader les plus perdus et les plus crétins que la mort n'était pas une solution.

Et à travers tout ça il y a ceux qui se battent pour survivre. Oliver, le cuisinier, avait eu la brillante idée, avant une attaque, de faire bouillir de l'eau. Dès les premiers cris, il s'était précipité vers les deux filles en danger et avait lancé le tout sur la bête. Elle fut brûlée vive. Son cri de douleur rugit dans l'école avec la puissance d'un cor de chasse et résonne encore avec horreur dans l'esprit de plusieurs. Marc s'en souvenait. Il était pas très loin et il avait tout vu. Ce fut par la suite que tous comprirent qu'Oliver était un véritable atout et qu'il serait toujours prêt à venir en aide à celui ou celle qui en avait besoin. Son action avait laissé un message disant que l'on avait tous notre rôle à jouer, peu importe qui on était. De plus, c'était Oliver qui, de son côté, avait établi un système de distribution de la nourriture pour répartir le peu qui restait également. Mais avec les portions qui diminuaient de jour en jour, tout le monde savait qu'ils devaient se préparer au pire. Chaque miette de pain devenait cruciale. La faim était sans cesse sur le seuil des âmes et grandissait lentement mais sûrement.

Entre deux malheurs, les élèves avaient commencé à discuter de tous leurs chagrins à Amy. Rares étaient ceux qui n'allaient pas vers elle lorsqu'ils avaient un problème ou quand ils voulaient se confier ou tout simplement parler. Tous y étaient déjà passés. Marc y compris. Installée dans un petit local au deuxième, elle était là et elle les écoutait. Charitablement et amicalement. Sa porte toujours ouverte était désormais un symbole de générosité. Elle dégageait une réelle chaleur bienveillante que nul autre ne pouvait reproduire. *Surtout dans de telles conditions...* Et elle leur faisait du bien. Beaucoup de bien. C'était soulageant pour plusieurs de savoir que leurs cris du désespoir étaient entendus par une âme secourable. Ivan Starcheskiï, pour sa part, s'était retrouvé obligé de jouer les docteurs. Entre deux points de suture, il disséquait les cadavres des bêtes mortes que lui et son assistant réussissaient à ramasser. Il était le seul que les élèves se forçaient à éviter. Il n'y avait que Matthew qui semblait comprendre son charabia et, encore là, à voir l'air perdu sur son visage, on en doutait. Enfin, dans les tourments des derniers jours, on avait élu le professeur d'éducation physique, Bobby Childheart, à titre de chef. Marc avait eu le sentiment que ce n'était rien d'autre qu'un vote de popularité inutile. *Dans des circonstances comme celle-ci surtout, on ne devrait pas choisir quelqu'un parce qu'il est aimé... on devrait le choisir parce qu'il est compétent...* Mais cette pensée ne paraissait pas être partagée par tous.

Les cours avaient cessé et avaient laissé place à des leçons d'autodéfense (très approximatives et pour être franc, ces séances se rapprochaient davantage du Yoga qu'autre chose) données par le professeur. Elles étaient mises à rudes épreuves pendant les attaques. Quelques-uns, malheureusement, ne les comprenaient pas assez. *Mais, après tout, comment la position du lotus pourrait vous apprendre à vous protéger?* Certains finissaient alors par disparaître. Heureusement qu'ils avaient la cloche pour les sortir des emmerdes. La peur les envahissait pourtant à l'idée d'une panne ou d'un problème...

Il s'avança jusqu'à une table isolée dans la cafétéria. Entre deux pleurs, des amis de Christopher lui avaient concocté un petit cérémonial. Il aimait se recueillir ici. C'était un endroit tabou pour plusieurs, mais pas pour lui. Beaucoup avaient honte de ce qui leur rappelait les disparus. Lui, au contraire, préférait s'en approcher, espérant que la mort lui livre un secret pour se débarrasser de ces monstres. Au travers des trois jours, plusieurs photos étaient venues orner le bureau décoré par des bougies qui brillaient en leur honneur. Quand ils étaient chanceux (bien que cette chance relève davantage du malheur), les élèves avaient le temps de dire un mot avant de mettre les derniers Disparus en terre.

Mais trop souvent le temps manquait. Trop souvent, ils n'avaient pas encore terminé de creuser que, déjà, ils devaient se cacher et ce cycle vicieux recommençait. Et, chaque fois que quelqu'un trouvait un Disparu, la peur les envahissait; la peur en comprenant que leur nombre s'effritait alors qu'ils regardaient crever leurs amis, impuissants. Tout était maintenant que question de survie.

Mais même malgré ces souvenirs, il aimait admirer ce petit cérémonial et tout récapituler dans sa tête. Trois nuits. *Depuis que Christopher est mort. Trois longues nuits à être captif de quatre murs qui se refermaient lentement sur nous. Trois nuits à être éveillé, à observer ce damné monument ou sinon à reluquer un visage endormi, souriant entre deux rêves. Trois nuits à se dire que, si on trouve pas une issue à ce chaos, on va tous y passer. Putain de merde, réveille-toi!*

Dès la première nuit, les rires avaient cessé. Ils avaient accompagné Christopher jusqu'aux profondeurs de sa tombe creusée de leurs doigts menus et c'était les larmes qui avaient pris la place qu'il avait laissée vacante parmi eux. Et ça n'avait qu'empiré par la suite. En tout, une dizaine d'élèves. Certains, en tentant de se sauver de la ville à pieds, la plupart en se battant. Une fille – qui avait probablement perdu la tête – avait essayé de retourner chez elle. Au premier détour, elle avait poussé un cri. On n'a plus jamais entendu parler d'elle. Elle avait rejoint les Disparus. *Disparaître...* Marc l'espérait. Le soir, pendant les soupers, Marc s'imaginait avec Ember, dans une belle maison sur le bord de la plage, quelque part dans le coin de Big Sur peut-être – il n'y avait jamais été, mais les photos dans sa mémoire avaient le pouvoir de le faire rêver – seul avec elle, loin de toute société. C'était l'unique pensée heureuse qu'il avait. Malheureusement, cette image était rapidement chassée quand ses yeux s'attardaient sur Chuck.

Disparaître... La corde restait une option. *Disparaître...* Il préférait ce mot à "morts" ou "tués". Il ne voulait pas dire "les morts" ou "ceux qui avaient été tués". *"Les Disparus" ou "ceux qui ont disparu" sonnent beaucoup mieux...*

Un murmure glauque résonna derrière lui. Marc se retourna et regarda dans la cafétéria. Des jeunes gisaient endormis sur les tables. Une fille était parmi eux. Debout, marchant tranquillement entre les corps, leur chuchotant à l'oreille. *Kristen; la folle.* Elle avait décidé d'offrir le peu qu'elle recevait aux faibles et aux blessés. Elle aimait se laisser crever de faim sur place, ça paraissait plus altruiste. Certains voyaient ces actes charitables comme des gestes de bonne foi alors que d'autres les considéraient comme puérils et stupides. Marc était du deuxième avis. *Dans un monde où tous souffrent, pourquoi donner aux plus démunis quand, de toute façon, tous sont en train de crever?* C'était peut-être acerbe comme opinion et pas très juste, mais Marc avait faim. Et il ne voulait pas mourir.

Ils s'échangèrent un regard. Marc regrettait encore de lui avoir refusé cette danse lors du premier soir. Mais Kristen avait complètement changé depuis. Depuis que Jim avait été décapité devant elle... Le professeur Starcheskiï avait qualifié ça de choc post-quelque chose. Il fit demi-tour et partit vers l'entrée quand il remarqua qu'elle s'approchait.

Au moindre coup d'œil dehors, tous envisageaient le pire. Les idées étaient devenues des poisons. L'instinct était trompeur. Chacun entrevoyait sans cesse des formes floues qui se dessinaient dans les rues. Les élèves ne devaient plus se fier à leurs sens.

Ils savaient qu'ils n'avaient pas d'autres choix. C'était soit l'école soit la mort. Et ça faisait trois jours qu'ils habitaient avec cette pensée, tous seuls avec elle, toujours glacés par sa présence qui hantait chaque couloir.

Il soupira en regardant sa maison au loin. Sa batterie lui manquait. Son lit aussi. Surtout son lit.

Il monta à l'étage et s'aventura dans le local de musique, local qu'il avait réclamé pour son propre usage. C'était son oasis de calme ici, parmi tous ces instruments qui ne demandaient qu'à provoquer du bruit au moindre toucher. Le silence des notes le réconfortait.

Il ouvrit la fenêtre et alla s'asseoir au même endroit qu'il y a trois jours. Il espérait, chaque fois qu'il y venait, qu'Ember le rejoindrait. *Mais elle a sûrement ses propres problèmes.*

Marc s'avança jusqu'au rebord du toit. Il contempla l'asphalte, un étage plus bas. Souvent, l'idée du suicide frôlait l'esprit de quelques malheureux. *Je suis malheureux.* Il en avait déjà surpris qui murmuraient entre deux sanglots des paroles déprimées. Il n'osait pas imaginer les atrocités qu'Amy avait dû entendre. La claustrophobie était un mal qui les grugeait sans qu'ils s'en rendent compte. Certains disaient qu'ils se cherchaient une corde ou une bonbonne de décapant. C'était étonnant comment les jeunes pouvaient devenir créatifs dans de telle situation. Au moins, personne ne portait leur pensée à l'acte. Du moins pour l'instant.

Il regarda le sol encore un peu. *Disparaître...* Il savait pourtant qu'à cette hauteur il ne ferait que se briser les rotules. *Et mes rotules, j'en ai de besoin pour courir... au cas où...*

Ce fut le chant des oiseaux qui le tira de sa réflexion. Au loin, l'aurore balayait les derniers restes de la nuit qui cédaient leur trône à cette teinte d'orange brûlée qui avait recouvert le ciel comme une nappe de napalm. Comme tous les matins, il se demanda si aujourd'hui viendrait son tour. Et comme tous les matins, il observait les maisons, les rues, les boutiques. *Mead's Cliff avait pris un coup de vieux.* Tout ressemblait maintenant à un taudis misérable dans lequel s'entassaient ces monstres en les attendant. Ce n'était plus qu'une ville fantôme et lui la regardait de haut, seul avec ses peurs, en espérant que ce manège finirait bientôt.

Pourtant, il savait que ça ne pouvait qu'empirer. Et ça faisait trois jours qu'il habitait avec cette pensée, toujours seul avec elle, toujours glacé de sa présence, toujours courbé de son poids... *Comme pour tout le reste.*

— Hey! Hey, Marc! Est-ce que tu veux manger quelque chose? cria une voix venant de l'intérieur du local.

C'était Oliver. Marc se retourna et alla à la fenêtre. Il lui tendit un bras pour l'aider à sortir, mais Oliver ne considéra même pas la main qui l'invitait à le rejoindre. Oliver se refusait obstinément à mettre le pied dehors. On pouvait comprendre pourquoi. Sur un plateau, il y avait les rations habituelles; des galettes à l'avoine (elles étaient horribles, mais Marc savourait quand même chaque bouchée – les trop dures comme les trop molles), des muffins aux étranges couleurs (tout aussi infectes) et deux ou trois thermos accompagnés par de petits contenants de laits qui périmeraient sûrement bientôt.

— Qu'est-ce qu'on a au menu aujourd'hui, chef? demanda Marc en s'accoudant contre le rebord. Il regarda Oliver et, bizarrement, sourit. Cette scène, ces positions, cette manière de se répondre du tac au tac remémoraient à Marc les samedis soirs, quand il revenait avec son père des matchs de catchs au *Ceasar's*, et qu'ils s'arrêtaient au premier fast-food qu'ils croisaient pour déguster des hotdogs graisseux et dégoulinants. Une salive qui avait cet arrière-goût (imaginé, sans aucun doute) de moutarde, d'oignons et de choux lui coula sur la langue qui se délecta de ce souvenir avec la joie d'un enfant.

— Presque plus rien, si tu veux que je sois honnête... Le garde-manger est presque vide. On va pouvoir tenir encore deux – trois jours – peut-être quatre si on est chanceux. Mais, euh... ça, c'est si le peu qui reste ne périme pas avant.

Il se retourna vers Marc et son visage laissait apparaître la fatigue. Il devait avoir passé la nuit à cuisiner. « On va devoir trouver une façon de manger, et au plus vite. Mais bon... assez parlé de mes petits soucis... qu'est-ce que tu veux? Mes muffins sont pas si terribles... » Marc voyait qu'il n'y croyait pas plus que lui quand il prononça cette phrase. « J'ai aussi du café. »

— Alors je vais y aller pour un café.

— Aucun problème, monsieur le chasseur de démons. Dit-il en agitant la tête de droite à gauche en faisant une étrange moue.

— Ne m'appelle pas comme ça...

— Pourquoi pas?! Écoute... T'as fait face à plus de trucs en une nuit que Rambo dans Rambo I, Rambo II et Rambo III... Et tout ça sans sa très chère Adrienne! Dit-il en hurlant une grossière imitation de la voix de Stallone. Marc s'étouffa avec sa gorgée et rit un bon coup. Le rire était une chose qui avait disparu au cours des derniers jours. Il était heureux de le retrouver. « Tu comprends pas! T'es allé te battre contre une professeure devenue... je sais pas comment... elle était genre démoniaque. T'as vu *Alien*? Elle, elle était cent fois pire! T'aurais pu foutre le camp comme l'autre gars l'a fait? Mais non! Tu t'es relevé alors qu'elle t'avait projeté à trois mètres dans les airs. Tu y es retourné et tu l'as eu! Et là, quand tout le monde pensait que tout était fini, une autre créature revient mettre la merde et tu sauves l'autre, celui qui est mort. »

— Christopher…

— Ouais, lui. Et après… Qu'est-ce qui se passe? Encore d'autres de ces merdes. Mais toi, toi, tu fais quoi? Tu vas te battre au nom de toute l'école devant toutes les bêtes…

— Il n'y en avait qu'une quand même…

— Pas grave, ça! Si ça avait été moi, je serais mort en mettant à peine le pied dehors!

— D'après moi, si j'ai survécu c'est surtout parce que j'ai été chanceux…

— Ça existe pas ça, la chance! Obi-Wan Kenobi l'a dit! Si t'es ici, c'est qu'il y a une raison. T'étais fait pour être là, à ce moment-là… T'étais fait pour survivre à ça. Moi, je sais que je serais mort en ayant mis le pied dehors. Toi, tu t'es avancé au combat!

— C'est pas en mettant un pied dehors que tu serais mort, Oliver.

— Tu penses? Je serais pas mort tué par ces bêtes, moi…

— De quoi alors?

À peine Marc avait-il formulé sa question, qu'Oliver blêmit. Entre deux bégaiements, son regard fuyait à droite et à gauche, cherchant avec désespoir quelque chose qui n'y était pas. Il s'assura qu'ils étaient bel et bien seuls et puis murmura : « C'est… euh… c'est la… la peur. »

Marc regarda Oliver dans le blanc des yeux. Un rictus amusé apparu sur son visage. Une part de lui ne croyait pas vraiment ce qu'il venait d'entendre. Oliver, de l'autre côté, se tortillait, visiblement mal à l'aise. Entre ses mains, il retournait son café, le brassait avec son gros doigt sale et allait en boire plusieurs grandes gorgées.

— Tu sais… T'es pas tout seul à avoir peur de la mort, Oliver.

— Ah, ouais? dit-il, presque offusqué. « Dans mon cas, c'est pas juste la peur de la mort! C'est carrément toutes les phobies réunies! »

— T'exagères pas un peu, là?

— Bah, quand ta phobie devient un trouble obsessionnel qui t'empêche de vivre, je crois que c'est grave, non? Moi, sûrement à l'inverse de toi, j'ai la trousse quand il y a un bruit suspect derrière! MOI, je suis anxieux quand je me promène tard la nuit, seul. Quand je suis dans le noir ça ME donne la chair de poule. T'as pas idée. Merde, mes parents avaient engagé un clown pour mon 6e anniversaire et j'ai été obligé de passer la moitié de ma fête dans les toilettes parce que j'avais trop peur et que j'étais en train de brailler. Tu savais toi qu'on pouvait rentrer 27 mômes dans une salle de bain d'un bungalow de Reno, toi?

— Non, haha.

— Et tu sais c'est quoi l'ornithophobie?

— Non.

— La peur des foutues plumes! J'ai peur des foutues plumes.

— Ha, comment ça?

— J'ai perdu connaissance alors qu'un coq se faisait déplumer par un bœuf, mais bon, c'est pas important? J'AI de la difficulté à m'incruster avec les autres, je peux même pas voir les guêpes en portrait et là je t'en passe. Et, tout ça; tout ça mit ensemble; tout ça m'a donné un problème de stress que j'ai partiellement réglé en m'engouffrant l'estomac avec des putains de gâteaux! Et maintenant je suis pris avec un problème de cholestérol. Tout ça à cause que j'ai peur! »

— Et qu'est-ce qui te fait croire que j'ai de la facilité à m'incruster avec les autres? Tu sais, je suis pas plus différent que n'importe qui. Et toi non plus, je suis sûr... bon, peut-être pas pour ce qui est des plumes, mais, quand même... Moi, par exemple, quand je devais faire des oraux en classes, c'était horrible à quel point je paniquais!

— Ouais, j'étais comme ça moi aussi...

— Mais, le pire, c'est quand des amis me présentent des personnes que je connais pas. Tu peux pas comprendre à quel point j'ai juste le goût de prendre mes jambes à mon cou. Je me sens toujours comme... je sais pas... tout coincé dans ma peau. J'ai comme l'impression d'étouffer... de carrément manquer d'air. Souvent, en plus, je me fais des idées pour rien.

— Ouais... moi aussi je suis comme ça... exactement pareil.

Un long silence plana. Les deux garçons ne faisaient que boire leur café sans prononcer un mot. Marc se passa une main sur le visage pour se sortir de sa torpeur. Du même coup, il tira Oliver de la même léthargie, lui qui semblait profondément absorbé par un point invisible dans le ciel.

— Hey, qu'est-ce que tu faisais pour enlever ton stress? Je veux dire, quand tu te retrouvais... dans ce genre de situation.

— Je... Je m'imagine devant ma batterie. dit Marc en souriant. Des souvenirs le hantèrent. Doux et merveilleux. Bruyants.

« La sensation quand je joue, quand je me défoule, c'est comme... c'est pratiquement... c'est... argh! Merde, je sais pas. C'est que je ressens plus rien. Y'a que moi, mes baguettes et ma batterie... Quand je répète avec mes amis et qu'on fait nos chansons; ce que je ressens, c'est... c'est tellement... bien. »

— Ouais vous étiez pas mal, je me souviens!

— Merci... Et toi?

— Moi? Bah, moi, c'est pas grand-chose. Tout ce qu'il me faut, c'est cuisiner. C'est pas aussi spectaculaire qu'un solo de batterie, mais quand même. Un bon rôti à la Mémère c'est toujours bien. Je rêve depuis que je suis tout petit d'aller travailler dans les grands restos. Mon grand-père était cordon-bleu, tu vois? Et mon père me contait des histoires parce que je l'ai jamais connu. J'ai plusieurs photographies de lui... et en les regardant, je crois... je crois que c'est là que j'ai décidé de devenir comme lui, de suivre ses traces. Je voulais servir les vedettes, les présidents... Mais, après trois ou quatre stages, je commence à penser que c'est pas pour moi... Le problème, c'est que je suis quand même forcé à continuer ici; dans ce trou en plein milieu de nulle part... Et dire que dans ces maisons il y a assez de nourritures pour que je cuisine pour tout le monde pendant encore au moins six mois... c'est tellement triste... tout ce gâchis!

Un déclic se fit chez Marc. L'image d'un Looney Tunes avec une ampoule au-dessus de sa tête en serait la plus proche ressemblance. C'était par contre si téméraire... mais, si ça réussissait...

— Oliver, tu es un génie!

Marc vida d'un trait les restes de son café et se précipita hors du toit.

— Je sais, ma mère me le disait sans cesse.

Chapitre 3
Le plan

Jour 4
École secondaire de Mead's Cliff
8 h 23

Son pas était nerveux. Son plan, dangereux. Sa détermination semblait écrasée par les autres qui le dévisageaient. Ils le regardaient tous avec cette part d'effroi. Comme s'ils essayaient de le convaincre que c'était de sa faute tout ce qui s'était passé, que le sang sur ses mains ne disparaîtrait jamais. Peut-être qu'il s'imaginait tout ça. *Peut-être*. Mais si ce n'était pas le cas, ils avaient partiellement réussi. Il se répétait cette phrase; ce : « *je suis capable.* », qui n'était rien de moins qu'un grossier mensonge. En fait, il s'attendait au pire.

Il se figea sur le seuil de la porte et referma ses doigts dans la forme d'un poing. *Allez! Vas-y, Marc! T'es capable.* Un frisson lui parcourut l'échine, comme un vent de souvenirs lui caressant le dos. Il regarda derrière. À travers la vitrine : les matelas, les hamacs, les jeunes qui, par ce matin encore frais, dormaient paisiblement (ou, du moins, tentaient). Il jeta un dernier coup d'œil vers les verres en plastiques dont personne ne s'était approché dans l'autre coin du gymnase. Il observa le sang séché par terre, à côté d'une batte de baseball à laquelle personne n'avait osé toucher (parce que personne n'osait être à moins de dix pieds). Son corps se raidit tandis qu'il revoyait une foulée d'images de lui et quelques camarades, agenouillés comme des bonnes, chiffons à la main, frottant et refrottant encore et encore le sol, en espérant que l'odeur parte.

Elle était restée.

Inspiration longue et pénible. Il leva son poing et cogna. Un silence régna, dérangé seulement par sa respiration. Marc cogna encore une fois.

La porte s'entrebâilla. Une large tête ornée d'une épaisse touffe frisée formant un afro qui ressemblait bien plus à une boule de crème glacée brune apparut. Sous sa coupe digne des discos des années 70, Bobby Childheart dévisageait Marc avec ses étranges yeux bleus, dont un était aussi gros qu'une balle de golf tandis que le deuxième faisait un peu plus que la moitié en taille que l'autre. Il ouvrit la bouche, soulevant au passage sa moustache prise dans la même mode (si ce n'était pas avant) que les cheveux. Marc avait toujours trouvé qu'il avait un petit quelque chose rappelant Freddy Mercury. Il scruta dans toutes les directions puis posa son regard nerveux sur Marc. D'un ton pressé, il débita un « Quoi tu veux? »

— J'ai eu une... Mais Marc eut à peine le temps de prononcer ces mots que déjà il lui claquait la porte au nez. Il se souvint alors des rumeurs entourant le professeur : dans des situations aussi catastrophiques, Bobby Childheart se cachait. *Mais quel chef pitoyable!* Celui censé diriger les élèves n'était rien d'autre qu'une couille molle qu'on retrouvait dans des endroits incroyables – comme les conduits d'aération (oui, c'était vraiment arrivé) – après les attaques.

— J'ai une idée pour augmenter nos stocks de nourriture vides!

La poignée tourna tranquillement. La boule de crème glacée sortie, suivie de près par le cornet. Marc dévisagea à nouveau son visage trop bronzé alors qu'il levait le menton en un signe d'écoute arrogant.

— Venez voir.

— Maintenant?! Peux pas! Attendez cinq minutes! Il claqua la porte.

— Cinq minutes c'est le temps que ça prendra aux mutants pour qu'ils nous tuent tous! cria Marc à tue-tête.

Des têtes se retournèrent dans le couloir. Marc fut gêné. Après un instant pourtant, la porte se rouvrit et il discerna le professeur Childheart. Dans son bureau, il semblait être à l'aise… Peut-être même trop! Quelques poches de thé à côté d'un sac de couchage (dont Marc n'avait aucune idée de comment il avait atterri ici) et un bâton d'encens parfumaient l'air avec un arôme de coriandre qui agressait les premières narines venues. Cependant, le plus agressant encore restait la vue qu'il avait sur un Bobby Childheart très sommairement vêtu. Accoutré avec rien d'autre qu'une courte robe de chambre de satin blanc ouverte au col, elle laissait à n'importe qui qui serait passé dans le coin l'image d'un torse huilé et dépourvu de tout poil. Les mains sur les hanches, il le fixait. Marc en était certain; cette vision, il la traînerait avec lui jusqu'à sa tombe.

— Woh!… Euhm… OK. On va dire que j'ai rien vu et que je vous donne deux minutes pour vous habiller… normalement. Est-ce que c'est assez?

— Vous n'avez rien vu. Répondit froidement Childheart.

***

Son pas était dur. Son plan, intelligent – brillant même. Sa détermination était écrasante et rien ne le détournerait de son objectif. Tous le regardaient encore avec mépris pour leur humiliante défaite lors du premier soir. Ils essayaient de le convaincre que c'était de sa faute tout ce qui s'était passé. Ils ne réussiraient pas. Personne ne le délogerait du Plan. Personne ne l'arrêterait. *Personne!* Aujourd'hui, il était prêt. L'heure était venue de racheter son honneur. Il était prêt à affronter tous ceux qui auraient le malheur ou la folie de se tenir sur sa route! Il était prêt à tout. Il leur prévoyait le pire. Et il avait tout anticipé, les échecs comme les victoires, tout était prêt.

Il s'approcha d'un converti – un humain qui avait été transformé – et alla refermer ses doigts dans la forme d'un poing. *Le frapper. Le frapper jusqu'à ce qu'il crève. Le frapper encore et encore.* Au dernier moment, sa poigne se desserra et il déposa sa main sur l'épaule nue et l'entraîna avec lui dans le labyrinthe de couloirs.

Tout en marchant, il lui expliqua qu'il partirait en éclaireur. Son objectif : voir les défenses, les repérer, les détruire, si possibles; s'il y avait des gardes, les repérer, les tuer, si possible. Sa réponse fut un simple grognement d'impatience. Le reste du chemin se fit dans le plus grand silence tandis que les deux hommes dégustaient leur idée de la fin de l'humanité. Ils tournèrent le coin pour se diriger vers un corridor qui débouchait sur un énorme halo blanc. Au loin, la lumière semblait prête à les engouffrer.

Petit à petit, le sol commença à déniveler. Ce qui était un couloir droit et boueux devint un talus dur, inconstant et labile. La lueur se rapprochait. Il franchit le trou qui le faisait quitter ce royaume noir pour le faire entrer dans un univers brillant. Étrangement le passage d'un enfer à un autre ne fut pas terrible. *Ce n'est que l'habitude qui s'est développée.*

Sa vue lui revint d'un coup lorsqu'il se retrouva dans l'arrière-boutique d'une boucherie. Derrière lui, creusé à même le plancher par les ouvrières, la cavité qui menait aux égouts. Son premier pas dans cet autre monde alla s'écraser dans une mare rouge et claire. Les étalages étaient tous tombés au sol, dévalisés. Quelques morceaux de gras étaient immobiles par terre, tellement infects que nul (mis à part les rats et les asticots) n'avait osé y toucher.

Un son semblait venir de nulle part. Un *Tchiak! Tchiak!* répétitif. Il s'avança jusqu'à l'avant du magasin et compris. Des dizaines et des dizaines des siens. Hommes et femmes. Tous rassemblés ensemble pour ce festin digne de la fin du ramadan. Recroquevillés en boule, ils déchiquetaient, frappant leurs voisins dans l'unique but d'avoir un bout de plus. Le sang avait recouvert le plancher et chacun pillait ce sur quoi ils avaient mis la patte. Au sol, des paquets de viandes et quelques offrandes que leur Grand Maître avait refusées. Les corps, tortillés dans cette position informe, ne démontraient plus qu'une expression de peur (bien sûr, si la tête était toujours rattachée au reste) en fixant le trou qu'ils avaient dans le ventre.

Une certaine satisfaction s'empara de lui.

Ils traversèrent les rangées pleines de mets qui leur semblaient dégoûtants. Confiseries, biscuits, boissons énergétiques, cochonneries sucrées et salées. Du coin de l'œil, il voyait le converti qui épiait les autres en se mordillant les lèvres.

Plus loin par contre, une autre silhouette espionnait la scène…

Un coup au diaphragme le ramena à l'ordre.

Les étagères remplies de fruits moisis, de légumes et de pâtes avariées furent bien vites derrière eux. Quand ils arrivèrent sur le seuil de la porte, les deux se regardèrent une dernière fois. Un fugace coup d'œil qui rappelait que l'échec n'avait qu'un prix.

L'éclaireur baissa les yeux avant de commencer à courir dans les rues avec la furie d'un guépard vers sa proie.

— Praeto…

Un long rire brisa le silence.

Il était là, debout sur un rayon, une tête entre les mains, quelques bouts de chairs déchirées entre les dents, et il lui souriait.

Colin…

Il n'aurait même pas eu besoin de se retourner et il l'aurait reconnu. Maniaque, tordu, ce type-là était un psychopathe de la pire sorte. Un qui tuait pour le plaisir, sans réfléchir, seulement pour l'excitation que ça lui donnait. Il le fixa, seul au-dessus des autres qui dégustaient leur buffet, seul au-dessus du monde.

***

Marc et le professeur Childheart franchirent la fenêtre comme il l'avait fait plus tôt. Une vue moins belle que ce matin. Pensa

Marc. *Plus grise*. Ils admirèrent un instant le soleil et les nuages qui commençaient à recouvrir cette horrible journée d'été.

— Alors qu'est-ce qu'il y a? Qu'est-ce que tu voulais me montrer?

— Les maisons…

— Fantastique! Des maisons! Bon, c'est bien, j'y vais!

— Regardez-les! Elles ne sont pas si loin de l'école, non? dit Marc en s'efforçant d'être poli.

Le professeur Childheart le dévisagea d'un air méfiant. Puis les maisons. Marc. Puis les maisons. De nouveau à Marc et de nouveau les maisons. Il posa une dernière fois son regard sur Marc avec son ton dédaigneux et répondit par un « OK… Et? »

— Et bien, avec mes armes, je suis sûr que je pourrais me rendre jusqu'aux maisons et revenir après avoir volé de la nourriture.

— Pourquoi vous feriez ça? L'incrédulité même résonnait dans chaque mot.

— Parce qu'on n'a plus de bouffe dans notre PUTAIN DE GARDE-MANGER.

— Bien… C'est bien, bien beau tout ça, mais les… les choses… les bestioles… les monstres... ils doivent déjà avoir tout pris.

— Non. Si vous aviez remarqué – ou si vous aviez simplement été là – vous vous seriez rendu compte que tout ce qu'ils veulent, c'est nous manger! Et puis, à moins que quelqu'un réussisse à se trouver un barbecue, ramener des steaks n'est pas vraiment utile.

— On a un mini-barbecue dans la salle des professeurs! Long silence pendant lequel Marc hésita entre pleurer ou rire. « Mais… c'est pas important. Et tu crois t'y prendre comment pour entrer dans les maisons? »

— Je pourrais essayer de défoncer une porte, passer par une fenêtre ou en ouvrir une qui serait restée débarrée. La plupart d'entre nous habitent Mead's Cliff. Ils ont sûrement leur clef de maison avec eux, sinon je vois pas comment ils auraient fait pour retourner chez eux!

— Oui, mais on a rien pour transporter la nourriture?

— Certains élèves ont leur sac à dos dans leur casier. Et, dans la cafétéria, on a plein de boîtes de carton qui traînent. Mais, si je veux en ramener plus, il faudrait qu'on ne soit pas seul. Le regard qu'il lança au professeur sembla le jeter dans un bain d'eau glacée.

Marc s'imaginait très clairement ce à quoi il pensait. Et il ne pouvait pas être plus près de la vérité.

Dans sa petite tête de mioche, les engrenages avaient commencé à tourner. Le « on » de cette phrase le hantait. Un « on » inclusif. Il était horrifié à l'idée de sortir au-delà des murs. Pour lui, Mead's Cliff était désormais pire que Harlem ou le Bronx (même s'il n'y était jamais allé, il supposait que c'était très infâme). Il lécha l'air alors qu'une perle de sueur glissait le long de sa tempe. Il se retourna et fixa la ville; les nuages sombres qui avançaient, les quelques rues, les magasins; tout le terrifiait. Au détour d'une avenue, il crut y apercevoir une de ces choses. Il ravala sa salive bruyamment en essayant de toutes ses forces de retenir le Gatorade bleu qu'il avait bu ce matin de s'extirper de son urètre.

— Han, han… Han, han… oui, bien sûr. Il dévisagea Marc. Pour la première fois de sa vie, Marc voyait les deux yeux de la même taille. Le seul hic était qu'ils étaient pris dans cette forme gigantesque qui rappelait une balle de golf… « Oui, oui, bien sûr… mais euh… mais si vous avez besoin d'autres personnes… je… je pourrais m'adresser aux élèves et… essayer de les convaincre de se joindre à nous. »

Marc regarda le professeur. C'était une bonne idée, il devait l'admettre, mais pendant un très court instant, il entendit la voix de Bobby Childheart se disant : *ainsi, je ne serai pas forcé d'y aller.* À voir la manière dont il se tortillait sur place, il avait probablement visé juste. « Allons à la cafétéria, j'y ferai le message. »

Marc tourna les talons pour retourner à l'intérieur de l'école. *Dès que je vais toucher le rebord.* Il étendit son bras vers la fenêtre entrouverte. Rien. À part peut-être un gloussement venant du professeur. Puis un gros boum! Il entendit le pied de Childheart frapper les roches sur le toit.

— Oh non! Aie! Je… je crois que… Aoutch! – Oh, seigneur! – que je me suis foulé la cheville! Marc ne regarda pas, déjà trop dégoûté par l'humain qu'était Bobby Childheart… « Je… je crois que vous allez devoir vous passer de moi pour… pour cette aventure. Désolé. »

C'était pitoyable. Puéril, au point que ça lui remémorait la scène de Chuck l'autre jour. Marc le dévisagea, couché au sol dans cette position fœtale. *Il est pire qu'un enfant qui veut de l'attention! Ou qu'un joueur de soccer!*

Il s'en allait se retourner quand un rai de lumière attira son regard. Marc s'approcha du bord du toit et observa l'extrémité nord de Liberty Street. Il fixa les vitrines qui reflétaient le soleil. Rien d'inhabituel à part l'inertie des rues digne de ces 3 jours. Soudainement, il remarqua quelque chose. Une porte s'ouvrit. *D'autres, en vie!* Il n'en croyait pas ses yeux. *Dans l'épicerie du coin, en plus!*

La chance parue leur sourire enfin!

Une masse sombre se dessina dans le cadre. Grande et forte. Elle s'avança et commença à courir. Un hoquet de peur suivit par un "Oh merde!" sortit tandis qu'il plongeait au sol et plaçait son arme devant lui, comme il l'avait si souvent fait lors de tirs à l'argile avec son père, appuyant la lunette de visée contre son œil.

— Qu'est-ce que vous faites?

— Fermez là!

Il sentit sur son corps chétif le regard blanc de la bête.

— Euh… non. Dit-il d'un ton catégorique. « Je vois pas pourquoi je ferais ça si vous me le demandez avec un langage aussi grossier, monsieur Kyrric, vous devriez savoir depuis le temps que je suis en quelque sorte votre supérieur. »

— Et bien votre supériorité vous pouvez vous la foutre où je pense parce que tout le monde dans cette école sait que votre diplôme vous l'avez soit volé ou que vous l'avez trouvé dans une boîte de céréales!

Le professeur se tut, vexé. Durant ce court moment de silence, Marc put enfin se concentrer sur la forme floue qui avançait, zigzaguant entre les voitures laissées pour contre. Il régla la lunette, ajusta son tir. *Trop de zoom. Je vois rien.* Le monstre s'approchait en hurlant ce cri strident. Il visait une étiquette inscrite sur un veston, à la hauteur du cœur. *Joh...* Le reste du mot disparu. La bête arrivait de plus en plus vite. La mire était trop sensible. Il la cadra une dernière fois. *Pas assez précis, mais bon.* Il prit une grande inspiration. Elle était à peine à 100 mètres du passage entre Holy Road et eux. Le point rouge suivait cette chose plus ou moins bien. Elle sauta par-dessus une auto abandonnée. Puis, Marc pressa la détente.

La balle plongea dans l'asphalte.

Un autre tir, plus nerveux, manqua de beaucoup. Derrière lui, Bobby Childheart regardait la scène avec stupéfaction. Entre deux coups, il laissa sortir un murmure idiot, qui, Marc le devina, ressemblait sûrement à *« Luke, la Force est avec toi »*.

Marc se réajusta. Il souffla. Et expira. Lentement. Les pas se faisaient plus frénétiques. Il déposa son doigt sur la gâchette. Elle était à mi-chemin. Marc fit feu.

Un boucan assourdissant retentit. Le temps sembla s'interrompre.

La cartouche quitta le canon alors que cette bête était à mi-chemin sur le terrain de l'école. Au même moment, le recul de l'arme frappa son épaule. Le projectile s'élança au-delà des murs de la bâtisse, dépassant les limites fixées que Marc voulait franchir. À l'intérieur, on entendait des élèves crier d'effroi. Leur peur était le seul signal qu'ils avaient pour ordonner de sonner la cloche. La balle entama sa chute vers sa cible tandis qu'elle courait encore sans s'arrêter. L'ardeur du monstre paraissait redoublée par les cris et il enjambait chaque obstacle avec excitation.

La balle et la bête se rapprochèrent l'un de l'autre. Chacun passant au-dessus du banc détruit lors du premier soir, ils se touchèrent, se frôlèrent, rien de plus. Comme une caresse avant de continuer chacun sur son chemin.

Un long jet rouge colora l'asphalte. Cette chose plaqua une main contre son cou avant de tomber au sol.

Le sang coulait de sa jugulaire pratiquement comme une rivière.

Marc crut n'avoir jamais vu autant de sang puis il se remémora Christopher. Il se releva et la regarda ramper vers les portes. Écrasée, faible, même avec la gorge percée par une balle, elle essayait d'en attraper un. Marc sortit son pistolet. Son ombre recouvrait le corps. Il la mit en joue.

Il inspira. L'air empestait le sang.

Une larme perla sur son visage. Il détestait faire ça. C'était pourtant un mal nécessaire.

Il sentit ses dents se serrer les unes contre les autres quand il déposa son doigt contre la gâchette.

Il fit feu et ferma les yeux quand le crâne explosa.

Les oiseaux de Mead's Cliff s'envolèrent en entendant le cri machinal de la mort.

***

Il expira un grand coup. *BANG!* Son cœur fit un bond dans sa poitrine quand le tir partit. Son poing alla impulsivement frapper le mur. Des débris de plâtre et de métal se cognèrent contre sa peau. Il sortit sa main du trou béant.

Du sang, pourpre et épais, coulait le long de son poignet. Au loin, derrière lui, un sifflement moqueur attisait sa colère.

Dans sa tête, la détonation retentissait toujours. Un coup qui avait jailli d'une arme… SON arme. Il inspira une nouvelle fois en essayant péniblement de se calmer. Le rire derrière lui le tentait; l'envie irrésistible de se retourner et de tordre son cou putride et de lui arracher sa vie. *Mais je ne peux pas. Ce serait de me rabaisser à lui. Et je ne peux pas faire ça… Je dois accomplir le Plan.*

Il observa la ville avec l'amertume lui descendant dans la gorge. Il aimerait pouvoir tout oublier. Aller dans les rues et donner libre cours à ses pulsions. *Redevenir une bête… Manger… Tuer… Survivre… Les trois grandes règles.*

Au moins il y avait de l'espoir. Il avait pu percevoir les bribes d'une conversation. Il fronça les sourcils. Il n'aurait qu'à laisser sortir les loups. Il les regarda alors qu'ils finissaient leur saccage. *Ils veulent sortir? Parfait! On va sortir avec eux…*

Il se retourna et leva la tête en un signe de supériorité. Il était le bras droit du Chef. Il était leur supérieur à tous.

Sauf à lui…

Il se tenait sur son chemin, affichant son sourire dément. Il était pratiquement nu. Contrairement à lui, Colin était un être rachitique et… et il marqua une pause dans ses réflexions tandis qu'il le dévisageait. *Et il n'y a pas de mots pour décrire cette créature incohérente, instable et folle… voilà le mot, tout simplement fou à lier.* Pourtant, il restait redoutable. Il était fort et ses griffes, longues et effilées. Il l'avait prouvé par le passé. Et il était très loin d'être idiot. Ça aussi il l'avait démontré. Il n'était rien d'autre que le résultat d'une mauvaise vie, une gangrène sur deux pattes, un monstre.

Ils s'observèrent avec le plus profond dégoût. Dans les yeux blancs de Colin, il s'y cachait cette part d'amusement pervers.

Il s'avança, le dépassa. Ils attendaient chacun que l'autre lève la main le premier. Plusieurs des leurs regardèrent la confrontation du coin de l'œil. Ils semblaient prêts à s'élancer l'un sur l'autre.

Mais rien n'arriva. Ils se séparèrent et il continua sur son chemin vers l'arrière. Le fou resta derrière.

Il inspira calmement, une vague d'apaisement prit son âme. Un poids – un poids; il n'aurait su dire lequel, il avait seulement l'impression d'être plus léger – d'avoir quelque chose en moins sur ses épaules.

Au même moment, une paire de couteaux vint frôler ses oreilles avec le cri meurtrier du vent. Ils perforèrent les contours rongés qui menaient de l'arrière-boutique aux égouts.

Il se retourna brusquement. Devant lui, il tenait deux lames entre ses doigts et s'amusait à jongler.

Ce rire... Colin se pencha vers l'avant, prêt. *Je vais le tuer.* Il étendit sa main et saisit les deux poignards. *Non.* Il s'apprêtait à les lancer. *Il ne faut pas!* Il freina son mouvement. *Il ne faut pas.* Il les regarda. Puis Colin qui n'attendait que sa riposte. *Je deviendrais rien d'autre que ce qu'il veut que je devienne. Et ce serait de me rabaisser à lui. Et je ne peux pas faire ça... Je dois accomplir le Plan. Le Plan... le Plan... le Plan...*

Il prit les deux couteaux et les rangea sur lui. Colin se redressa, souriant. Il avait gagné cette bataille.

Le bras droit du chef se retourna et descendit jusqu'à ce que son corps soit dévoré par les ténèbres.

Derrière lui il n'y avait plus que ce son. Un rire. Son rire! Un rire dément, psychopathe. Un rire qui allait se cogner contre le cœur de chaque bête et laisser planer la menace de la folie sur leur âme.

***

— Qu'est-ce que c'était?

— Un mutant. Il respira un grand coup; l'air était aride et brûlait ses narines. « John. »

— John?

— Un de mes amis.

— Quoi? Comment ça?

— Il était parti de la fête très tôt parce qu'il travaillait ce soir-là. Ils... ils ont dû lui faire je sais pas trop quoi...

Le ton resta en suspens. Le professeur le regarda avec la mâchoire qui pendouillait. Il balaya des yeux la ville. Il semblait estomaqué par cette réponse. « Mais ça m'explique pas comment tu sais que c'était lui. »

— C'était marqué sur l'étiquette de son veston.

Si l'expression sur son visage avait véritablement été de l'ébahissement, désormais elle s'était décuplée. C'était devenu une étrange mixture d'ahurissement et d'incompréhension qui lui donnait cet air encore plus idiot qu'à l'habitude.

Dans un mouvement brusque, Marc s'approcha de Bobby Childheart. Sa figure n'était plus qu'un masque tentant de dissimuler son envie de crier. Une part de lui se torturait à essayer de saisir comment il pouvait vivre avec sa conscience, avec le fait qu'il venait tout juste de planter une balle dans le crâne d'une de ces choses. *Dans le crâne d'un de mes amis.* Son masque se renfrogna et dit « Et votre cheville ? » alors que le professeur se tenait parfaitement droit.

— Je… je vais aller rassembler les élèves.

— Faites donc ça !

Marc se retourna et regarda le ciel. Si cette idée était acceptée – et il savait qu'elle le serait en temps et lieu – ils devraient faire face au monde extérieur et aux dangers qui s'y cachaient. Il observa les nuages gris. *Des nuages de chaleurs.* Au loin, le semblant d'un bruit résonnait comme un écho; l'écho d'un rire; un rire qu'il avait déjà entendu et qui le gela sur place. Puis ça se tut. Et partout autour on aurait cru qu'il n'y avait plus de vent ni d'air comme si la Terre dépendait de ce rire pour tourner. L'instant d'une seconde, Marc s'imagina en train de tuer ce monstre qui riait et il se demanda ce qu'il se passerait s'il devait arrêter ce moteur de la Terre ?

***

Il arriva au rez-de-chaussée accompagné par les murmures indiscrets. La honte lui collait comme une ombre même s'il savait que rien de tout ceci; toute cette misère humaine; était de sa faute. Il s'avança jusqu'à la cafétéria, chassé par les coups d'œil qui le repoussaient. Marc balaya la pièce du regard et y trouva Freddy, assis en indien dans un coin, jouant de la guitare. Quelques personnes étaient autour de lui et l'écoutaient chanter "*Message in a bottle*" de *The Police*.

"Just a castaway
An island lost at sea
Another lonely day
No one here but me

More loneliness than any man could bear
Rescue me before I fall into despair

I'll send an SOS to the world
I'll send an SOS to the world
I hope that someone gets my
I hope that someone gets my
I hope that someone gets my message in a bottle
Message in a bottle"

Marc s'approcha. Il aimait cette chanson. Il avait adoré l'attitude éclatée du batteur dans le vidéoclip.

De plus, elle était de circonstance.

"A year has passed since I wrote my note
I should have known this right from the start
Only hope can keep me together
Love can mend your life
But love can break your heart

I'll send an SOS to the world
I'll send an SOS to the world
I hope that someone gets my
I hope that someone gets my
I hope that someone gets my message in a bottle

Message in a bottle
Message in a bottle
Message in a bottle"

D'où il était, Marc apercevait Amy qui fixait Freddy avec une flamme dans les yeux. Elle semblait subjuguée par la chanson, par la guitare acoustique triste, par la voix rauque et par les regards qu'il lui lançait de temps à autre.

"Walked out this morning
Don't believe what I saw
A hundred billion bottles
Washed upon the shore
Seems I'm not alone in being alone
A hundred billion castaways
Looking for a home

I'll send an SOS to the world
I'll send an SOS to the world
I hope that someone gets my
I hope that someone gets my
I hope that someone gets my message in a bottle

Message in a bottle
Message in a bottle
Message in a bottle
Message in a bottle"

Autour, quelques jeunes regardaient la scène et écoutaient Freddy, couchés au sol comme des hippies dans l'herbe d'été du premier Woodstock. C'étaient eux les *"hundred billion bottles washed upon the shore"*. Eux et tous les autres dans cette école damnée. Des êtres seuls attendant un sauveur. *Et je veux pas être ce type.* Il n'aimait pas se creuser la tête à chercher une réponse. Surtout alors que Freddy répétait cette phrase qui leur était impossible à eux, prisonnier de leur trou perdu.

"Sending out an SOS
Sending out an SOS
Sending out an SOS
Sending out an SOS
Sending out an SOS
Sending out an SOS
Sending out an SOS
Sending out an SOS
Sending out an SOS"

Puis, il la remarqua. Elle regardait la scène avec un sourire en coin. Elle semblait inaccessible à quelqu'un comme lui. Il eut cette impression de vertige – presque comme si son cœur chavirait – l'impression de chute libre, mais en restant sur place, incapable de tomber, pris dans cette sensation incroyable. Sans pouvoir s'en empêcher, il s'approcha. Désormais, il était de moins en moins attiré par la chanson que par la beauté d'Ember.

La musique s'arrêta quand Marc fit un pas de plus.

Un froid s'installa.

Tous, sans attendre, se relevèrent, mal à l'aise. Les visages que Marc n'avait que partiellement identifiés se dissipèrent d'un coup, comme des fantômes. Amy glissa un mot à Freddy en lui tapotant le haut de la main. Il hocha la tête et elle s'en alla. Marc savait qu'il avait le béguin pour Amy. Les voir ainsi lui fit du bien. *Il n'y a pas que des malheurs dans le monde au moins.*

Ember se tourna vers Marc pour une trop courte seconde. Ils s'échangèrent un regard désolé avant qu'une paire de bras viennent s'enrouler autour d'elle comme des serpents prêts à la dévorer. Elle se retourna vers Chuck derrière elle et son sourire paru s'effacer. De par dessus son épaule, il dévisageait Marc avec son air mauvais. Il l'invitait à le frapper. *Mais je ne dois pas faire ça. Ça serait de faire tout simplement ce qu'il veut que je fasse... et elle va me prendre pour une brute épaisse.*

Comprenant que Marc ne bougerait pas, Chuck entraîna sa belle vers un coin à part avec la douceur d'un cobra étouffant sa proie. Du coin de l'œil, Marc le vit la plaquer contre un mur. Chuck semblait lui hurler des insanités. Sa main se serra dans la forme d'un poing. Il se dit qu'il était lâche de ne pas la rejoindre, de ne pas la sauver de Chuck comme il l'avait si souvent fait dans sa tête. Une voix derrière lui le fit sortir de ses rêveries avant qu'elles ne passent à l'acte. Freddy le regardait, triste qu'il soit dans un si lamentable état.

— Hey.

Marc le dévisagea. Il préférait ne pas se tourner de peur de les apercevoir en pleine dispute. Il laissa tomber ses yeux vers la guitare. Il était complètement absorbé par le pic qui frappait contre les cordes. Cette nouvelle chanson lui rappelait quelque chose. Mais plus il y pensait, plus ses pensées retournaient à Ember et Chuck. Il poussa un long soupir en s'écrasant au sol. Il se sentait tellement tellement épuisé, tellement impuissant.

— Ça va? T'as pas l'air de filer?

Cette question n'avait pas besoin de réponse ou du moins pas dans ce contexte-ci. Il regarda Freddy qui continuait de frapper les cordes. Marc reconnut alors "*One*" de *Metallica*. Freddy avait toujours aimé James Hetfield.

"I can't remember anything
Can't tell if this is true or dream
Deep down inside I feel to scream
This terrible silence stops me

Now that the war is through with me
I'm waking up I cannot see

48

That there is not much left of me
Nothing is real but pain now"

Freddy avait toujours eu cette façon unique de décrire ce qui se passait avec une guitare et une mélodie. Il avait ce don de choisir LA bonne chanson pour parler de leur petit monde triste. Et justement, Marc avait le goût de crier. Il avait eu le goût de hurler depuis trois longs jours, mais il n'avait pas été capable; comme si quelque chose dans ses tripes l'en empêchait. Freddy s'arrêta de jouer l'instant d'une mesure, laissant résonner la note. Il recommença en chantant *"Turn the page"*, originalement de Bob Seger, mais que *Metallica* avait reprise.
"And your thoughts will soon be wandering
The way they always do
When you're riding sixteen hours
and there's nothing much to do
You don't feel much like ridin'
You just wish the trip was through"

"You just wish the trip was through". Sans savoir pourquoi, Marc se répétait cette phrase dans sa tête. Il avait tellement envie que ce calvaire se termine. Ces mots semblaient être la représentation même de son désir.
"So you walk into this restaurant
Strung out from the road
And you feel the eyes upon you
As you're shaking off the cold
You pretend it doesn't bother you
But you just want to explode
Yeah, Most times you can't here 'em talk
Other times you can

Yeah the same 'ole cliches...
Is it woman, is it man?
And you always seem outnumbered
You don't dare make a stand"

Marc baissa la tête pour cacher le sanglot. *"And you always seem outnumbered. You don't dare make a stand"*. C'était parfaitement lui tout ça. *"And you feel the eyes upon you, you pretend it doesn't bother you but you just want to explode"*.

Puis, encore une fois, Freddy changea de chanson. Cette fois, il jouait l'intro de "Nothing else matters", un des plus grands classiques de Metallica.

"So close no matter how far
couldn't be much more from the heart
forever trusting who we are
and nothing else matters"

Marc se retourna et regarda Ember. Chuck s'en allait et la laissait dans un coin sombre de la cafétéria. Elle pleurait.

"Never opened myself this way
life is ours, we live it our way
all these words I don't just say
and nothing else matters

Trust I seek and I find in you
every day for us something new
open mind for a different view
and nothing else matters"

Il voulait aller la voir, la consoler, la prendre dans ses bras, la câliner, l'embrasser si le ciel le lui permettait. Il se retourna vers Freddy et lui dit merci. Un simple merci pour s'être fait ouvrir les yeux. Il lui répondit par un hochement de tête. Marc traversa les rangées de tables alignées les unes à côté des autres pour s'approcher du coin sombre où Ember s'était réfugiée, mais à peine avait-il fait quelques pas que tous se figèrent.

"Never cared for what they do, never cared for what they know
but I know, I know..."

Un grincement au loin. Dans un mouvement presque synchronisé, tous se levèrent. Marc eut cette impression de déjà vu. Une voix sortit de l'interphone. Elle résonna dans toute l'école. On pria tout le monde de se rendre à la cafétéria. Marc vit apparaître sur scène le professeur Childheart, accroché à des béquilles en plastiques et vêtu d'une tenue de sport. Marc se tourna vers Ember. Elle essuya ses larmes puis repartit rejoindre Chuck. Elle ne le vit pas une seconde ou si elle le vit, elle ne fit pas de cas de lui. Elle avança vers Chuck, tête penchée vers le bas, résignée et abattue.

Marc retourna vers Freddy, avec la même tête penchée vers le bas, résigné et abattu.

Un micro à la main, Bobby Childheart s'amusait à répéter en boucle des « Un-deux, un-deux, test, test ». À l'arrière, Marc espérait ne pas attirer trop l'attention.

— S'il vous plaît, tout le monde… tout le monde. Vous m'entendez bien? Un, deux; un, deux; test, test. Vous m'entendez? Oui? Parfait! Écoutez tout le monde, je voudrais vous parler, c'est important… Merci. Je vous ai rassemblé ici pour vous parler d'un problème grave… Certains d'entre vous le savent… Il prit soudainement un ton lugubre et beaucoup trop dramatique. « Notre quantité de nourritures ici n'est pas éternelle… même que… au nombre que nous sommes… nous ne tiendrons pas encore très très longtemps. Au moment même où je vous parle, nos rations diminuent à vue d'œil… et… Que Dieu nous garde mes enfants. »

Plusieurs dans le public se retournèrent vers leurs voisins et s'échangèrent des petits regards inquiets. L'attention était rivée vers le professeur Childheart. Quelques-uns fixaient la cantine avec effroi, comme s'il s'agissait d'une affreuse bête gloutonne.

— Excusez-moi! S'il vous plaît, mes amis! Un peu de silence je vous en prie… Merci. Fort heureusement, ce matin, avec l'aide d'un bon ami à moi, lors d'une attaque sauvage contre ces choses ignobles qui m'a malencontreusement coûté ma cheville, J'AI concocté un plan. C'est un plan qui a tout pour être audacieux, certes, mais… s'il venait à réussir… pourrait nous ravitailler en nourritures pour… il jubila pendant un instant. « Deux semaines… peut-être trois… qui sait? Peut-être même un mois! Seul le temps nous le dira. »

« Mes chers amis, ce plan grandiose n'a été organisé par nul autre que… moi; bien sûr, mais également par un homme que rien ne retient… *Non!* Un homme qui n'a pas peur de la mort… *Il ne va pas oser faire ça!* Un héros dans nos cœurs envers qui nous avons tous une dette à repayer… *Putain de merde!* Vous le connaissez bien! Il est notre homme sans peur, notre chasseur de démons : Marc Kyrric! Marc… si tu voudrais bien avoir l'amabilité de venir sur scène, nous présenter ton plan. »

Tous se retournèrent. À ce moment précis, un poing se forma dans sa gorge. L'air avait du mal à descendre. Ses poumons se vidaient. Il pouvait bel et bien dire que sa tentative de discrétion était tombée à l'eau… même qu'elle avait touché le fond du lac. Il déglutit. L'épaisse boule de gêne et de peur ne bougea pas d'un millimètre.

— No-non… bredouilla-t-il. C'est toujours meilleur quand vous le dites…

Si seulement il y avait eu de la conviction dans sa phrase, peut-être aurait-il pu convaincre un sot. Mais encore là, ça aurait été épatant.

— Mais non Marc, allez! Viens! Après tout c'est NOTRE plan.

Le silence s'était installé. Peut-être que, quelque part dans l'école, Marc parvenait à percevoir le vrombissement d'un ventilateur en marche, mais, sinon, on entendait les mouches voler.

Il sentit une fine goutte de sueur laisser dans son sillage une coulisse inconfortable qui partait du haut de son crâne jusqu'à sa tempe. Toutes les têtes l'observaient. Les yeux inquiets d'Amy. Ceux (qui avaient ce petit quelque chose de machiavélique) de Kristen. Le regard narquois de Chuck. Les yeux rouges et tristes d'Ember. Les yeux rouges et perdus de Matthew.

Quelque chose le frappa dans le dos. Freddy leva les sourcils. Marc le fixa, effrayé. Il se moquait que les autres le voient ainsi; aussi horrifié. Il ne voulait pas bouger.

Il remarqua Oliver dans un coin qui serrait les dents. Marc lui avait parlé de ses peurs. *Lui au moins me comprend.*

Derrière, Freddy le pressa encore une fois sans un mot d'encouragement. *Quel ami!* se dit-il. Il fit un pas qui sépara la foule en deux, traçant son chemin.

Il passa juste à côté d'Ember. Elle semblait terrifiée. Il lui lança un petit sourire désespéré. *J'aurais aimé avoir plus de temps.* Elle lui renvoya son sourire. *Si je reviens, promets-moi de m'embrasser…* Elle n'entendait sûrement pas ses pensées.

Le serpent s'enroula autour d'elle. Leur sourire se délia et devint une expression de tristesse. Suivant son rictus moqueur, il appuya son menton contre l'épaule d'Ember.

— Alors, c'est quoi ton idée de génie, hein?

Marc se retint de lui donner un coup au visage et s'en alla, sans répliquer, jusqu'à la scène. Il s'approcha, réticent, du microphone que Bobby Childheart lui tendait et dévisagea la foule, l'immense foule. Il fixa une dernière fois Ember, mais quand il vit Chuck lui murmurer à l'oreille, il détourna la tête et préféra commencer à discourir.

— Bon... euh... Salut... Bien, euh... Le plan... y con-consiste à partir... qua-quatre ou cinq personnes et... bien... y f-f-faut aller... y faut aller dans les maisons voler... voler de-de-de la nourriture... En gros c'est... c'est euhm... c'est ça. Après... y faut... faut revenir ici avec.

Il prit une pause. Il sentait le regard des autres. Il ravala sa salive. Le son de sa gorge sembla être hurlé dans les interphones. Aucun bruit dans la cafétéria. Tous étaient pendus à ces lèvres attendant la prochaine phrase.

— Je... Je serai de l'équipe... et euh... je-je vais apporter mes armes... au-au-au cas où... où on rencontrerait des euh... des mutants.

À peine avait-il prononcé ce mot qu'un tollé se souleva. Mutant. Un mot à éviter à l'avenir... Surtout quand on demande d'aller dehors.

— S'il vous plaît tout le monde!

Il se surprit en reconnaissant sa voix dans les haut-parleurs. Elle était pleine de conviction et d'assurance; on aurait presque cru à de la force. Il chercha dans la foule la paire d'yeux verts qui le réconforterait. Ces yeux qui lui rappelaient ceux de sa mère. Quand son regard s'accrocha à cette douceur, il sentit une vague d'apaisement balayer son visage.

— C'est tenter ça... ou sinon... mourir de faim. On n'a pas vraiment le choix...

Parmi les élèves, le silence avait repris place. Tous se dévisageaient, sans dire un mot. Des coups de coude se donnaient ici et là. Des murmures s'échangeaient. Un bourdonnement résonnait. Marc le savait, personne ne viendrait. De temps en temps, il en entendait un marmonner : "Il est cinglé" ou un autre lâchait un : « Je préfère de loin crever ici ». Marc poussa un long soupir. Il avait ce goût de soufre dans la gorge. Il allait encore être laissé seul aux lions. Il s'en mordit les lèvres. La douleur était censée l'empêcher de pleurer, mais elle ne faisait qu'accentuer sa peine.

À quoi bon? Il remit le micro au professeur d'éducation physique après avoir lancé un triste « Alors crevez » qui instaura un froid dans la salle. Il se retourna vers les marches n'osant pas regarder cette bande de lâches qui préférait se laisser mourir plutôt que sauver leur peau. Il se sentait las. *Y'a plus rien pour moi ici. J'essaie de les aider et ils me crachent au visage.*

— JE VIENS!

La voix provenait du fond. Quelqu'un avançait vers la scène. La foule se tassa devant sa démarche presque persuadée de ce qu'elle faisait. *Ça peut n'être rien d'autre qu'un fou!* Arrivé à l'avant, Marc reconnut Freddy. Il tenait sa guitare comme une hache de guerre. Il l'appuya contre son épaule et lui sourit. *Ça, c'est un ami!*

Ils se serrèrent la main avec force sans s'échanger un mot. Les mots étaient inutiles. Seuls les actes comptaient. Marc dévisagea Freddy. Ses cheveux étaient gras. Son linge sale et fripé. Ils sentaient la sueur et la mauvaise fortune, l'anéantissement et les larmes. La fatigue qui les rongeait leur faisait office de visage. *Ensemble à la vie à la mort.* Ils se l'étaient juré après qu'il ait foutu une raclée à Chuck pour protéger Marc, lors de ses premiers jours à Mead's Cliff. *À la vie à la mort.*

— Je viens aussi! Marc reconnut Bob, un de leurs copains qui les accompagnait parfois dans des beuveries. Il hocha la tête en signe de remerciement.

— Il vient! cria une voix avec un fort accent. C'était le professeur Starcheskiĭ. À côté de lui, son stagiaire le regardait, la bouche ouverte, incrédule. Son superviseur le poussa dans le dos et l'envoya vers Marc après lui avoir glissé une liste dans la main.

Matthew s'avança vers Marc tout en grattant sa barbe de plusieurs jours. Il ressemblait à un homme des bois resté trop longtemps sans son rasoir. Ils s'approchèrent et se donnèrent une vigoureuse poignée en signe d'appréciation. *Un de plus!* Une lueur d'espoir semblait briller au loin.

Mais cette lueur ne devait probablement être qu'un mince reflet du soleil.

Un silence plat régnait. Quatre âmes jetées par terre.

Marc les fixa, déçu. Il partit avec ses amis. « Il faut se préparer maintenant. » Son ton était mou, déchu et triste.

Il se dirigeait vers les casiers, souhaitant avoir peut-être un moment pendant lequel il pourrait dire un dernier mot à Ember, mais, à peine fit-il un pas qu'une voix brisa le calme.

— Il va venir!

Marc regarda la foule qui ne le suivait plus, mais qui était retourné vers elle.

— Il va venir.

Parmi eux, un visage figé en lambeaux. Un de stupéfaction; un autre de peur; un troisième de rage et ainsi de suite. Ce portrait digne du plus horrible des Picasso était, à ce moment précis, le visage tordu de celui qui était censé être le plus bel homme de l'école. Marc le connaissait assez pour savoir que sous ses beaux yeux, il maudissait et maudissait encore et encore Ember.

Un sourire pendu à ses lèvres, elle lui murmura à l'oreille des paroles inaudibles. Il se crispa encore plus dans une expression de rage aberrante.

Elle se décrocha de l'emprise de Chuck et rejoignit Amy. Entre les deux, elle lança un clin d'œil à Marc. Il n'en demandait pas plus pour flotter.

Chuck resta un moment figé sur place. La foule le fixait. Il dut finalement se plier à l'exigence populaire. Avec un mouvement dédaigneux, il s'avança vers Marc. Leur regard mêlait surprise et mépris. Chuck s'approcha, la tête haute. *Il fait encore son petit numéro.* Il alla se mettre à côté de Marc, comme si de rien n'était, comme s'il était là de son plein gré.

Doucement, Marc lui souffla : « Tu sais, tu n'as pas à faire ça si tu veux. Tu peux te rassoir. »

— La ferme.

— Quand partirez-vous? demanda Bobby Childheart.

— À l'aube. Cria Chuck comme s'il s'était octroyé le titre de chef de cette opération.

— Vers midi.

Les deux rivaux se fixèrent, effrontés. On se serait cru dans un duel de regards tiré de Le Bon, La Brute et le Truand. Marc était Clint Eastwood face au personnage de Lee Van Cleef, Sentenza. Finalement, Chuck se retourna vers la foule et dit, un soupçon de gêne trahissant sa voix macho : « Nous partirons vers midi. » Personne ne battait Blondie dans un duel de regards.

Tous se retirèrent, laissant le groupe se préparer, tant physiquement que mentalement, pour cette expédition qui serait lancée dans, à peine, quelques heures. À l'extérieur de ces murs, quelque chose les attendait. La mort elle-même n'aurait osé guetter ce qui allait se passer…

Chapitre 4
139, Rue Dante

Jour 4
École secondaire de Mead's Cliff
11 h 56

Des boîtes avaient été entassées à l'entrée. Marc contemplait le paysage avec une immobilité déconcertante. Le feu de circulation venait de changer au vert pour la cinquième fois depuis. Une vague expression d'inquiétude s'affichait sur son visage malgré tous les efforts qu'il faisait pour le dissimuler. Il fit face à ses amis et à Chuck. *Voir qu'on s'apprête à aller dans la ville.* Devant lui, Oliver arrivait, un petit bout de papier à la main. En quelques mots, il lui expliqua que c'était les éléments les plus importants à rapporter. Marc hocha de la tête. Oliver le traita de courageux avant de se retirer.

Il fit comme s'il n'avait rien entendu.

Il sortit son revolver de sa poche, s'assura qu'il était plein. Il se retourna et regarda le feu de circulation; le seul de Mead's Cliff. *Jaune.* Il vérifia le chargeur de son automatique. Il se pencha et mit un sac en bandoulière. Il était fin prêt. Ou du moins il l'espérait.

Les garçons l'imitèrent. Chuck prit une boîte en carton et un sac à dos. Matthew et Freddy prirent chacun deux boîtes de carton et un sac à dos tandis que Bob dut se contenter de son sac à dos. Ils s'apprêtaient tous à partir, mais à la vue de la ville, déserte, inerte, plus morte qu'un mort, chacun se figea, soudain envahi par un étrange sentiment.

— Écoutez, si il y a quoi que ce soit de suspect, n'ayez pas honte de crier. dit le professeur Childheart sur un ton mièvre.

Mais le professeur avait à peine entamé son discours que Marc pressait déjà sur la poignée et sortait. Le soleil brûlant avait disparu. Il n'y avait plus dans le ciel qu'un large éventail de coussins ouatés qui planaient tels des yeux blancs.

Matthew, Freddy et Bob le suivirent tandis que Chuck resta un instant à l'arrière. Marc tourna la tête et le vit avec Ember. Il semblait en colère. Il se retourna, déterminé à ne pas s'en mêler.

Son cœur le suppliait pourtant du contraire.

Il prit une grande bouffée de l'air aride. De derrière la porte, il entendit un cri. Une énergie nouvelle vint lui gonfler les poumons. *Ember*. Sa voix était déchirée entre la rage et la tristesse. Elle hurla plusieurs : « Laisse-moi! » désespérés. Marc sourit.

Mais son sourire s'effaça quand une odeur désagréable lui brûla les narines. Celle de sang séchant au soleil. Chuck cria des insanités sur ses parents, surtout à propos de sa mère. Chuck sortit et tout le monde fit comme s'ils n'avaient pas écouté.

Ils commencèrent alors leur marche d'un pas mal assuré. Un froid inhabituel glissait entre eux. Chaque brise devenait un murmure. L'été était caniculaire et brûlait les feuilles à même les branches. Elles semblaient mourir au même rythme que la vie dans cette ville. L'impression d'un automne, lugubre et précoce, volait dans les branches. Le vent était une illusion qui leur apportait menaces. Il laissait passer un mot à peine audible que leurs oreilles entendaient, mais n'avaient jamais le temps de décrypter. Ils se retournèrent. Dans chaque classe, des visages scrutaient leurs moindres faits et gestes comme on le fait avec les mouvements d'acteurs à travers la vitre d'une télévision. *Ça devait être eux; les murmures.* Du moins, ils l'espéraient.

Une ombre paraissait planer au-dessus d'eux. Avide de les dévorer. Un oiseau rouge traversa le ciel de long en large. Il semblait guetter tous leurs gestes comme un espion.

— Attendez! dit Chuck. Sa voix était mue par l'excitation de la peur. Il tenait sa boîte de carton si serré entre ses doigts qu'elle était pratiquement difforme. « J'ai… entendu quelque chose. »

— Ce… ce n'est que le vent.

Personne n'acquiesça. Ils s'arrêtèrent, s'attendant au pire, mais ils continuèrent jusqu'à ce qu'ils arrivèrent devant le banc laisser pour compte. De longues traces de sang séché recouvraient l'asphalte gris.

Tout le monde regarda. Tout le monde fut mal à l'aise. *Le prix de l'échec était un lourd prix.* Du coin de l'œil, Marc pouvait apercevoir un monticule de terre qui cachait le corps de Christopher. Nouvelle inspiration. L'air était de plus en plus empreint de l'odeur de la mort.

Rendus à la rue, les cinq compagnons s'arrêtèrent. Ils contemplèrent cette vue étrange. Un sentiment inexplicable les prit tous, peu importe à quel point leur lien avec Mead's Cliff était fort.

C'était un panorama sur l'inertie même. Et, ainsi immobiles, ils semblaient faire partie de cette inertie, de ce monstre imaginaire qui les terrifiait, ce monstre qu'on appelle peur et qui les traquait depuis cette fête terrible. L'ombre du ciel plongeait vers eux alors que le soleil se faisait avaler par les ouates blanches. Ils n'arrivaient pas à savoir si c'était cette immuabilité qui les effrayait ou si c'était l'impression d'être constamment épiés. Ils regardèrent derrière et virent encore la foule de spectateurs. *Ça doit être eux...*

Cette ville qui les avait accueillis pourtant trônait à leur pied. C'était si étrange que plus personne ne se promène dans les rues; qu'aucune voiture ne soit en train de s'échapper de ce trou; que personne ne descende Liberty Street en conversant avec leurs voisins; qu'il n'y ait plus aucune discussion sur le beau temps. Chacun ne put s'en empêcher et pendant un instant, ils furent pris des fantômes du passé.

Mais ce qu'ils s'imaginaient restait que des images; des spectres disparus. Devant eux, ces formes d'une autre vie n'étaient que souvenirs qu'ils chassèrent d'un retour à la dure réalité.

Désormais, un corps pourrissait sur l'asphalte. Les bagnoles gisaient tels des prisonniers; aussi désillusionnées par le sens du mot liberté que les rescapés de l'école. Seul le souffle du vent sifflant sa plainte triste. Au loin, quelque part, il y avait le murmure d'une radio qui grinçait; laissant sa chanson perturbatrice venir emplir le silence. Marc tendit l'oreille. C'était "*Hey You*" de *Pink Floyd*.

"Hey you! Out there in the cold
Getting lonely, getting old, can you feel me?
Hey you! Standing in the aisles
With itchy feet and fading smiles, can you feel me?"

Non loin, une portière traînait, bosselée, arrachée hors de ses gonds par une violence sans pareille.

"Hey you! Don't help them to bury the light.
Don't give in without a fight.
Hey you! Out there on your own,
Sitting naked by the phone would you touch me?"

Elle était entourée par des traces de sang, quelques lambeaux de vêtements, des débris de verres teintés de rouge et par des signes de bataille.

"Hey you! With you ear against the wall
Waiting for someone to call out would you touch me?
Hey you! Would you help me to carry the stone.
Open your heart, I'm coming home."

À force de regarder cette porte à ses pieds, Marc s'imagina la scène. Une personne arrivait – ou partait – de Mead's Cliff. Elle s'en allait peut-être voir ses enfants, couchés dans leur lit; peut-être allait-elle seulement travailler; mais à peine avait-elle tourné le coin qu'une masse informe était venue percuter la voiture. Le monstre – s'il était seul – avait alors fracassé la vitre en essayant d'y attraper son occupant.

"But it was only a fantasy.
The Wall was too high as you can see.
No matter how he tried he could not break free
And the worms ate into his brain."

La personne se fit frapper à l'intérieur de sa voiture. Un coup lui décrocha la mâchoire pour qu'il ou elle ne puisse plus faire un bruit. Le moindre son qui sortait désormais de sa bouche demandait un effort considérable qu'il ne pouvait tolérer. Malgré tout, quand il ou elle comprit ce qui arrivait – car il n'avait toujours pas compris – et qu'il ou elle se retourna vers la bête de l'autre côté de la portière, elle lâcha un cri de la plus terrible frayeur.

"Hey you! Out there on the road,
Doing what you're told, can you help me?
Hey you! Out there beyond the wall,
Breaking bottles in the hall, can you help me?"

Marc imagina devant lui la personne être tirée en dehors de la voiture. Il entendit les morceaux de verres brisés entrer dans sa jambe tandis que la personne était éjectée hors de son siège.

Ce coup-ci, un hurlement poussé uniquement par la force de la douleur.

Il la voyait se faire fracasser le crâne contre la portière. Le choc avait été si brutal qu'elle était sortie hors de ses gonds. La bête l'avait alors traîné, Dieu sait où.

"Hey you! Don't tell me there's no hope at all.
Together we stand, divided we fall."

Marc fixa l'épicerie. *Tellement loin...* Il avait peur qu'une de ces choses ne commence à leur courir après. *Mais tellement proche en même temps.* Tout semblait mort, même l'air, au point où chaque bruit porté par le vent sonnait comme une plainte raffermissant leurs craintes.

— Par où est-ce qu'on va?

Marc regarda le feu de circulation. *Rouge.*

— L'épicerie?

— Non.

— Non?

— Pourquoi pas?

— Parce qu'une de ces bêtes est sortie de là ce matin. Il pourrait en rester d'autres à l'intérieur. Dit Marc qui ne pouvait s'empêcher de regarder les portes du magasin général.

— Merde…

— On va sur la rue Dante. Les premiers sur le coin, les Malware, ils ont l'habitude de tout acheter en surplus et de tout laisser dans leurs garde-manger.

— QUOI?!

— Tu veux vraiment aller là, Freddy?

— Non surtout pas.

— Pourquoi? Qu'est-ce qu'elle a cette maison-là?

— Mon père est allé y faire des réparations une fois. C'est plein, je vous le dis!

— Elle est hantée!

— Arrête, Bob! C'est que des conneries ça! C'est plein de pilules, de conserves. Je vous le jure.

— Merde! Les Malware sont des fous. Qu'est-ce que tu comprends pas? T'as juste à la regarder et tu le sais! hurla Chuck. « T'as vu la maison comme moi. C'est clair qu'ils sont pas bien ceux qui vivent là. »

— Et puis il y a l'histoire des meurtres!

— Mais de quoi vous parlez? demanda Matthew, perdu.

— On dit qu'il y a eu des meurtres là-bas seulement parce que c'est une vieille baraque. Et d'ailleurs ç'a jamais été prouvé!

— C'est que des conneries pour faire peur aux gosses…

— Putain, les gars! C'est quoi cette maison!?

Un silence intense vint donner un moment d'accalmie à cette tempête d'exclamation.

— C'était la première maison bâtie sur le terrain de la ville. Avant c'était seulement une retraite de campagne pour un richard des années 20, mais, avec l'arrivée de la fabrique, elle est devenue la mairie de ce qui allait être Mead's Cliff. Par la suite… Marc prit une pause pour regarder l'épicerie, les rues et le phare de circulation. *Rouge*. « Il y a eu le problème avec le premier maire et sa femme. »

— Il l'a assassinée dans sa baignoire avant de cacher son corps!

— Le cadavre n'a jamais été retrouvé.

— On sait même pas si elle s'est seulement barrée ou si elle est morte…

— Et qu'est-ce qui est arrivée au gars? demanda Matthew, les yeux gros.

— Il a été envoyé à l'asile, au Nevada State Hospital.

— Mais juste avant, il paraît que, dans un moment de lucidité, il a écrit une lettre confessant tous ses crimes. Il a ensuite été la porter au curé de Mead's Cliff.

— On dit aussi qu'il y avait une deuxième lettre… écrite par le démon!

— Elle était adressée à qui?

Vert. Marc s'avança et coupa au travers le groupe. « Il l'avait adressée à sa femme. Il lui demandait pardon. »

Le silence était revenu.

Marc se retourna vers la bande. Ils se lançaient tous des coups d'œil incertains.

— Merde, c'est quand même pas une histoire qui s'est passée il y a presque cent ans qui vous effraie à ce point? Écoutez, on entre, on ouvre le garde-manger, on prend ce qu'il y a dedans et on ressort. C'est aussi simple que ça!

Jaune.

— Freddy, tu nous jures que ça va être plein? J'ai vraiment pas envie de faire ce voyage pour rien.

— Ouais.

— Et merde… protesta Chuck, hésitant entre désespoir et peur.

— Bon d'accord… Va pour les Malware.

Rouge. Les autres s'en allaient le rejoindre quand Marc se figea, hésitant. *Vert.*

La troupe repartit, encore plus à l'affût. Quelque chose – ils le sentaient – les épiait. Ils guettaient toujours les coins sombres; les ombres; les formes, les lumières; au cas où un de ces monstres leur sauterait à la gorge.

Tandis que Marc avançait; sans même savoir pourquoi, ses yeux étaient sans cesse attirés vers les maisons. Au loin, un bruit; une sorte de vrombissement grondait. Sous son regard, elles semblaient bouger; voir se tordre. *Ce son...* Leur expression, leur façade, changeait. *On dirait qu'elles rugissent.* C'était comme si elles devenaient des créatures animées; machiavéliques, qu'elles se serreraient entre elles, se relevaient, se déplaçaient.

Il ne put retenir un vertige.

— Ça va? demanda Freddy.

— Oui, oui. Ça doit être la chaleur. On n'arrête pas.

— Tu es sûr que ça va?

C'était Chuck. *Bon sang, quelle mouche l'a piquée pour qu'il s'inquiète, lui?* Marc ne répondit pas et traversa l'intersection Holy Road — Dante.

Tout paraissait si normal; les poubelles le long des entrées; les voitures stationnées dans les allées; le gazon taillé; les rues. Le tout laissait planer l'impression que des personnes dormaient paisiblement chez eux. Tous vivaient leur vie comme à l'habitude comme si c'était un jeune matin où on n'était pas encore prêt à partir travailler et suivre le cours de la journée. Rien de ceci n'avait jamais existé.

Ils avancèrent jusqu'à la maison des Malware dans un silence quasi religieux. La peur s'immisça pourtant en eux lorsqu'ils lui firent face.

C'était ça l'ancienne mairie de Mead's Cliff; une cabane sur le point de tomber en ruine dont la colonne de briques sur le côté était le seul point non monochrome. *Tout a sans doute décoloré avec l'âge.* Même la base en briques ne semblait plus rouge, mais semblait avoir pris l'aspect mort du gazon. *Patrimoine merdique de Mead's Cliff, Nevada!* Trois fenêtres au grenier avaient solidement été placardées. Tous les rideaux étaient tirés. Peu importe l'étage, ils étaient tous tirés. Étage; rez-de-chaussée et même le sous-sol. Tous. Et peu importe l'étage, ils étaient tous identiques; faits de ce petit tissu d'un blanc défraîchi qui avait tourné au gris-jaune-brun. À plusieurs endroits, des plaquettes de bardeaux avaient été arrachées ou sinon avaient moisi. On voyait désormais la chair de la maison; une inquiétante carcasse de bois vert. Une antenne satellite sur le point de tomber pouvait bien être la seule chose qui ramenait ce cadavre au 21e siècle. Les garçons se lancèrent un dernier coup d'œil avant de pousser Marc du regard.

Il raffermit sa poigne sur son arme automatique.

Il considéra le porche. Quatre colonnes tout aussi pourries que le reste. Le perron quant à lui n'était soutenu que par de vulgaires morceaux de ciments, un grand coffre en cuir et par quelques briques déposées maladroitement. *Ça doit sûrement être solide, non?*

Il s'apprêtait à s'avancer vers la porte quand il remarqua qu'il n'y avait plus de marches. Il n'y avait simplement rien. *Ces gens-là doivent pas sortir souvent s'ils n'ont même pas de marches pour entrer et sortir.*

Mais, en y repensant, sortir n'était plus vraiment à la mode.

— Allez, les gars. On change de maison. Pas celle-là. S'il vous plaît…

— On y est. On rentre, on sort. Comme on a dit qu'on ferait.

— Et merde…

Marc monta sur le perron. Quelque chose le dérangeait. Sans savoir quoi. Il hésitait entre cette vieille lampe à incandescence qui cillait, le fait qu'il n'y ait pas de marches et le fait qu'à chaque fois qu'il faisait un mouvement, le bois sous ses pieds criait le martyr. Peut-être que ce n'était que ce numéro sur la charpente; ce petit 139 en lettres gothiques rongé par la rouille qui le dérangeait. Il regarda la fenêtre juste à côté.

C'est surtout parce que j'ai aucune idée de ce qui est à l'intérieur.

Il fit le pas qui le séparait de l'entrée tandis que les planches laissaient échapper une dernière fois leur son grinçant.

Ses yeux s'arrêtèrent sur la poignée. Elle était couverte d'une épaisse matière pourpre et noire.

Ça ne lui inspirait rien de bon. Ses jambes faiblirent. Sa vue s'embrouilla. Une chaleur lui montait à la tête. Ses mains tremblaient. La peur pourrait bien l'achever.

— On devrait peut-être aller ailleurs, non? dit Chuck qui regardait le sang avec dédain.

— Pourquoi? T'as la trouille? dit Marc, un faux sourire en coin, alors qu'il pensait également la même chose. Sans savoir pourquoi, cette réplique le remit d'aplomb.

— Va chier.

— Hey! Les gars!

Marc s'avança. Son arme était pointée vers l'intérieur.

Je suis capable.

Il ravala sa salive une dernière fois. Ses doigts sur la poignée. *Chaude. Gluante.* Une odeur de sang de veau lui brûlait les narines.

Il la tourna rapidement tout en poussant vers l'avant.

Aucune réaction. C'était barré à double tour.

— Bon, on laisse faire, les mecs! Allez, on fout le camp.

Mais Marc fit comme si de rien n'était. Il recula et, deux secondes plus tard, son pied alla défoncer la porte. Elle tomba au sol. La charpente suivit à moitié.

— C'est ouvert maintenant.

— Avoue que tu avais toujours voulu faire ça. dit Freddy.

Pour toute réponse, Marc lui jeta un clin d'œil complice.

L'intérieur était tout aussi lugubre qu'à l'extérieur, mais elle y recélait une beauté sur le point de faner. Dès qu'ils pénétrèrent, ils furent accueillis dans un grand portique par une énorme vague de poussières. À leur gauche, un salon, qui mêlait le style des cafés londoniens à la nature envahissante d'une jungle amazonienne, était pris dans un stoïcisme à toute épreuve qu'ils vinrent déranger.

À leur droite s'étendait le petit séjour douillet avec ses divans en cuirs brunis par l'âge et sa bibliothèque. Les lampes ressemblaient à des champignons nucléaires. Marc regarda les deux tasses presque vides de thé noir. *Quelqu'un a véritablement habité ici...*

— C'est pas normal. dit Freddy tout bas pour pas que les autres entendent.

Cette maison semblait entrer en contradiction avec elle-même.

— Quoi? répondit Marc en écoutant à moitié.

— Il y a trop de poussières.

Elle paraissait pratiquement chaleureuse avec ses bibelots de chats et ses vieilles photos de mariage.

— Et?

— Ça veut dire qu'il y a pas grand monde qui est venu ici depuis longtemps.

Pourtant l'atmosphère la rendait si repoussante.

« Et je sais pas. Je trouve pas ça normal qu'il y ait autant de poussières, mais des tasses de thé à moitié vide. On se grouille, tu veux? »

Marc regarda les photographies au-dessus de la cheminée avant de se retourner vers un coin de la maison. *Des polaroïds monochromes d'un couple.*

— OK.

Dans les autres pièces, tout était sombre. Les rideaux tirés amenaient une obscurité implacable. Seuls quelques rayons de soleil réussissaient à se frayer un chemin. On se serait cru dans un épisode de *C.S.I. Mead's Cliff.* Tension palpable. Ambiance glauque. Décor de vieux films de série B. Ils examinèrent le hall et le salon avant de pénétrer dans la cuisine. Un relent de moisissure les attaquait avec chaque respiration.

Ils ouvrirent quelques lumières avant de passer à l'acte.

Marc, toujours à l'avant, tournait dans toutes les directions. Aucune de ces choses. Que le bruit du plancher leur répondant avec cette particularité agaçante et les flocons de poussières qui volaient dans la clarté du firmament.

Marc dévisagea la petite porte en bois sous l'escalier. Il mit sa main sur la poignée et l'ouvrit abruptement. De la noirceur. L'obscurité totale. Et une odeur de vinaigre, de soufre et une autre, encore plus exécrable. Celle même qui parfumait la maison. Indescriptible. Un interrupteur à sa gauche. Il l'alluma.

Rien.

Que des marches et un sous-sol banal.

Marc refermait quand il remarqua quelque chose.

Une trace; une empreinte; ou du moins quelque chose qui ressemblait à ça, là, juste devant lui, dans la poussière; l'empreinte d'un pied. D'un pied gigantesque.

— MARC! Allez, viens nous aider!

Il jeta un dernier coup d'œil avant d'entrer dans ce quelque chose qui se rapprochait plus d'un huis clos que d'une cuisine. Un décor identique à celui du salon. Pourtant, la vieille télévision avait été remplacée par un frigidaire et les canapés par des comptoirs et un lavabo en céramique brunie par les âges.

Une grande inspiration avant de tout balancer par terre. Jamais l'idée de se gêner ne leur traversa l'esprit. Les garçons commencèrent à remplir.

Marc regarda tout autour de lui. La tapisserie qui se soulevait à cause de l'âge donnait à la pièce une allure étrange. L'atmosphère était bizarre. L'air semblait plein de sang. Sous le papier peint fleuri, une épaisse couche de bois gris cendre. Une chaise avait été placée face à une fenêtre comme si quelqu'un avait guetté leur arrivée.

La femme du premier maire?

Inconfortable inquiétude.

Un bruit retentit. Son sec, froid.

Tout le monde fit le saut. Marc se retourna.

De la porcelaine. Partout au sol.

Ce n'est rien. Bob était pâle et désolé.

Ils se remirent au boulot. Pratiquement la moitié du travail était fait. Marc jetait des coups d'œil à ce que les gars lançaient dans leurs sacs. Il ne pensait plus à la liste d'Oliver. *Jus en poudres. Carottes. Céréales. Pâtes. Bacon. Check!* C'était plein du n'importe quoi qu'ils avaient trouvés. *Plutôt du n'importe quoi qui nous tombe sous la main.* Ils entassèrent un peu de viandes sous les bras de Bob. Ils bourrèrent les poches de Chuck de fruits en cannes. Celles de la chemise de Freddy se remplirent de couteaux. *Au cas où...*

Marc aidait Freddy avec sa deuxième boîte. Aucun mot ne parvenait à sortir hors de leurs bouches. Que le tintamarre des ustensiles se cognant ensemble créait une symphonie de bruit. Marc mettait du gruau pour compléter un sac quand ils entendirent un long cri grinçant.

Panique!

Pure. Simple. Terrifiante.

Tous se figèrent.

Le cri résonna dans leur tête. Ils prirent conscience de leur cœur qui battait la chamade.

Pas le temps de ramasser. Ils laissèrent tout tomber.

Le cri se perpétua.

Leur sang s'était congelé dans leurs veines. Et ce, malgré la chaleur amazonienne.

Des pas rapides venaient vers eux.

Marc et Freddy se lancèrent en l'air en s'accrochant l'un à l'autre.

Un deuxième cri. Plus puissant que le premier. Plus près. *Matthew? Bob? Chuck? Freddy? Moi? Ou la bête?*

Ils coururent hors de la cuisine à toute vitesse. *Des bruits, juste derrière!* Plus lourds. Ils accélérèrent. La sortie n'était plus très loin. Pourtant les pas se rapprochaient.

Ils sautèrent vers la porte du patio.

Matthew décampa le premier.

Dès qu'il mit le pied dehors, la porte se referma derrière lui presque automatiquement.

Cette maison était possédée!

Le rescapé disparut en tournant le coin. Ils l'entendirent hurler. *Qu'est-ce qui se passe, putain de merde?*

Une panique encore plus immense les saisit. Troisième cri. Cette fois; le leur. Froid. Un cri ascétique. Cri près de la douleur.

Bob qui talonnait Matthew avait percuté la vitre. Une fissure de la grosseur de son visage apparut. Une trace liquide et rouge recouvrait les craquements.

Ils se retournèrent tous en même temps quand un quatrième cri retentit.

Ils comprirent qu'ils étaient pris au piège avec la chose!

Un cri beaucoup plus puissant que tous les précédents! Beaucoup plus près! Il dépassait le summum de la souffrance.

Un cri d'agonie.

Ils repartirent dans l'autre sens.

Quelque chose hurlait, criait comme jamais. La terre en tremblait littéralement.

Pas la peine d'ouvrir. Le peu qui restait du groupe passa à travers ce que Marc avait défoncé. Un feu de lumière les aveugla quand ils plongèrent dehors.

À leur grand soulagement, Matthew était là, appuyé contre une voiture. Ils allèrent le rejoindre, prêts à attaquer la bête si elle venait à eux.

Ils étaient à bout de souffle. Cette vue qu'ils avaient sur la maison ne faisait rien pour leur redonner le courage qu'ils avaient perdu. La peur était prisonnière de leurs veines qui les brûlaient.

Un nouveau silence dérangé seulement par leurs battements cardiaques.

Retour à l'inertie des rues. Il n'y avait que leur cage thoracique qui se relevait à un rythme ahurissant qui semblait induire la rue d'un peu de vie.

Ils se regardèrent, affolés. Chuck prit la parole le premier pour maudire Freddy avant de déclarer qu'ils devaient revenir à l'école. Pour une fois, Freddy était d'accord. Matthew, trop bouleversé, ne savait plus quoi penser. Marc proposa de se réessayer ailleurs. Ce fut rapidement rejeté tout en étant accompagné d'une volée d'exclamations.

Marc se tourna vers Bob. Il croyait qu'il dirait un mot, mais il n'avait rien dit. *La peur...* À la place, il trouva le vide. *La véritable...* Bob y était resté! *La puissante peur...* Un juron énorme sortit. *Les avait envahis.*

Derrière eux résonna la longue plainte du parquet.

Les têtes se retournèrent vers l'entrée.

Marc leva son arme et l'appuya sur le capot de la voiture. Son œil contre la mire, il était prêt à tirer.

Nouveau silence insoutenable. Puis un craquement.

Une forme floue se dessina à l'intérieur.

Marc avait le doigt sur la détente.

Elle s'avança.

Le sol tremblait. Le bois grinçait. Elle était là, sur le seuil.

Un bruit. Un crissement au loin.

Puis un crachat de feu et de violence.

Le recul lui donna un brusque coup contre l'épaule. Douleur vive, mais brève.

Éclair près de la porte.

Plus rien. Qu'un corps étendu sur le perron. Un corps blême.

La peur les reprit à la même vitesse avec laquelle elle les avait quittés. Ils accoururent vers Bob, couché par terre, les mains sur les oreilles. Vague de soulagement. Il les dévisagea. Il était blanc comme un linge.

Il était tout aussi effrayé qu'eux. Un son, un murmure, franchissait ses lèvres. « Les gars... Vous vous en êtes fait pour rien. C'était... c'était un perroquet, les gars. » Il expira longuement. Les autres le relevèrent. « C'était rien qu'un perroquet... Qu'un perroquet. »

— Et merde... Voir qu'on s'en est fait pour ÇA! Écoutez, on y va, on prend nos trucs et on retourne à l'école. dit Freddy, un sourire factice remplaçant son expression de peur.

— Allez.

Le décor brun-décomposition les accueillit de nouveau.

Marc ne pouvait pourtant pas s'empêcher d'entendre le cri du perroquet. Ce cri de mort. Ce cri si bestial. Ce cri qui avait entremêlé agonie et rage.

Ce cri qui ressemblait à celui des bêtes lorsque la cloche avait sonné le premier soir.

Les étagères étaient toutes à moitié vides à présent et la vieille lampe ballottait doucement au-dessus de leurs têtes. Des fruits avaient recouvert la marqueterie. Une impression inconfortable planait.

Avec un mouvement lent, Marc suivit son ami vers le sol. Dans un silence laissant résonner que les bruits de la maison, ils s'accroupirent pour ramasser une boîte. Le hasard ou une autre divinité cosmique fit en sorte que son regard alla croiser un objet quelconque.

Un qui n'était pas là quand ils étaient entrés tout à l'heure.

Et qui n'y était pas quand ils avaient quitté.

Marc déposa ce qu'il avait sous son bras. Sans même détourner les yeux, il fit signe à Freddy de venir voir. Ses pupilles fixaient cette chose comme si elle était la pièce manquante d'un puzzle imaginaire.

Il lui demanda.

Freddy n'avait rien remarqué. Il prit l'objet pas plus gros que son pouce en espérant quasiment qu'il se volatilise comme un rêve au réveil. Quelqu'un à l'intérieur l'avait placé là, mais qui?

Ils avaient déjà une petite idée.

Pourtant. Rien ne laissait présager la présence d'un monstre. Rien; sauf ce bout d'ongle – car ça ne pouvait être rien d'autre –, qui lui entaillait la main. *Non. C'est faux! Les traces dans l'escalier.*

C'était donc vrai. Cette impression d'être surveillé.

Il tourna autour de lui-même. Craquement de vitres et de vaisselles cassées. Grincement agaçant. Grondement étrange. Et à tout ça s'ajoutait la respiration rapide de Freddy et les sifflements aigus de son nez.

Mais il avait beau regarder autour, il y avait simplement rien. Que des murs bruns et jaunes. Rien de "monstrueux". Que des bibelots de chats. Il ne pouvait n'y avoir rien. Il s'appuya sur le comptoir pour essayer de souffler un coup. *Pure hallucination?*

Non, cette chose – peu importe ce que c'était – entre ses doigts témoignait du contraire.

C'est alors qu'il sentit sous sa paume les entailles. Il fixa le dosseret. De longues marques. Partout, des traces de griffes… Comme un animal qui aiguise ses pattes. Ce qu'il avait confondu avec de la poussière était finalement des caillots. Des caillots de plâtres par milliers.

Marc se retourna. Il était livide.

Un regard effrayé vers Freddy avant qu'ils ne se penchent tous les deux et ramassent leurs affaires. *Courir!* Ils s'en allaient ordonner aux autres de partir quand ils firent tous un face à face. Marc avait la serre dans sa main. Matthew tenait un corps taché de sang dans les siennes.

Cadavre meurtri; à moitié disséqué par une infinie violence. Une petite boule arc-en-ciel encore bien chaude.

Chacun prit ses boîtes et ses sacs. Avec la précipitation de voleurs saisis sur le fait, ils se ruèrent vers l'avant.

Chuck, Freddy et Bob sortirent au moment où tout changea.

Matthew et Marc, qui fermaient la marche, sentirent quelque chose sous leurs pieds. Matthew, sur le pas de la porte. Marc, juste derrière. Cette maison était définitivement possédée.

Au début, ça avait été si subtil qu'ils avaient à peine pu la ressentir. Pourtant, rendu sur le seuil, tout se mit à vibrer avec une telle violence qu'ils comprirent que cela ne pouvait être le fruit de leur imagination.

Les cadres se brisèrent en fracas de verres! Les plantes s'écrasèrent au sol avec tonnerre. La terre se répandit partout et tomba comme une pluie noire. Les lampes se bousculèrent dans une direction puis dans une autre. Nouveau vacarme de vitres cassées. Le téléphone se souleva hors de son socle. Tonalité monotone. Matthew et Marc crurent à un tremblement de terre.

Ce n'était rien de cela…

Matthew se précipita à l'extérieur quand les murs commencèrent à s'affaisser sur eux-mêmes. Mais Marc était pétrifié. Les lumières cillaient à mesure que le courant partait et venait. Il était hypnotisé par toute cette concentration de chaos. Les portes des placards produisaient ce craquement douloureux. Il restait immobile, sur le point d'être écrasé par l'étage du dessus qui menaçait de s'effondrer. Un "CRAC" ressemblant au bruit d'une colonne vertébrale broyée par un bulldozer résonna. Des parties du plafond tombaient. Débris, plâtres, etc. Mais il ne bougeait pas, trop obnubilé. Matthew se retourna pour lui prier de les rejoindre, mais à peine allait-il ouvrir la bouche qu'il fut paralysé lui aussi.

Un cri avait rugi. Et il sembla faire vibrer la maison bien plus que ce tremblement de terre. La peinture sur les murs en frémissait. Les chats se raidirent dans leurs cadres. Les poutres de bois cédèrent et se déformèrent encore plus. On aurait cru à des griffes prêtes à prendre la pauvre âme qu'elles avaient dans leurs serres.

On aurait dit que le cri encastra Marc dans les planches de ce salon hideux. Ses pupilles paraissaient blanches, tétanisées par la peur. Encore une fois, ce sentiment que le temps s'était suspendu le saisit.

Mais ce n'était pas vraiment de la peur. C'était autre chose. Ça brûlait dans ses côtes, dans ses tripes… *Il y avait un corps.* Comme un appel de la guerre… *Christopher!* Un hurlement de vengeance… *Il les voyait, pouvait presque les sentir, jonchant son imagination quand il fermait les yeux.* L'appel du sang. *Au loin, cette tête rousse.*

Les secousses s'amplifiaient avec chaque seconde qui passait, Matthew lui fit de grands signes implorant d'aller rejoindre les autres. Il avait beau crier, rien ne lui faisait.

Pour Marc, le monde; son monde; se résumait à cette maison, rue Dante.

Il prit son arme automatique et la lança haut dans les airs. Elle atterrit directement au pied de Matthew qui se pencha pour la ramasser. Quand il se releva, Marc avait disparu et les tremblements avaient cessé.

Chapitre 5
Loups

Jour 4
Rue Dante
13 h 27

Chuck, Bob, Freddy et Matthew ne l'attendirent pas plus longtemps. C'était chacun pour soi maintenant. Et tout ce qu'ils voulaient était de creuser l'écart le plus important entre eux et cette baraque. Ils traversèrent la première intersection sans embûches.

Ce ne fut malheureusement pas le cas pour la seconde.

***

Marc monta une par une les marches. Le bois de la charpente craquelait. La maison semblait sur le point d'imploser. Elle vrombissait et rugissait tant que Marc se serait cru à l'intérieur de l'estomac d'un énorme dragon vivant. Il ne pouvait faire deux pas sans que ses souliers s'écrasent dans des morceaux de vitres. Sept ans de malheurs, pensa-t-il. Il ne savait pas ce qui pouvait bien provoquer tout ce fracas, mais il y avait une chose qu'il savait, c'était d'où provenaient les cris horribles. *Le deuxième étage. Là où il allait. Il savait d'où ils venaient...* Il ne comprenait simplement pas pourquoi il devait absolument aller voir. *À cause de cette vision. Dans le noir. Les corps. Le corps. Christopher. Ember.*

Il prit son pistolet dans ses mains moites de sueur. Il tremblait. « Juste un coup d'œil. Qu'un coup d'œil et je repars. », se promettait-il à voix basse. Mais c'était un mensonge. Ce n'était pas pour voir qu'il était là. C'était pour tuer. Pour planter une balle dans la tête de cette bête. La manière dont il agissait lui rappelait vaguement quand il jouait aux fusils et à la guerre, aux Cowboys et aux Indiens, avec les garçons de son voisinage quand il habitait D.C.. *Drôle de souvenir, mauvaise situation.*

Dès qu'il déposa son pied à l'étage, ce fut le calme plat, la quiétude laissant place à chaque détail avec une exactitude effrayante. Plus de tremblements, plus de vrombissements. Que le silence. Et tout ça donnait à cette scène l'allure d'un film de suspense.

L'air était humide, chaud et étouffant.

Une odeur forte; acide; très vinaigrée, avec un arrière-goût de sueur et de sang.

Une vieille lumière à incandescence était pendue au plafond et oscillait dans le vide. Un tuyau était brisé. Un jet d'eau coulait sur la moquette et la faisait se gonfler comme une éponge. Tous les murs étaient fêlés, fissurés et tordus. Le tout conférait au couloir cette forme étrange, laissait planer l'impression que des milliers de griffes noires étaient prêtes à le saisir. Là-bas, un calorifère émettait une stridence désagréable.

Une longue inspiration avant de se lancer dans ce corridor marron. À sa gauche, un petit bureau plein de livres théoriques portant sur la sémiotique, la sociologie et l'étude des différents concepts cinématographiques chez Rossellini, Antonioni, Felini, et autres pâtes italiennes.

Rien d'intéressant ou de comprenable.

Il referma. Grincement lent et incongru. Grincement identique à celui des vieux films d'horreur.

Il pénétra dans la chambre d'en face, une chambre d'enfant jaune bonbon. Un berceau gris, décoloré, dans un coin. Des boîtes en carton entassées partout. Il y en avait tellement qu'elles empêchaient toute lumière d'entrer. Curieux, il en ouvrit une. Des marionnettes, des oursons en pluches ainsi que des blocs abécédaires. Ça faisait un drôle de contraste avec les mégots de cigarettes et les crottes de souris qui traînaient par terre. Tout ça lui foutait la chair de poule. *Quelle famille de fou vit ici, merde?!* Dans un coin, une porte fermée menait, supposa Marc, à une salle de bain. Il s'approcha et tourna la poignée.

Barrée. Bizarre.

Il s'approcha et entendit un bruit. Ça ressemblait à un ronflement. Prononcé, crasseux et dégoûtant. *Qu'est-ce qui a de l'autre côté, bon sang?*

Un lourd grincement surgit non loin. Il sursauta et raffermit sa poigne sur son arme.

Retour au couloir. *Personne.* Le tapis s'était transformé en une marre spongieuse. Il s'avança. Son pied s'enfonça de trois centimètres et ses chaussures se noyèrent.

74

Il s'arrêta avant d'entrer dans la chambre principale. Il avait étonnamment chaud. Une peur étrange l'envahissait. La peur de découvrir quelque chose qu'il ne connaissait pas.

Il fit demi-tour. *C'est la chose sensée à faire.*

Pourtant, une voix lui disait de rester. Elle hurlait sans cesse de tuer, de faire mal, de tuer, de les tuer. Tous! La rage dans ses tripes. C'était cette rage qui bouillait en lui et qui lui procurait un sentiment comme il n'en avait jamais eu.

Il se retourna. La grande bouffée d'air dans ses poumons lui donna une force qu'il ne contrôlerait bientôt plus. Il raffermit sa poigne, son doigt sur la gâchette.

Poussa la porte.

Et le regretta la seconde d'après.

Son premier pas dans la chambre le déstabilisa. *Quelle étrange sensation! Gluante et gommeuse.* On aurait cru qu'une colle chauffée au soleil avait été étendue sur le plancher! Il s'avança jusqu'au tapis et constata à quel point la pièce était immense. Au centre, un énorme lit à baldaquin trônait telle la demeure d'un roi.

Rien d'anormal. Sauf peut-être les murs qui repoussaient à eux seuls les limites de l'horreur. Le papier peint était déjà assez affreux comme ça, il fallait qu'en plus il soit recouvert de longues traces de sang. Et toutes ces traces semblaient converger vers la salle de bain. Il y avait des empreintes de mains. *Il fait chaud tout d'un coup.* De grosses giclées. *Très chaud.* Des plus petites. *Trop chaud.* Des éclaboussures. Comètes rouges en rafales. Et puis il remarqua ces marques d'ongles comme si quelqu'un s'était agrippé à la tapisserie avec l'énergie du désespoir. Marc retint le brûlant jet de vomissures dans sa bouche avant de le ravaler.

Au fond, une porte entrebâillée. *La salle de bain.* Marc voyait les murs qui, un jour peut-être, avaient été blancs. Sa mâchoire inférieure butait contre la supérieure à une vitesse incroyable. Un froid digne de l'arctique remplaça la chaleur démentielle en un instant. Ses mains ne pouvaient s'empêcher de trembler. *Je dois foutre le camp!*

Mais c'était déjà trop tard.

***

Tous étaient en position. Il sourit. La première équipe était en marche. *Comme le Plan le demandait.* Maintenant qu'ils avaient causé la peur chez les brebis égarées et celles dans l'enclos, tout ce qu'ils avaient à faire était de cueillir celles éparpillées. *Rétablir l'ordre. Comme le Plan le demande.*

Une des leurs attendait celui resté au propylée. Celui qu'il voulait offrir à son maître. *Pour le Plan.* Ils iraient rejoindre ceux partis quelques minutes plus tôt. Un sentiment de contentement l'envahit. *Il ne nous faut plus qu'amadouer les brebis!*

***

Ils arrivèrent enfin à côté du dernier panneau d'arrêt avant l'école. À peine tournèrent-ils le coin qu'ils entendirent le choc du métal contre le sol. Ils se retournèrent et les virent.

Trois bouches d'égout s'ouvrirent et laissèrent sortir leurs mains. Elles s'agrippaient à l'asphalte et s'extirpaient comme des zombies hors des entrailles de la Terre.

Le groupe figea en apercevant le mutant qui prit la tête de la troupe. Ils auraient fait dans leur short pour moins que ça.

Ils déguerpirent comme le vent avant même que ces choses n'aient le temps de se mettre en marche.

Pourtant il savait que ce serait insuffisant. Ils ne pouvaient échapper à son Plan.

Tout se déroulait comme il l'espérait.

***

Allez Marc... Un pied devant l'autre...

Plus aucun son. La rage qui lui avait hurlé d'entrer dans la pièce ne jasait plus tant tout d'un coup. C'était à peine pour dire qu'il brandissait son pistolet devant lui. Ses bras étaient lourds. Ses muscles endoloris. Ils étaient si tendus qu'on les aurait crus étirés.

Pas faire de bruit surtout. Pas faire de bruit.

Longue inspiration. Il leva le pied. Et traça un grand arc de 180°.

Pas faire de bruit surtout. Pas faire de bruit. S'il vous plaît seigneur!

Il déposa son pied sur le plancher.

Mauvaise – pire – idée!

Le bois crissa – lâcha un cri de mort serait plus précis.

Une brise froide vint de derrière. La porte s'ouvrit un peu plus. Grincement comme des ongles sur l'ardoise.

Puis aucun bruit. Rien. Personne. Pas un seul son.

Il osa tourner les yeux. Une image, très brève, lui traversa l'esprit. Celle de sa tête, séparée du reste, roulant sur la moquette. Frisson glacé lui passant au travers la moelle épinière.

Mais non. Rien. Encore. Toujours. Rien.

Une salle de bain banale devant son regard terrifié. Un rideau de douche avec des petits canards au fond. Une pharmacie dans un coin. Et des cadres avec des chats se brossant les dents.

Trois simples détails pourtant enlaidissaient la pièce.

Un. Les murs tapissés de rouge mi-dégoulinant, mi-séchés.

Deux. Un cadavre. Tordu dans cette position informe, dans une piscine de son propre jus, ses pupilles livides fixant Marc avec effroi. Le ventre béant. Mais ce n'était plus un corps. Ça ressemblait plus à une lasagne chevelue.

Et trois, la porte barrée était ouverte.

Il s'approcha. Une foule de questions lui traversa l'esprit. Qui était ce type; depuis combien de temps il était là; comment cela se pouvait-il que la porte soit désormais ouverte, et, peut-être plus important encore, qui l'avait tué?

Mais il avait sa petite idée pour chacune de ces réponses.

À côté, plusieurs morceaux de peaux recouvraient le sol. Des os, du sang, de la chair à moitié mangée. Nouveau haut-le-cœur. Marc devait sûrement souffrir de ses sept ans de malheurs d'un seul coup. Il fit un autre pas. Ses nerfs étaient à vif. Ses tempes sonnaient comme des percussions africaines. L'ensemble complet de bongos. Il raffermit sa poigne sur la crosse de son arme et ferma ses yeux en reconnaissant le corps…

***

Ces choses derrière eux ressemblaient à des hyènes courant après leur repas. Chuck, Bob, Freddy et Matthew hurlaient tous à s'en casser la voix. Ils avaient beau essayer d'avertir ceux à l'intérieur qu'ils étaient pourchassés, rien ne les avertirait.

Ceux à l'intérieur étaient eux-mêmes ensevelis sous leurs propres cris.

***

Ember tenait une batte de baseball.

Ses doigts étaient rouges. Un sang épais coulait des ampoules faites à force de trop serrer le manche.

À côté d'elle, ses amis étaient là avec des bâtons. Hockey, Ringuette, Tennis, Baseball, Crosse, Golf; presque tous les sports y étaient. Sinon, les pauvres désespérés qui n'avaient pas le privilège d'avoir une arme frappaient avec leurs poings nus au travers des vitres de la cafétéria. Quelques-uns avaient eu l'idée de retirer des fragments pour en faire des lames. Malheureusement, (trop) souvent, ils s'entaillaient plus qu'ils ne blessaient les bêtes.

Leurs pleurs étaient devenus un signe de panique.

Et le sang sur leurs mains ne pouvait qu'exciter ces bêtes davantage.

Déjà, des corps gisaient au sol. Certains hurlaient de douleur. D'autres étaient au chevet d'un proche. Parfois c'était la frayeur qui s'échappait hors de leurs poumons.

Ember, elle, criait une rage qu'elle n'avait jamais connue tandis qu'une amie impuissante était attrapée par ces choses. Elle se fit tirer de l'autre côté et Ember ne la revit plus jamais. Dès qu'un sortait de la cafétéria, il disparaissait, emmené pour toujours dans les ténèbres de Mead's Cliff, effacé de la surface de la Terre.

Entre deux échanges, elle regarda autour. *Toute cette souffrance... Cette misère...* Tout ça lui semblait si irréel. Si elle avait été une vraie catholique comme sa mère, elle en déduirait que c'était le combat ultime et manichéen entre le bien contre le mal; les damnés contre les démons; l'humanité contre la mort pure, dure, implacable. La vitre délimitait les deux camps.

Mais elle n'était pas catholique. Elle ne l'était plus. Quel Dieu créerait de telles abominations?

Qu'un mur. Il n'y a qu'un mur pour montrer le droit chemin du mauvais... Et ce mur, ils étaient en train de le détruire, miette par miette, brique par brique. Qu'adviendrait-il d'eux lorsqu'il serait tombé? Deviendraient-ils comme ces bêtes lorsque leur dernier rempart ne sera plus là?

Pas le temps de se répondre.

Elle raffermit sa poigne et frappa. Frappa encore et encore, aussi fort qu'elle le pouvait. Elle pleurait tant elle rageait. Sa vue se brouillait. La colère, la peur, la douleur dans ses tripes étaient remontées comme une montée de bile. Goût âcre dans la bouche.

Quand une main noire réussissait à traverser la vitre, deux possibilités subvenaient. L'une : la main était rapidement ruée de coups par deux ou trois élèves en paniques. Deux : la main en attrapait un et le faisait disparaître. Si une main venait vers eux, ils se devaient d'arrêter de la tabasser que si elle retournait de l'autre côté ou si l'avant-bras cédait.

— Amy!

Aucune réaction. Elle continuait de cogner dans tous les sens. Elle leva son bâton de Hockey haut dans les airs et creva un œil.

— Amy!

Rien.

— AMY! hurla-t-elle tandis qu'elle frappait un mutant directement au poignet.

— Quoi! Qu'est-ce qu'il y a, bon sang!? Tu vois pas que je suis un peu occupée.

— Il faut sonner la cloche!

— Pourquoi tu y vas pas toi? Des doigts surgirent de nulle part et lui saisirent les cheveux. Brusquement, elle fut tirée vers la fenêtre. Un cri de panique sortit. La bête perdit poigne juste avant de la faire traverser. Elle disparut puis réapparut, plus avide que jamais, une longue mèche brune sous ses ongles. « Oh toi mon salaud! » Elle se rua vers lui et lui asséna un coup au visage. Son bâton de Hockey commença à se fendre.

Ember se retourna. Ses jambes avaient peine à suivre le rythme qu'elle leur exigeait. Elle sauta par-dessus une des tables de la cafétéria avant de se rendre au petit local juste à côté de l'immense scène de spectacle.

Elle ouvrit la porte à la volée. Machinalement, elle se dirigea vers la console. Elle trouva le bouton qu'elle s'empressa de presser. Elle ne courut pas le risque et appuya à plusieurs reprises en espérant que la lumière rouge du panneau « en ondes » s'illumine.

Rien. Que le silence. Que le bruit des damnés se battant pour leur vie.

Puis elle entendit ce croassement rauque.

***

Il se tenait immobile, comme si des chaînes invisibles plongeaient dans sa chair, dans ses muscles, à travers toute son âme, et le retenaient dans cette position. Ce cadavre devant lui était celui de monsieur Foniás, un ami de tout le monde à Mead's Cliff. *Ou plutôt ce qu'il en reste.* La bouche semblait hurler sans qu'un son en sorte. Dans un autre coin, une main, maigre, tendue vers le haut, espérant, peut-être, que quelqu'un vienne le secourir de son désastreux état. Le squelette entier se complétait ainsi en un casse-tête humain.

Puis soudainement, les yeux s'ouvrirent. Ils fixèrent Marc avec un regard pénétrant. « FUUUUYYYYYEEEEZZZZZ! » Il ressemblait à la créature du Cri de Munch.

Maintenant plus question d'être subtil. Est-ce que ce message était l'œuvre de sa peur; de sa migraine incessante ou le corps avait-il véritablement parlé? Il ne voulait pas avoir de réponse. Désormais c'était la panique.

Il décolla comme une fusée vers la porte de la chambre.

Il tourna dans le couloir.

Et fit un bond vers l'arrière de plusieurs pieds.

Son souffle était coupé. Il ne respirait plus. Il était couché par terre.

Des dents jaunes recouvertes d'un feuil brun-rose. Des joues creuses marquées par des griffes. Des cheveux pâles parsemés ici et là s'étirant comme des arbres morts. Et rien d'autre que deux trous à la place du nez.

Elle le fixa droit dans les yeux. Deux orbes presque aussi gros que son poing. Deux abysses complètement blancs. Sa langue lécha les longues traces rouges sur son menton. Marc ne pouvait s'empêcher de regarder le sang. Les restes d'une plume verte dépassaient de sa gueule. *Je viens de récolter mes sept ans de malheurs d'un coup!*

Il avait amplement eu le temps de tirer. Pourtant il ne bougeait pas. Son doigt était sur la détente. Mais ses muscles étaient crispés de peur. Il n'avait qu'un clic à faire. *Mais, seigneur, ces yeux…*

Le mutant se jeta sur lui. Ses crocs étaient sortis. Ses griffes, prêtes à le tuer. Elle plongea sur lui. Et d'un coup elle le happa.

Ils roulèrent au sol. Une odeur exécrable recouvrait la bête. En une fraction de seconde, elle lui avait entaillé le visage. Il hurla. La sensation horrible des ongles lui pénétrant chaque couche de chair n'était pas des plus plaisante.

Elle le saisit par le col et le releva d'une main. Elle ne sembla pas pouvoir retenir cette moue de dégoût.

Marc, lui ne voyait plus rien. Son sang cachait tout devant lui. Elle recula son bras. Un premier élan. Un direct dans le ventre.

Deuxième élan. Un autre coup de poing. En pleine tronche, sur l'œil. Sur la plaie ouverte. Cri de douleur.

Troisième élan. Cette fois, c'était son corps complet qui fit le mouvement. Elle le lança dans la salle de bain.

Marc était étalé de tout son long sur le sol. Sa tête était appuyée sur le doux coussin d'intestins qui sortaient hors de monsieur Foniás. Son visage baignait dans des tripes. Devant lui, il la regarda s'approcher pour l'achever.

Avec l'énergie du désespoir, il leva sa main. Il pressa la détente, mais ses doigts se refermèrent sur le vide. Son pistolet était là-bas, aux pieds de la bête. D'un coup de patte, elle l'envoya à l'autre bout de la pièce. Un bruit; une sorte de grognement qui pouvait peut-être être un rire résonna. Il n'y avait plus rien à faire.

***

Matthew était à quinze mètres de la porte.

Juste derrière; les mutants.

À côté; ses amis.

Il lança la boîte de carton qu'il tenait au sol. Énorme fracas de verre et explosions de sauce tomates. Il prit l'arme automatique et se retourna pour faire face à la bande. Leurs regards allèrent se croiser. Infime instant où la peur et la rage entraient en collision.

Celui à la cicatrice préféra ne pas courir le risque. Il plongea sur le côté et décampa vers les herbes hautes qui entouraient l'école. Aussi rapidement qu'il était arrivé, il était reparti.

Pourtant, les autres continuèrent leur chemin, gueule ouverte, crocs sortis.

Une bête sauta vers Matthew, prête à lui gober la tête. Non loin; une deuxième créature s'approchait dangereusement de Bob.

Matthew fit feu. Celle devant lui mangea le torrent en plein dans l'œil. Le choc à bout portant fut assez fort pour propulser la carcasse sur quelques mètres.

Matthew se retourna vers Bob sans cesser de tirer. *Il faut pas que je les manque!* Recul de l'arme contre son corps. Douleur. Explosion de sang en face de lui.

Bob s'écrasa au sol, pétrifié et pâle. Les deux mutants tombèrent derrière lui, criblés de balles.

Matthew se tourna vers la meute.

Un cri. Le sien. Long, enragé, puissant, mais effrayé en même temps.

Il vida le reste du chargeur sur les monstres qui arrivaient en courant vers lui. Une lueur d'espoir semblait briller en cette journée tandis que le soleil sortait hors des nuages.

La troupe se rassembla autour des deux garçons.

Bob était livide. Son bras et ses côtes se saturaient de rouge.

Mais peut-être que l'espoir n'était qu'une illusion.

***

Ember sursauta. Plusieurs coups de feu provenant d'en avant. Cela voulait dire que Marc, Chuck et les autres revenaient. Une joie immense l'envahit.

Et disparue aussitôt; morte avant même d'éclore.

Elle se figea, complètement glacée de peur. Devant elle, un mutant râlait en la fixant. Il sentait la charogne d'où il était. Et l'alcool.

Il la regardait avec appétit et salivait. Son visage caché par l'obscurité de la pièce laissait planer un étrange suspense. Ember lâcha quelques balbutiements qui durent s'évanouir sous les bruits de la cafétéria en pleine bataille.

Elle recula. Ses doigts glissèrent le long de la console de la radio étudiante, accrochant plusieurs boutons au passage. Certains s'allumèrent, certains s'éteignirent, d'autres clignotèrent.

Il fit un pas et ferma la porte derrière lui.

Son dos frappa le mur du fond. *Plus aucune échappatoire!*

La chose se plia pour sauter.

Ember suppliait, mais la bête ne comprenait sûrement pas ce qu'elle radotait.

Elle plongea vers elle.

Dans un mouvement de panique désespéré, elle se lança sur le côté en poussant un cri.

Le monstre manqua sa cible.

Ember le regarda.

Le corps était au sol, les mains collées contre ses tempes et il semblait déconcerté.

Elle avait entendu Marc dire que ces trucs étaient sensibles aux bruits.

Les cours de radio-étudiante de troisième année vont peut-être m'être utiles finalement! Elle pressa sur un bouton. Un voyant s'alluma.

Elle monta le volume au maximum.

Elle se releva et dévisagea sa proie.

Elle prit le micro et hurla.

Un son de distorsion avant que les interphones ne reproduisent son cri à la puissance 10 au travers le local.

Le monstre se crispa de douleur. Elle avait eu raison!

La peur l'avait quittée.

Elle avait laissé place à autre chose. Une sorte de témérité.

Ember s'approcha. Une grande inspiration et elle cria de toutes ses forces encore une fois.

Sous la torture du bruit, la bête se tortilla. Il appuya de plus belle ses mains contre ses tempes.

Ember saisit une chaise pliante devant la console. Comme l'aurait fait John Cena, elle la lui tapa sur la tête.

Cette fois pourtant c'était vrai. Aucun cinéma. Le sang prouvait le contraire.

Elle frappa encore. La chaise se tordit. Et encore. De toutes ses forces. En hurlant. Un pan se défit. Il ne restait plus entre ses doigts que les supports verticaux. Criant de toutes ses forces. Elle planta les pattes de la chaise dans la gorge du monstre. Ses vêtements se tachèrent de rouge.

Puis elle s'arrêta, à bout de souffle.

Pendant un instant, cette chose avait semblé être comme un poisson hors de l'eau. Puis elle avait cessé de bouger. C'était fini!

Pas tout à fait…

À l'autre extrémité de la cafétéria, les élèves se battaient toujours pour leur vie.

Dans un mouvement de panique, elle appuya sur plusieurs boutons d'interphones. Elle prit le micro.

Inspiration.

1, 2, 3, Go! Un nouveau cri. Aussi puissant que les précédents. Celui-ci retentit partout.

Les bêtes se raidirent sous le bruit qui semblait tout droit sorti d'*Immigrant Song* de Led Zeppelin.

La plupart décidèrent de s'enfuir. D'autres, plus téméraires, essayèrent de s'attraper un dernier quelque chose.

Tout ce qu'ils reçurent en échange fut de violents coups.

À la fin, tous fuirent.

***

Un mal de tête effroyable grondait dans tout son crâne. Le mutant était désormais devant lui et laissait planer son ombre.

Il saisit Marc par la gorge. Son corps se souleva avec une aisance terrifiante. Cette fois, il avait complètement l'impression que, s'il ne s'accrochait pas à cette chose, il allait tomber, chuter pendant des années, des siècles sans doute, sans jamais toucher le fond. Alors il s'agrippait. À la poigne sur sa gorge.

Il hurla à s'en fendre les cordes vocales. Aucun son ne sortit.

Elle leva son poing vers lui. Automatiquement, Marc le bloqua du mieux qu'il put.

Elle frappa quand même sa cible.

Double choc.

Un à sa main. L'autre en plein ventre.

Nouveau filet de sang qui aspergea le visage du monstre.

Il crut que son poignet se brisa. Peut-être était-ce le cas.

Nouvel élan.

Elle l'envoya planer jusqu'au lit, d'un simple mouvement du bras.

En quelques secondes, elle l'avait fait traverser toute la pièce.

Il s'affaissa sur le matelas et rebondit jusqu'au sol. Ses côtes absorbèrent le coup. Craquement étrange. *Est-ce que c'est le plancher ou mes côtes?*

Depuis la salle de bain, il l'entendait renifler avec insistance.

Un silence plat régnait. Silence entrecoupé ici et là par le bruit de ses narines.

Marc arrêta de respirer. Sa main contre sa bouche, il essaya de taire son souffle. Que les "*TROBOBOUMS!*" assourdissant de son cœur qui ressemblait davantages à une fanfare militaire.

Il se dépêcha et roula sur lui-même. La seule cachette possible lui semblait être sous le lit à baldaquin. *Merde, c'est tellement pas original!*

Il chercha du regard un signe de la bête dans toutes les directions. Pourtant, ses jambes n'étaient nulle part. Mais il trouva autre chose à la place, un vague espoir : son pistolet.

Une impression de chaleur réconfortante l'envahit quand ses doigts se lovèrent contre la crosse. Pourtant, jamais il n'avait tenu son arme aussi mollement. Comme si toute trace de force l'avait quittée. Il retint sa respiration et il patienta, écoutant le silence de la bête. Son œil était en train d'enfler. Et il avait mal à la tête, terriblement mal.

Il regarda partout. Rien! Sa vision se brouilla. *Putain qu'il fait chaud là-dessous!*

Le plancher cria.

Marc se tourna. Rien. *Mais elle est où, merde?!*

Il chercha dans tous les sens. *Merde, merde, merde!*

Nouveau grincement.

Puis il comprit!

Il dévisagea la base en bois. Elle se courbait.

Une main traversa le matelas. Longues griffes aiguisées comme des cisailles. Marc lâcha un hoquet de peur. Il prit son arme et l'appuya contre le lit. Il envoya à l'aveuglette quelques tirs.

Les chances qu'il touche la bête étaient aussi fortes que son espoir de survie.

Les griffes disparurent.

Silence plat.

Putain que je déteste ces foutus silences plats!

Puis le mobilier se souleva d'un seul coup. Un tonnerre de copeaux éclata. Une forme floue et noire cachait la relative lumière de la chambre. Leurs cris s'entremêlèrent. Un d'effroi. L'autre de rage. Le coup partit par lui-même et traça un trait de sang sur le plancher et les murs. Les deux corps se regardèrent, chacun parfaitement immobile.

La terre recommença à trembler.

Rien n'était fini.

Tout commençait.

***

La porte s'ouvrit d'un coup et la troupe fit son entrée, traînant un Bob livide.

L'air conditionné; ce paysage triste et laid; toutes ces cases; l'atmosphère de désolation et de misère et même l'odeur de renfermé leur avaient manqué.

— IVAN! IVAN!

Le vieil homme arriva en gambadant suivi de près par une cohorte de jeunes qui prirent la nourriture. Matthew lança l'arme au sol d'un geste presque terrifié et s'empara à lui seul de Bob. Ensemble, ils l'emportèrent jusqu'à l'étage.

Qu'est-ce qu'on est bien chez soi! pensèrent les deux garçons restants.

Pourtant, leur chez-soi avait drastiquement changé depuis qu'ils l'avaient quitté, il y avait à peine deux heures de cela…

— Bon Dieu! Qu'est-ce qui s'est passé ici? dit Freddy. « La guerre a éclaté? »

— Quand… Quand vous êtes partis… ils ont surgi de derrière. Ils en ont attrapé trois ou quatre. On n'est pas certain. Et… et ils les ont emmenés; on sait pas où. Après ils ont essayé d'entrer par les fenêtres.

— Putain… tu rigoles, j'espère?

« Dès qu'on a commencé à riposter, ils ont continué d'essayer d'en emmener d'autres vers les égouts. Quand un partait, on entendait des cris… à en glacer le sang… Vous pouvez pas imaginer… » conclut Amy à bout de souffle.

— Et après… euhm… Hey, où est Marc? demanda Ember tout en replaçant une mèche de cuivres et en couvrant ses ecchymoses.

Chuck s'avança, l'air triste. Il la prit dans ses bras pour dissimuler sa véritable émotion et murmura cette phrase qui déchira son cœur en lambeaux.

***

Les corps étaient depuis longtemps inanimés. Toutefois, un d'eux bougeait parfois les doigts, comme saisi d'un tic ou d'une convulsion, mais c'était minime.

C'était tout ce qui permettait de montrer qu'il était toujours en vie.

Un finit finalement par se relever. Lentement. Très lentement.

Il plaqua une main contre sa gorge en sang.

Il regarda l'autre à côté.

Immobile.

Il tourna sa tête et balaya des yeux la chambre.

Il étira les muscles sur son visage pour que la forme d'un étrange sourire s'affiche. Sourire forcé, mais un sourire quand même. Dehors, le ciel se dégageait. Il n'y avait plus que d'énormes nuages gris-blanc qui comblaient le ciel.

Il s'avança vers la porte de la salle de bain et observa le corps couché au sol. C'était horrible à voir. Pourtant il était "habitué". Il s'en moquait. Il avait franchi le cap du non-retour. Celui du meurtre.

Il se pencha.

Et commença à dévorer une partie du cadavre.

Il laissa ses longues dents infiltrer la chair molle qui se coupait aussi aisément que du beurre sous ses canines. Il prit une bouchée quand une sensation bizarre l'envahit.

Un froid. Une sorte d'éclair l'avait traversé. En partant de l'extrémité de ses pieds et de ses doigts jusqu'à son torse; en suivant le tracé de la colonne vertébrale jusqu'à sa tête. C'était une impression inconfortable. Rendue au nerf moteur, cette décharge électrique se propagea dans tous les circuits, dans toutes les veines de son corps.

La bête s'écrasa par terre, un trou entre les deux yeux.

Marc se releva en s'accrochant péniblement à une commode. Il avait reçu un sacré choc quand la bête lui était tombée dessus. Ils s'étaient sonnés tous les deux mutuellement. Au moins, il était toujours en un seul morceau.

Il s'approcha du cadavre. *Ne pas courir de risque. Jamais!* Il sortit un couteau. Et commença à le marteler de coups.

Marc ravala difficilement sa salive en voyant ce qu'il faisait. *Je me déteste.*

Il regarda son image dans la glace. *Un visage marqué de rouge.* Ce reflet de l'autre côté ne semblait pas être lui. Elle ressemblait bien plus à une illusion créée par son esprit.

Une perversion de qui il était.

Une coupure à l'œil, une enflure tout autour, les ecchymoses, les traces de douleur, le sang.

Ce n'était plus Marc Kyrric. C'était autre chose.

Une bête pas mieux que ces choses.

Il ouvrit un tiroir et prit une débarbouillette et quelques pansements. Il s'empara d'une bouteille d'antidouleurs et en goba quatre. Puis, lentement, doucement, il se lava et s'essuya. Le sang coula de la même manière que l'on enlève un maquillage; une façade dévoilant véritablement qui nous sommes.

Pourtant, dès que son visage fut propre, le reflet dans la glace ne semblait pas plus être le sien. L'œil était boursouflé. L'entaille faisait toujours là. Des ronds bleu-mauve et vert recouvraient ses joues. La seule différence, finalement, était qu'il n'avait plus de sang qui lui barbouillait le visage. La petite barbe de deux jours n'ajoutait rien de bon ou de beau.

Devant lui se tenait en fait un homme.

Un homme plus vieux, torturé, rongé jusqu'à l'os par des démons, des choix, par la misère.

Il frappa de toutes ses forces dans le miroir.

Je ressemble à mon père.

Il espérait détruire ce double, ce meurtrier, mais il ne réussit qu'à la multiplier. Des milliers de facettes de lui se réfléchissaient maintenant partout dans la salle de bain et lui renvoyaient cette image de tueur aux traits d'enfant.

Il enjamba les corps morts.

Les vibrations recommencèrent.

Il ouvrit les portes de la penderie à la volée. D'un coup, il balança tout partout autour. Il farfouilla le temps d'y dénicher un autre sac en bandoulière.

Les secousses étaient de plus en plus fortes.

Il se retourna et fourra tout ce qu'il trouvait à l'intérieur.

Tampons, serviettes sanitaires, démaquillants, brosse à dents, dentifrices, désodorisants et tout le tralala. *J'en connais qui vont être contentes!*

Il sortit.

Un choc l'envoya par terre.

Il sentit contre sa joue les pulsations qui semblaient venir du cœur de la maison.

Les vitres explosèrent. Le plancher se craquela. Les murs se fissurèrent laissant le plafond vacillant. Il s'étala au sol. Le toit commença à lui tomber sur la tête.

C'était maintenant toute la baraque qui menaçait de s'effondrer sur lui!

Marc se releva péniblement tout en se protégeant avec ses bras. Il accourut vers la porte de la chambre.

À son grand soulagement, rien d'autre ne l'y attendait.

Il descendit l'escalier tout en titubant à chacune des marches. Une secousse violente le fit dégringoler à toute vitesse. Il s'écrasa au rez-de-chaussée au moment où l'étage s'affaissa au-dessus de lui.

Pluie de poussières, de plâtres et de copeaux de bois.

Ce qui restait des cadres se brisa en créant une mélodie stridente et inconfortable de verres qui se cassent.

Les lumières n'étaient plus que de brefs éclats brillants projetant des ombres. La table du boudoir se renversa. Marc remarqua le jeu d'échecs. Les pièces s'effondrèrent. Les rois, les reines, les tours, les cavaliers, les pions. Tous tombèrent.

Mais après la tempête vient naturellement le calme.

Marc se releva, stupéfait d'être toujours en un seul morceau. Il respira un brin d'air. C'était soudainement si silencieux.

Puis, un autre tremblement suivit.

Dehors, les voitures bougeaient le long de l'asphalte. Elles semblaient s'enfoncer à même le bitume comme si le sol les avalait.

Le lustre de l'entrée s'écrasa.

Marc sauta vers l'arrière pour l'éviter.

Des éclats de verre lui caressèrent la peau. Il se protégea le visage de ses mains.

Les lumières éclairaient désormais de moins en moins. L'obscurité se fit et siégea en maître.

Nouvelle secousse. Marc tomba à la renverse. Il n'eut pas le temps de se retenir.

Le vide se fit sous ses pieds.

Les ténèbres l'envahirent tandis qu'il chutait.

Il cria.

Puis il y eut ce coup. Derrière la tête.

Et tout devint noir.

Chapitre 6
Dans la noirceur

```
Jour 4
École secondaire de Mead's Cliff
14 h 17
```

Elle courait. Elle courait à travers l'école, essayant de le rattraper. Deux jeunes collés l'un contre l'autre, dans les escaliers, se souriaient, s'enlaçaient. En arrière-plan, cette phrase comme en écho.

Il était pourtant là. Il l'avait toujours été. Mais elle ne l'avait jamais vu. C'était comme si elle avait vécu avec des œillères et que, maintenant qu'elle avait aperçu le monde sans – le vrai, le merveilleux monde –, on décidait de les lui remettre.

Elle courut jusqu'à ce que les secondes, les minutes, les heures; cessent d'exister. Elle cherchait éperdument pour quelque chose qui avait disparu. *Mais il n'est plus là.*

À chaque fois que son visage réapparaissait, il s'envolait. *Tu l'as laissé partir.* Il se dissipait dans la brume épaisse qui l'avait bouchée toute sa vie durant. *Il a pourtant toujours été là.* Il s'évanouissait, emporté par cette phrase qui noircissait son cœur comme du charbon.

Quand elle arriva face à la porte du local, elle le vit.

Il était à la fenêtre. Elle se mordit les lèvres. Il aidait une jeune fille à monter sur le toit. Il lui offrait une bière. Ils discutaient. Et il l'aimait.

Il l'aimait. *Bon sang!*

Elle était trop conne pour s'en rendre compte.

Elle ouvrit délicatement. Un courant d'air et il s'en fut pour qu'ils disparaissent. Elle hurla tant tout bouillait en elle. La rage, la tristesse. Tout le registre des derniers jours!

Ils étaient en cours de musique. Il était sur la batterie. Elle était au piano. Il souriait. Elle jouait.

Elle ne savait pas qu'il existait.

Elle était peut-être tout pour lui.

Elle s'approcha d'un des claviers. Elle le saisit. Dans un mouvement violent, elle le balança contre le tableau.

Nouveau cri, sous la pluie de touches noires et blanches.

Elle devait se déchaîner. La colère et la peine en elle allaient la tuer si elle ne le faisait pas. Elle lança tout ce qui tombait sous son joug. Une basse à travers la porte. Une guitare contre le plancher.

Un tourbillon de rage et d'instruments détruisit la pièce.

Elle ouvrit la fenêtre. Une brise balaya son visage et cristallisa sur sa peau une larme. Elle se hissa à l'extérieur jusqu'à son oasis de solitude.

Rien qu'elle. Elle, dans le vent glissant sur les bardeaux lui chauffant les cuisses. Seule, avec sa tristesse au sommet du monde.

Elle s'avança jusqu'au rebord. Ses sanglots fuyaient le long de ses joues avant d'être emportés par une bourrasque. Parfois elle les apercevait, voguant, et, quand la lumière se reflétait en eux, ils semblaient briller comme un diamant.

— S'il te plaît, Marc… reviens.

Elle espérait qu'il arrive, déambulant sur Holy Road, courant vers elle.

Elle se rappela cette phrase que Chuck lui avait murmurée dans l'oreille et en eut le frisson.

Au loin, un grand vacarme retentit. Elle sentit sous ses pieds le sol trembler, toute l'école vibrer. Elle regarda la rue Dante et vit une maison s'effondrer sur elle-même créant un nuage de poussière.

Elle ne put retenir ce mouvement, ses doigts se déposant devant sa bouche, comme pour empêcher un cri. Aucun cri. Mais les larmes surgirent rapidement.

Elle se recroquevilla sur elle-même.

Seigneur, non!

Depuis que Chuck était de retour, c'était la fête. Les cuisines ne cessaient de produire à manger. L'air s'était mis sur son trente-et-un en s'exhalant d'un alléchant parfum de bacon.

Mais pas pour elle. Les paroles de Chuck étaient encore trop fraîches.

« Il est resté derrière. »

***

Cela aurait pu faire une éternité qu'il était là, évanoui, qu'il n'en aurait rien su. Qu'un calme plat, l'absence totale de bruit, planant en arrière. Ça et un horrible mal de tête. Et aucune notion du temps.

Il avait l'impression de flotter dans le néant tant la pénombre était opaque. Le ciel était noir. La terre était noire en plus d'être dure et rugueuse.

Il tourna la tête. Son cou craqua. Il essaya de se relever. Ce fut à son dos de provoquer ce son désagréable. Un mal de tête affreux le rongeait.

Il ouvrit une poche de son sac. Il tassa un à un tous les objets maladroitement. Finalement, il sortit ce qu'il cherchait.

Il avala trois cachets avant de se remettre debout. Tout virevoltait. L'absence de toute lumière ne le rassura pas une seconde. Une petite fenêtre ne laissait même pas rien filtrer tant elle était sale. Il farfouilla le long des murs à la recherche d'un interrupteur.

Rien.

Non, si. Il l'actionna, mais rien ne se passa. Une légère vibration apparut de nulle part. Marc referma. La vibration se tut.

Il fouilla à tâtons pendant quelques minutes pour un autre commutateur. Puis, quand il en trouva un, il tourna la roulette. Un jet bronze vint baigner la pièce en créant un jeu d'ombres étrange et révéla ce qui semblait sûrement être la réserve.

Il ne put retenir un frisson à la vue de ce qui était devant lui.

Des journaux recouvraient le plancher de long en large. Des papiers sales, vieux. Marc se pencha et en saisit un entre ses doigts tachés de sang. Il observa la date. *Mai 1992.*

Mais qu'est-ce que faisaient des journaux vieux de presque trente ans au sol? Il préféra ne pas savoir. Ses yeux tombèrent sur une antique chaise en cèdre qui traînait dans un coin, entourés par des dizaines de paniers en osier qui cachaient des objets de toutes sortes.

Mais où est-ce que je suis putain de merde?

Il se retourna. Un escalier derrière lui. Pratiquement toutes les marches étaient fendues. Une vision, un souvenir, envahit son esprit.

La rue Dante. Les boîtes. La bête.

Un tremblement de terre.

Il s'avança vers les étagères et prit de tout; du petit tournevis à la paire de pinces multifonctionnelle, en passant par les ensembles de clous de toutes les longueurs, il s'empara tout simplement de tout ce qu'il trouvait; des lampes de poche, une radio portative et des walkies-talkies. Son sac était maintenant plein à craquer.

Il farfouilla alentour pour d'autres sacs ou quoi que ce soit qu'il puisse fourrer avec ce qu'il traînait quand un bruit sembla surgir des entrailles de la maison.

Il se figea sur place et tendit l'oreille.

Ce son... ça me rappelle quelque chose. C'était une sorte de grondement lourd, presque mécanique. *Qu'est-ce qu'il veut dire?* Tout paru soudainement plus obscur dans ce minuscule sous-sol. *Où est-ce que je l'ai déjà entendu?* Les armoires délabrées donnaient un air ravagé et lugubre au lieu. *D'où est-ce que "ça" vient?* La lumière vacilla avant de disparaître et réapparaître encore plus faiblement. *On dirait un pouls.*

Chaque ombre lui remémorait un monstre prêt à plonger hors des ténèbres. Un tremblement recommença. *Merde! Comment je sors d'ici?*

Chaque pot de peinture ressemblait à une tête machiavélique se dandinant dans tous les sens. Les brindilles de bois d'allumages se regroupaient pour devenir des mains à treize griffes. Les silhouettes et les formes se mouvaient. Les objets s'animaient. La pièce était en vie.

Et Marc en était son prisonnier.

Encore une fois, le bruit mécanique résonna, le son se prolongeant comme un écho provenant des tréfonds de la terre.

Puis plus rien.

Putain de merde, qu'est-ce que c'était?

Rien d'autre que le vide partout autour. Marc bougea lentement. Il descendit ses doigts jusqu'au sac. Une odeur nouvelle lui attaqua les narines. Il se souvenait d'y avoir fourré quelque chose.

Il en sortit une lampe de poche qui vint (nullement) éclairer les coins sombres.

Pourtant, ce simple petit halo blanc le rassurait. Il tourna sur lui-même quand il fut pris d'un violent sursaut.

Un cri : le sien. Il glissa sur un papier journal, tomba au sol. Coup dur aux côtes. Il perdit de vue la bête. Ses yeux suivirent le tracé de sa chute. Le mur devint le plafond. Que du noir. Il se redressa. Son arme dans la main, il visa devant lui.

Les ténèbres demeurèrent immobiles. Et malgré tout, cette étrange corne semblait toujours sur le point de lui sauter dessus.

Il recula encore et s'appuya contre l'étagère du fond. Il ne cessa de la pointer.

La chose ne bougea pas d'un poil.

Marc se retourna et saisit la lampe de poche par terre.

Toute sa peur disparue quand la chose devant lui se révéla n'être rien de moins que le bec d'un vautour empaillé.

Douce expiration de soulagement.

Il s'allongea sur les papiers journaux un instant, le temps de reprendre son calme et un autre cachet contre les maux de tête.

La pièce n'était qu'une impression d'horreur. Aucun besoin d'avoir peur.

Tout de même, il garda son arme près de lui.

Il fit le tour encore une fois. Dans un coin, il remarqua une porte fermée. Il s'essaya à plusieurs reprises, rien à faire. Elle était barrée. Il s'avança alors jusqu'à ce qui semblait être un salon miteux. Les murs étaient effrités. On y voyait la couche à moitié rongée de ciment gris sous la peinture orangée.

Le bruit mécanique résonna à nouveau. Marc sursauta. *Ce n'est que le bruit des conduits d'eau. Ça peut être que ça...* Pourtant il n'arrivait pas à se convaincre.

Il éclaira devant lui et se figea.

Ce qui était en face de lui était inconcevable. L'ébahissement n'était plus le mot. C'était de la béatitude pure et dure. Devant lui, un abysse noir de près de trois mètres de diamètres!

***

La fête paraissait s'être calmée. Il n'y avait plus que la brise du vent, le silence de Mead's Cliff et tout ce vide autour d'elle.

Tant de vide depuis que Marc était disparu.

Dehors, le ciel était opaque. Que trop peu d'étoiles illuminaient le firmament. La ville elle-même semblait plus sombre qu'à l'habitude, comme si elle miroitait sa peine.

Elle était couchée en boule sur le toit. Depuis combien de temps était-elle ici? Elle releva la tête. Aucun signe du temps qui passait. Pas de lumière. Que les ténèbres de la nuit.

Elle ne pouvait concevoir qu'il était mort.

Ce seul mot lui glaça le sang. Normalement, elle se serait remise à pleurer. Mais ses yeux étaient désormais taris de toutes larmes et ils ne pouvaient demeurer que secs et rouges. De plus en plus, des remords commençaient à s'emparer d'elle.

Pourquoi l'as-tu tant négligé?

Elle regarda vers le ciel, espérant trouver quelqu'un à qui parler.

Personne.

C'est vrai. Il a pourtant toujours été là, à te tourner autour. Pourquoi l'as-tu tant négligé?

Tous les beaux moments imaginés étaient perdus à jamais. Elle ne le reverrait plus. Elle avait grandi comme tant d'autres filles avec les contes de Disney en tête. C'est fou à quel point l'image de prince charmant change avec l'âge, avec toute la merde que la télé nous gave de nos jours. Avoir été plus matures de quelques années peut-être s'en serait-elle aperçue. Il avait fallu qu'elle écoute ses amies et qu'elle joue à Miss Populaire avec un garçon comme Chuck! Tout ça à cause qu'il n'était pas aussi populaire que cet idiot macho. *Tu as délaissé l'homme de ta vie pour un gigolo!*

Son cri se propagea partout dans la ville.

Les remords se transformèrent en frustration et, pour une nouvelle fois, ses yeux se remplirent de larmes.

Elle sentit alors quelque chose sur son cou.

Comme un serpent sur sa victime, cette chose s'enroula autour d'elle. C'était mou, flasque et avait cette étrange odeur, empreinte de tant de souvenirs. Certains heureux. Certains horribles.

Marc était là. Il vint mettre son bras autour d'elle. Il le fit tendrement, comme s'il prenait quelque chose de fragile entre ses mains. Il l'attira vers lui, jusqu'à ce que sa tête se couche sur son épaule, laissant son corps l'envelopper d'une douce chaleur. Elle tremblait.

Les yeux bleus la regardaient avec un amour hypocrite. Il souriait.

Sourire de prince. Sourire arrogant.

Le sourire d'un homme qui sait que le monde peut être à ses pieds.

Ça ne peut pas être lui.

Le visage se transforma.

Son parfum lui rappela tant de choses. Une autre vie. Lointaine vie.

Elle balbutia un nom avant d'aller se blottir contre lui, s'emparant de son chandail comme un enfant avec sa doudou.

— Je te l'ai dit, ma belle, il est resté là-bas. Il déposa un baiser sur sa chevelure.

— Qu'est-ce qui s'est passé?

— On sortait dehors quand on a entendu des cris… dit Chuck après un moment. « Marc et Matthew étaient à l'intérieur quand je me suis retourné pour voir s'ils arrivaient. J'ai vu Matthew qui sortait et j'ai tout de suite cru que Marc viendrait, mais il est jamais sorti… Matthew est arrivé à côté de moi et… et il avait du sang… du sang partout sur les mains… et il avait l'arme de Marc. J'ai tout de suite cru au pire. La minute d'après, j'ai entendu un cri et le sol a commencé à trembler. J'ai regardé la maison. Et j'ai paniqué quand j'ai vu qu'elle tremblait. Je suis parti en courant tout de suite après… comme les autres. »

Elle ne pouvait cacher son horreur et son effroi. Par contre, lui semblait prendre un malin plaisir à ne pas croiser son regard, comme s'il voulait ajouter une touche de tristesse à son récit, plein de fausse mélancolie. Ses piètres répétitions pour être acteur lui avaient bien donné ça. Quand il eut fini, Ember éclata en sanglots, se blottissant dans ses bras.

— Il me manque.

— Il va tous nous manquer.

Elle réfléchit un instant, laissant le silence s'installer. « À tous… mais pas à toi. »

Chuck resta muet face à cette réponse inattendue. Ember lui lança un petit regard en coin tandis qu'il souriait, visiblement mal à l'aise.

Elle se détacha de lui. Elle n'osait plus le toucher. Il la répugnait.

— Pourquoi est-ce que tu le détestais?

Le ton était froid, austère et effrayé.

— S'il te plaît, bébé, on peut changer de sujet?

Elle haïssait quand il l'appelait bébé. Il l'avait trop fait avec ses ex. C'était une habitude qu'elle méprisait plus que tout.

— Pourquoi, merde? Pourquoi?

— Qu'est-ce que ça changerait de toute façon?

Chuck s'approcha et la reprit. Elle fixa au loin les débris de la maison sur la rue Dante. Un frisson la glaça.

Elle pleurait dans les bras de Chuck.

Ils restèrent enlacés pendant plusieurs minutes. Chuck se leva finalement et dit : « Tu devrais venir et manger. Ça te ferait du bien, tu sais? Pour faire passer la… la perte. »

Il avait carrément cherché les mots pour qu'ils soient le plus cruels possible.

Il s'apprêtait à retourner à l'intérieur quand Ember lui dit : « Est-ce que tu m'aimes? Est-ce que tu m'aimes vraiment? »

Il se figea.

— Oui… Oui, bien sûr. Pourquoi?

Elle avait fait son choix.

— Et est-ce que tu dis ça à toutes les autres filles aussi?

Son sourire fondit à même sa mâchoire.

— Je voudrais savoir pourquoi tu me trompes, Charles.

Ce ne fut pas la question ou le fait qu'Ember ait utilisé son véritable prénom qui l'irrita le plus, mais bien la manière dont elle le regardait. Son regard avait une sorte d'air supérieur. Elle semblait si sûre d'elle-même sans qu'il n'y ait aucune malice derrière ces doux yeux verts.

C'était comme si elle avait eu une révélation.

Elle était plus forte que lui, autant à l'intérieur qu'à l'extérieur.

Elle lui remémora un instant sa mère. Comme si elle le regardait à travers ces yeux. Un regard puissant, fier, avec une volonté indestructible s'y cachant. Un regard revenant de pensées cachées six pieds sous terre.

Cette vision le terrifia. Elle l'effraya au plus haut point et ébranla jusqu'à son âme.

Il reprit sa route et rentra sans dire un mot. Les poils sur tout son corps s'étaient hérissés. Un froid le traversa malgré la nuit très chaude.

Il ne voulait surtout pas que les pensées de sa famille viennent le hanter. Pas maintenant.

Chapitre 7
Labyrinthes et minotaures

Jour 4
139 rue Dante, Mead's Cliff
Heure inconnue

Il plongea sa tête dans le trou béant. À peine s'y était-il enfoncé qu'une odeur exécrable attaqua ses narines. Il ne put retenir une toux tant c'était horrible.

Les égouts! C'est sûr.

Pourtant, la fosse était si profonde et si sombre qu'il n'en voyait pas même le bout. Il se releva et reprit la lampe de poche qu'il avait laissée par terre.

Il s'approcha tranquillement. Une grande inspiration.

Il ouvrit la main. Elle glissa le long de sa paume.

Brusque élan de panique.

À la dernière seconde, il la rattrapa du bout des doigts. Il la regarda en poussant un long soupir. *Putain que j'ai passé à deux doigts de faire une connerie!*

Il la tourna entre ses doigts. Dès qu'il trouva le bouton, il le pressa. Un halo blanc alla enfin éclairer le plafond.

Il pointa le faisceau vers le fond des abysses. Que du noir. Que ce trou. Que ce gouffre.

Marc lâcha la lampe-torche.

Elle tomba sur près de dix mètres avant de s'écraser dans une flaque d'eau. *Splouch!*

Il se retourna et fouilla son sac en bandoulières. Il en sortit une deuxième lampe qu'il attacha à son pistolet avec du ruban adhésif. Il chercha un peu et finit par dénicher une longue corde qu'il fixa autour de sa taille, par-dessus son chandail. Dans une remise, il prit une paire de gants de jardinages pour adoucir la descente. Il alla accrocher l'autre extrémité à une colonne de pierre qui suspendait le sol du premier étage – ou, du moins, ce qui en restait.

Après avoir vérifié si le tout était bien solide, il appuya ses pieds contre le rebord du trou.

Dernière grande inspiration avant de s'enfoncer dans l'abysse.

Il supplia le ciel d'être capable de supporter l'odeur, mais surtout de ne pas tomber sur quelque chose qu'il ne voulait pas croiser encore une fois.

Que je veux plus croiser, point!

Il descendit tranquillement en rappel. Ses souliers donnaient à répétition de petits coups sur les parois. Il fit un bond. La lumière sur son arme ne suffisait presque pas pour éclairer le gouffre. Après un temps, il fut en entier avalé par le puits sombre.

Ses pieds touchèrent le vide. Brusque panique!

Marc tira de toutes ses forces sur la corde.

Elle se tendit tant qu'elle l'étouffa et le balança dans tous les sens.

Sa tête cogna le mur et sa main lâcha par réflexe.

Le noir partout. L'obscurité.

Chute libre.

Ses doigts se resserrèrent finalement sur quelque chose. Nouvelle douleur vive à la taille.

Tout redevint soudainement immobile.

Rien d'autre que son râle comblant le silence.

Il était exténué. Son cœur battait la chamade.

Il faisait anormalement chaud, ici, sous terre.

Marc resta suspendu, figé.

Après un moment, il arqua son corps vers l'avant.

Ses pieds frôlèrent la paroi en espérant s'accrocher à quelque chose, mais ils glissèrent.

Cette fois au moins il se retenait assez fort pour ne pas tomber.

Mais le calvaire à ses reins le limitait.

Il se balança d'avant arrière encore une fois laissant son grognement sourd se répercuter en écho.

Il regarda la façade et essaya de le frapper de toutes ses forces. L'idée de créer une minuscule fissure lui avait traversé l'esprit. Mais même avec des bottes de travail, tarauder une couche de roche était loin d'être une mince affaire.

Tenter quelque chose est quand même beaucoup mieux que de rester là.

C'était ça… ou remonter…

Sinon je dois descendre complètement.

Ces deux pieds s'approchèrent. Il n'en manquait que très peu pour qu'elles cognent le mur. Un nouvel élan.

Ses pieds y touchaient presque.

Il sentit l'extrémité de sa semelle effleurer les abords de pierres.

Marmonnements de douleurs. Nouvel élan. Sensation de brûlure atroce contre ses côtes et d'une goutte de sang le long des hanches.

Puis vint le retour de poids. Marc revenait vers sa cible. Il arqua ses jambes vers l'avant. Elles frappèrent la surface.

Et traversèrent!

Une expression de surprise déchira son visage. Ses deux souliers transpercèrent comme si le mur avait été fait de papier. Marc resta figé quelques secondes, essayant de comprendre ce qui venait de se passer.

Il demeura ainsi, suspendu, les deux pieds dans les trous terreux qu'il avait créés.

Ce n'était pas de la roche, mais bien quelque chose qui ressemblait à du calcaire, presque à de la craie.

La cloison dans laquelle il s'était enfoncé était aussi fine qu'une feuille de soie.

Marc se dégagea. Il regarda autour de lui. Rien sur quoi se retenir à part les creux qu'il venait de faire.

Un uniforme surface parfaitement lisse.

Non, faux. À deux mètres à sa droite, il remarqua de petites fractures, comme si quelqu'un avait utilisé un pic pour monter.

Un pic ou des griffes...

C'était comme si toute la cavité avait fondu sous l'effet d'un puissant acide. *D'où peut-être l'odeur.*

Marc déposa sa paume contre le mur. La pierre exhalait de la chaleur. Il eut l'impression de descendre dans un thermos géant. Pourtant la terre de l'autre côté était froide. *Et par-dessus tout ça, ça continue de puer de plus en plus!*

Marc échappa une toux sèche.

Regard vers le haut. Cinq ou six mètres le séparaient de l'entrée par laquelle il venait. Il délaissa la paroi et se hissa. À peine avait-il fait un mouvement qu'il sentit un poids en moins.

Il observa la corde autour de sa taille. Disparue. Elle flottait à côté de lui, détachée.

Marc se tenait désormais dans le vide sans parachute.

La peur l'enveloppa encore une fois.

S'il lâchait, il tombait.

S'il montait, il serait obligé de faire le chemin jusqu'au bout sans s'arrêter une seule fois.

Se rendre en haut c'est quasiment un exploit. J'y arriverai jamais!

En laissant aller son regard vers les abysses sombres, Marc eut l'impression d'être à son tour observé. Un sentiment désagréable l'envahit. Sa lampe de poche réussissait à peine à éclairer les alentours. Qu'y avait-il autour de lui? Il préféra ne pas attendre la réponse.

Il jeta un coup d'œil vers le fond. Un étrange liquide aux couleurs hésitantes entre le vert et le jaune aspirait toute lumière. La lampe de plus tôt n'était plus là. Un frisson froid lui parcourut l'échine.

Le faisceau blanc ne l'aidait pas vraiment à savoir sur quoi il pourrait se poser... *Ou sur qui!*

Quand il arriva finalement au sol, ses pieds s'écrasèrent dans quelques choses de mou.

Il se pencha pour voir dans quoi il avait mis le pied et découvrit avec horreur que c'était un énorme tas de fientes. *Et ça peut pas venir de rats, gros comme c'est!*

Il n'était pas seul ici!

Marc regarda partout. Des murs quasi identiques au gouffre duquel il sortait. Uniformes et d'un gris cendres. Une étrange chaleur l'enveloppait. Marc toucha le pan du tunnel. Ils étaient brûlants.

Comment c'est possible? Je suis 25 pieds sous terre... Il peut pas faire si chaud.

L'odeur de pourriture remplaça toute réponse qu'il aurait pu avoir. Derrière lui, un corridor obscur s'enfonçait dans le néant noir. De l'autre côté, le souterrain continuait jusqu'à un carrefour. Il observa le puits et la courroie qui pendait juste en dessous de son nez.

— Ô Sokar...

Marc fit un pas. *Cette voix...* Elle lui avait glacé le sang. ... *était celle d'un enfant!* Il serra sa main sur son arme à un tel point que ses veines en étaient démesurées.

— Amon...

Encore! Comme un écho étouffé lui parvenant.

Puis, le silence.

Il ne se l'était pas imaginée. Du moins il l'espérait. Cette voix de jeune fille tétanisait ses pensées. L'absence de tout bruit lui faisait craindre le pire.

Il regarda la corde à côté de lui. *Et merde.* Il ne pouvait tout de même pas abandonner quelqu'un ici.

Il se força à s'avancer dans le noir ambiant jusqu'au nouveau couloir.

L'eau lui arrivait aux mollets. Semi-brune, semi-verte, pâteuse et collante. Marc s'appuya contre un des murs de roches pour sortir son pied de la mare.

Deux choses le frappèrent soudainement. Non pas par rapport à cette boue miasmatique dans laquelle il pataugeait, mais bien par rapport au tunnel en tant que tel. D'une étant l'impressionnante quantité de mousse fongique qui ornait le mur et qui reproduisait la forme de sa main. La seconde étant l'incroyable froid qui le recouvrait.

Deux murs, deux écarts de température. *Comment ça se peut?* Le silence suivit son questionnement. Il se dégagea et plaqua sa paume de l'autre côté en prenant grand soin de ne pas tomber dans la marre. *Froid également.*

Il s'approcha d'une échelle. La voix ne le guidait plus. Il ne pouvait plus rien pour cette petite fille. Il regarda au-dessus de lui. Tout ce qu'il avait à faire était de bouger cette bouche d'égout. Il observa les barreaux. Ils semblaient tous moisis, enduits d'une épaisse couche d'écume blanche et verte. Il déposa sa main.

« Putain! » C'était brûlant. Et sa main s'était enfoncée d'un bon centimètre sur le métal qui avait recouvert sa paume d'une matière horrible, crayeuse et gluante, qu'il ne parvenait pas à enlever. C'était sûrement pas très sécuritaire.

— Baal…

Encore une fois, elle se tut comme si on l'y forçait, l'étouffait. Marc se retourna et suivit le jet de lumière devant lui. Il aurait aimé se convaincre de l'abandonner ici, de revenir sur ses pas et sauver sa peau, mais laisser quelqu'un dans un endroit pareil, c'était pas humain.

Et son humanité était tout ce qui le séparait de ces bêtes.

Tout autour, des bruits suspects. Le clapotis de ses souliers, le grondement du sol, du tunnel, qui grouillait comme une artère viscérale. Des crissements, des craquements, des cillements lointains.

À chaque son, il se figeait, pétrifié.

L'odeur était nauséabonde et il n'osait plus respirer. Il osait à peine bouger.

Et les cris de la fille s'étaient tus comme s'ils n'avaient jamais existé. Marc croyait au pire. Ses mains tremblaient. Il avait chaud et il avait mal à la tête. Il prit un cachet qu'il avait fourré dans ses poches.

Malgré toutes les horreurs des lieux, il continua vers Dieu sait quoi. Maintenant qu'il y était, pensait-il, rien ne pouvait être plus atroce que de devoir patauger dans cette épaisse boue. À chaque tunnel qu'il traversait, il se penchait pour pouvoir passer dans les petites excavations.

— À... l'i-iad!

Toujours cette voix! Marc se rapprochait. Pourtant elle semblait toujours aussi lointaine, toujours aussi inatteignable. Son cœur s'accéléra. Le cri paraissait courroucé, hésitant entre l'étouffement et le hurlement de peur. Elle appelait à l'aide.

Il mit un pied devant l'autre encore et encore. Ses pas étaient de plus en plus rapides. Ils étaient précipités par la frayeur de cette gamine. Son arme brandie face à lui. Il la sauverait. *La sauver elle, parce que j'ai pas pu sauver Christopher.*

Il arriva à un carrefour.

Elle s'était tue.

Partout autour, le silence.

Il l'avait perdue.

Et il était désormais seul dans tout ce néant nauséabond.

Marc se passa une main dans les cheveux. Il était totalement égaré lui aussi. Une fine couche huileuse lui coula sur le visage.

Il y avait sans cesse cet écho mécanique en trame de fond, ce tintamarre insolite de chasse d'eau qu'on aurait cru venir de nulle part. Ça lui donnait la chair de poule.

À sa droite, une faible lueur illuminait un long corridor. *Une sortie possible fort probablement.* Mais ce couloir paraissait continuer infiniment. Un courant d'air chaud apportait une étrange odeur de charogne. Marc eut une impression désagréable.

Face à lui se poursuivait un tunnel éclairé par les quelques rayons de lumières qui parvenaient des bouches d'égout. Au loin, un autre s'enfonçait dans des ténèbres peu accueillantes. À sa gauche, une entrée creusée à même la pierre. Il s'y appuya. *De la chaleur.* Les murs étaient aussi lisses que ceux rencontrés plus tôt.

Il crut entendre ce qui ressemblait au pétillement d'une boîte de coca qu'on ouvre. Derrière lui; le chemin d'où il venait.

— Je déteste ça. dit Marc tout bas pour lui-même.

Il n'avait pas vraiment de choix. Si elle l'avait appelé, il aurait peut-être pu retrouver sa trace ou sinon il serait mort en essayant. Mais le silence le forçait à revenir sur ses pas.

Il tourna les talons et regarda une dernière fois par-dessus son épaule. Rien.

Il se figea avant même que son pied ne touche le sol.

Un bruit avait résonné!

C'était faible, mais perceptible. Juste assez pour le guider.

Longue pause; lourde et effrayante. Tous les couloirs semblaient lui faire parvenir ce son. Des vagues remuaient tranquillement. Il se retourna et observa le carrefour.

Un nouveau cri. Puissant. Marc fit face au tunnel sur sa gauche et s'y engouffra.

C'était elle. Il en était sûr.

Les cris se multiplièrent et se transformèrent en un agglomérat de peur; de terreur pure.

Plus il avançait, plus tout se clarifiait. Les « À l'aide! » se dédoublaient en échos infinis. Peut-être n'était-ce que ces répercussions, mais Marc cru, à un certain point, qu'ils étaient toute une foule à appeler à l'aide. Le reste se perdait sous son souffle et ses pas.

Puis le silence.

Que le bruit de ses semelles se cognant contre la roche et la boue.

Nouveau cri. Il semblait torturé et la voix paraissait de plus en plus jeune. Et proche!

Donc aussi son ravisseur…

Ses souliers firent éclabousser le bouillon par terre. Il sentait le tout lui exploser jusqu'au visage.

Il pressa l'allure encore une fois. Il courait à toute allure, enchaînant les corridors le plus vite possible.

Il tomba.

Ses mains s'écorchèrent contre le béton.

Il se projeta vers l'avant, son arme brandie, et continua.

Un autre cri. Un dernier carrefour.

Marc s'arrêta.

Il y était. Désormais, il fallait jouer de subtilité…

Et ne pas rebrousser chemin.

Il s'enfonça de plus en plus dans les couloirs froids. Il ne pouvait s'empêcher d'avoir ce sentiment de plus en plus gênant de plonger dans la tanière du loup. Un nuage de vapeur se forma à l'orée de ses lèvres recouvertes d'un brillant de sang.

Un nouveau cri.

Strident.

Il était tout près.

Marc prit à gauche. Ce tunnel était plus éclairé que ceux dans lesquels il avait progressé. Il regarda au-dessus de sa tête. Une bouche d'égout. S'il devait faire une sortie hâtive, c'était la meilleure solution.

Pourtant, l'épaisse couche de tissu fongique qui enveloppait l'échelle lui dit que c'était peut-être imprudent.

Il devrait refaire le chemin jusqu'à l'entrée. Jusqu'à chez les Malware. Jusqu'à la maison. À travers ce labyrinthe. Il déglutit.

Un pleurnichement l'expulsa de ses tracas. Puis vint un grognement rauque suivi du bruit de quelque chose de lourd tiré contre le sol. Marc s'avança. Il entendit avec une clarté déconcertante la fillette.

À l'oreille, Marc lui donnait une dizaine d'années tout au plus. Il tâcha de rester dans l'ombre.

Dans ce coin sombre, elle était là, elle passa devant lui.

Tirée par cette bête.

À peine avait-il posé son regard sur eux qu'il se cacha.

L'idée de revenir, de tout abandonner, était plus que tentante maintenant qu'il était ici. À la vitesse de l'éclair, Marc repensa à tout ce que lui avait dit le professeur Starcheskiĭ.

Nouveau coup d'œil. Le corps disparu. Une porte claqua. La seule chose qui en sortit fut un horrible cri.

Un flash lui déchira l'esprit.

Ce monstre allait se retourner et, d'un coup, forcerait son poing dans le thorax de sa victime avec la facilité que l'on ressent en faisant traverser notre doigt au travers une feuille de papier. Il voyait très bien les longs filets rouges couler, glissant avec une étrange aisance sur le cuir glacé, sombrant le long du bras avant de s'écraser au sol dans une macabre flaque noire.

Marc était hanté par cette expression ébahie, torturée, qui le regardait. Ce faciès de surprise, de douleur et de tristesse se mêlant à ce dernier soupir lâché sous le coup de la souffrance. C'était l'incarnation la plus pure de la peur et de l'agonie.

C'était le visage de la mort.

Et il se bougea pour articuler cette unique phrase; ces simples deux mots qui vinrent mettre en branle toutes fondations de sa personnalité, ébranlant sa volonté au grand complet : « Venge-moi! »

Marc regarda le couloir. Sa main serrait son arme comme jamais.

Il accourut et, d'un coup de pied, il défonça les planches de bois qui servaient de porte. Droit devant lui, la bête se dressait, courbée sur sa victime.

Celui-ci était grand et élancé. Il portait un complet totalement déchiré dont les quelques lambeaux restants étaient brunis par la saleté. Marc remarqua la salive qui dégoulinait le long de son menton. Frisson d'horreur avant le moment fatal quand Marc comprit ce qu'il allait empêcher.

Il n'hésita pas. Il tira deux fois sans même prendre le temps de viser.

Dès le premier coup, la bête s'affaissa directement aux pieds de la fillette. Une balle dans le bras. L'autre dans le sternum.

La petite fille éclata en sanglots. L'idée de se sauver ne l'effleura jamais. Elle s'avança vers le corps et, à grands coups de pieds, elle lui démolit le visage.

Marc n'avait jamais vu une rage aussi intense.

Elle hurlait. Elle était à moitié nue. Elle pleurait. Ses seins pas encore formés étaient ornés d'une longue balafre.

Pas un instant, son regard se posa sur Marc. Elle ne fit que ruer la bête de coups de pied tout en criant : « Ça, c'est pour ma sœur que tu as tuée. Meurtrier. »

Elle répéta ce mot, meurtrier, une bonne dizaine de fois. Elle semblait être incapable de dire autre chose.

Marc resta figé devant une telle colère.

Il observa toute la fureur s'afficher sur le visage angélique tandis qu'elle frappait le corps mort. Le sang remplaçait les larmes. C'était un étrange spectacle de voir le nez se fracturer; la lèvre éclater en bouillie. La rage qui prenait la place de la douleur. La petite grognait. Comme ces bêtes. À chaque fois qu'elle enfonçait son soulier de course dans l'œil blanc qui explosa à la fin comme un furoncle. À cet instant il comprit que lui et cette fille étaient exactement identiques.

Puis elle s'effondra au sol, exténuée.

Il la vit faire des petites boulettes de chairs que l'on appelle poing et elle les fracassa contre le cuir tordu. *On est deux à être aussi inhumains que ce monstre difforme par terre.*

Dès qu'elle fut totalement à bout de souffle, Marc déposa délicatement sa paume sur son épaule en signe de sympathie. Et c'est là qu'il la reconnut. C'était la sœur de l'amie à Ember et Chuck, celle qui était venue lui demander de la protéger.

Il n'y avait que son long râle dans la pièce. Elle était totalement catatonique. Râle sauvage, rauque et bestial.

— C'est quoi ton nom?

Un silence. Elle ne semblait pas avoir entendu la question. Ses lèvres remuaient toutes seules sans qu'un son en sorte.

— Mona. dit-elle tout en fixant le vide.

— Et bien, Mona, écoute-moi et écoute-moi bien! dit-il tout doucement. « Si tu veux t'enfuir, je vais te demander de sortir de la pièce, de prendre à ta droite et, au premier carrefour que tu vas voir, tu vas devoir tourner à droite encore avant de continuer toujours tout droit jusqu'à ce que tu arrives à un deuxième carrefour puis…

Marc la regarda. Elle ne pourrait jamais se souvenir de tout ça. C'était idiot. Même lui n'était pas sûr de se souvenir comment revenir. Elle regardait toujours le corps. Il n'aurait su dire si elle l'écoutait sans broncher ou si elle ne faisait que penser à ce corps, à sa sœur que cette chose lui avait enlevée, à sa rage.

« Écoute-moi, Mona, s'il te plaît. Je veux que tu viennes avec moi. On va se sauver. Je vais te ramener à l'école. On va devoir grimper à une corde et ensuite, on sortira d'ici, mais il va falloir faire vite, tu comprends? »

Rien. Que son râle. Elle regardait la bête.

— Mona?

— Pour se sauver? dit-elle enfin.

Elle l'avait regardé avec les yeux les plus piteux que Marc n'avait jamais vus. Il avait eu le goût de la prendre dans ses bras. De chasser au plus loin tous ses troubles.

— Pour se sauver. Allez!

Elle se mut comme un zombie.

Son corps tout entier ne semblait être qu'une coquille vide. Marc quant à lui se retourna et se précipita vers le monstre. Il lui fit les poches à la recherche d'armes, de munitions, mais le plus utile qu'il trouva fut un simple coupe-ongles qu'il laissa tomber.

Par contre, en cherchant le pantalon, il trouva un portefeuille. Permis de conduire, visa, carte débit et carte de café. Quelques billets verts, mais rien de plus. Marc s'en allait le laisser tomber quand ses yeux tombèrent sur une photographie qu'il retourna entre ses doigts.

Sa mâchoire lui tomba.

Famille Fisher — Mariage — 2009.

Il y avait un homme, une femme et deux filles. *Non...* Marc en était scié. Une autre photo. *Utah, Noël 2007.* Il reconnut le visage qui se tenait à côté de lui. *Putain, comment...* Maintenant, ça ne faisait plus aucun doute. *Ce type était le père de la fillette!*

Un grand grognement tira Marc hors de ses pensées. Il n'aurait su dire si c'était véritablement le bruit de ces choses, mais si elles venaient ici, elles allaient forcément être là d'un instant à l'autre. Elles devaient avoir entendu le vacarme causé par les cris.

— MONA, COURS!

Un bruit se dessina au loin, ressemblant au galop de chevaux. Marc se releva et partit à courir.

Courir. Toujours courir. Courir de plus en plus vite.

Un monstre tourna le coin au carrefour devant. Mona lâcha un cri. Ils voulurent rebrousser chemin, mais quand Marc se retourna, il glissa.

Plat ventre. Souffle coupé.

Il se sentit s'enfoncer; être englouti; dans les eaux brunes et épaisses.

Il releva la tête au dernier moment. Une masse folle avançait vers Mona. Il leva son arme et laissa son feu en sortir.

Détonation. Le bruit du métal suivit.

Marc arrêta de respirer. Il avait manqué son coup! Il le savait. Dans ses tripes. Il retint son souffle en priant que la bête les achève rapidement. Il n'attendait plus que le moment où elle viendrait chercher son cœur. Chaque seconde le rapprochait de la douleur suprême de la mort.

Secondes qui n'arrivèrent jamais…

Peut-être avait-elle décidé de s'en prendre à Mona avant lui. Il releva la tête et regarda devant. Un œil globuleux et vitreux qui voguait à la dérive en regardant le néant. Une tête. Un corps. Un trou dans la gorge.

Marc se releva. Il l'avait eu! *La chance existe donc.*

Mona le releva. Elle était encore en un seul morceau et plus ou moins sec. Ils s'apprêtaient à repartir quand il reconnut l'habit du mutant. Une tenue militaire. Il en avait vu plusieurs au cours des dernières années.

Que le silence. Marc inspira, se passa la main sur le visage.

Un choix. Il avait fait le sien.

Il se lança au sol et lui fit les poches. Il n'y trouva rien d'autre qu'un vieux paquet de chewing-gum.

Il retourna le cadavre sur le côté. Un étui. Marc l'ouvrit, le déchira presque. Une arme. Une inscription sur le côté de l'arme. *U.S. 9 mm M9 – P.BERETTA – 65 490.* Il sourit, ébahi.

Grognement. Mona le tira.

Grognements. De plus en plus prononcés. Marc serra l'arme entre ses gants et se remit à courir. Dans sa cage thoracique, son cœur tambourinait. Le pas des bêtes se rapprochait derrière lui. Leurs grognements devenaient peu à peu de plus en plus perceptibles.

À peine arrivait-il au premier carrefour que les mutants arrivaient à la pièce. Il entendit leur cri.

Ils avaient vu un des leurs étendu au sol, le visage détruit.

La voix du professeur Starcheskiĭ revenait sans cesse dans sa tête. Elle répétait en boucle incessante : « Ils sont cannibales. Extrêmement dangereux. Ils possèdent une force et une vitesse grandement supérieure à la nôtre. Tous leurs sens sont finement aiguisés. Rien de moins. » Tous leurs sens sont finement aiguisés. Tous leurs sens sont finement aiguisés. Sens aiguisés. Sens aiguisés… »

Marc savait qu'ils n'auraient aucun mal à pister leur odeur, puant comme il était. Et ces quelques secondes d'avance ne les sauveraient sûrement pas. Et devant lui s'allongeait l'interminable couloir. Et, avec chaque pas, le prochain corridor semblait s'éloigner vers le néant.

Il était foutu.

Encore!

Pourtant, il ne pouvait abandonner. La voix se répétait. *Cannibales. Extrêmement dangereux. Une force, une vitesse supérieure. Sens finement aiguisés.* Mais Mona était là, tout juste devant lui. Il avait fait une promesse à sa sœur. Et il voulait la tenir.

Le désespoir le suivait, l'engloutissait, le dévorait et le laissait tomber; vidé, aux abois et épuisé.

Puis un souvenir confus surgit des ténèbres. Un visage. Des images enveloppées dans des tresses de feu. Le bruit de l'eau, un peu de sable et une petite maison. Ce fut juste assez pour le propulser vers l'avant avec une énergie renouvelée.

Le désespoir s'envola tandis qu'il continuait.

Il poursuivrait. *Pour elle.* Elle comptait sur lui. *Et moi j'ai besoin d'elle.* Autant qu'elle avait besoin de lui.

Au loin, la corde était éclairée par cette absurde lumière qui lui donnait l'impression qu'elle menait de l'Enfer au paradis.

— TU LA VOIS?

Elle ne répondit pas. Mais il savait qu'elle l'avait vue.

Ils s'époumonaient, râlaient. La bile lui montait dans la gorge.

Cette course avant que les bêtes ne les rattrapent semblait sur le point de cesser. Il entendait leur râle, leurs pas dans la boue.

Ils étaient si proches!

Et la corde si loin…

S'ils n'accéléraient pas ou s'ils ne les distanciaient pas d'un moyen ou d'un autre, ils allaient être dévorés entier.

Ils hurlèrent derrière lui.

Une idée traversa son esprit comme un éclair débile déchirant le ciel de sa pensée. Quelque chose comme ça, c'était complètement idiot; du pur suicide. C'était réservé à ceux au seuil de la folie ou de la mort.

Fort heureusement, c'était le cas.

Et puis, si ça marche dans les films d'action, pourquoi pas maintenant?

— VAS-Y, MONA, COURT! ARRÊTE PAS!

Il leva la tête. La corde était là, tout au bout du couloir, seulement à une dizaine de mètres d'eux.

Tout juste après avoir passé le dernier carrefour, Marc donna tout ce qui lui restait d'énergie. Grande inspiration pendant laquelle il essaya de trouver la bravoure dans chaque souffle. Il resserra ses doigts sur ses armes.

Il regarda derrière. Ces choses avançaient comme des loups après leur proie. Il en comptait six au total.

Puis, il leur fit face et sauta.

Le vide se fit sous ses pieds en quittant le sol. Son corps flottait. Il pointa ses pistolets face aux bêtes qui s'approchaient, gueules ouvertes.

Il pressa la détente. Une première balle.

Trajectoire rapide. Résultat brutal.

Directement dans l'œil du monstre le plus près. *Traînée de sang.*

La deuxième déchira l'air et atteignit l'omoplate de celui à l'extrême droite.

La troisième effleura une oreille avant de s'écraser au plafond. Marc retombait. Tandis que le tir faisait impact, le monstre se pliait de douleur, lâchant un cri.

La quatrième perfora le larynx d'une des créatures. Elle lacéra écailles et chairs avant de traverser sa gorge et aller se perdre dans l'obscurité du tunnel.

Marc se buta au sol. Son arme fit feu encore une fois. Son corps plongea dans les eaux. La cinquième balle ne toucha pas sa cible. Qu'un "*Ping*" sonore. Il fut immergé complètement. Choc à l'épaule. Un "*Crack*" horrible.

Nouvelle détonation, nouveau projectile. Marc glissa sur plusieurs mètres. La sixième charge se logea directement dans la tête de la bête sautant vers lui. Elle passa à travers son palet et ressortit par le haut de son crâne. *Coup de chance.*

Les égouts le pénétrèrent totalement, s'infiltrant dans sa bouche et dans ses narines tandis qu'elle éclaboussait dans tous les sens. Ses côtes s'éraflèrent contre le fond du tunnel.

La septième frappa un des mutants et brisa plusieurs vaisseaux sanguins importants. Les murs furent rapidement couverts d'une odeur encore plus atroce que celle déjà présente.

La huitième traversa une de ces choses précédemment touchées et perça, de bord en bord, son crâne.

Marc ne visait plus. Il tirait simplement à l'aveuglette, espérant atteindre quelque chose.

Finalement, la toute dernière balle alla se planter dans le pied d'une bête morte.

Puis vint le silence.

Il continuait d'appuyer sur la détente, mais il n'y avait plus de munition.

Il releva la tête. Un visage immonde était à ses pieds. Elle le fixait de ses pupilles livides, une expression étrange donnant un air défait à la créature.

Il se précipita sur l'amas qui formait un curieux cortège en plein milieu du couloir. Un râle, un souffle parmi les cadavres. Il y trouva celui qu'il n'avait été que heurté à l'épaule.

Marc le dévisagea. Aucune trace d'humanité dans ces yeux blancs ou dans les siens.

Les deux monstres se regardèrent.

L'un étira son corps tremblant et le pointa de son 9 millimètres. Marc déposa son doigt sur la gâchette tandis que la bête s'apprêtait à ouvrir la gueule pour hurler. Il leva la tête au ciel pour ne pas voir ce massacre. Il se dit : « Ça, c'est pour Christopher. » Déclic.

Mais pas de détonation.

Ils fixèrent tous les deux l'embout noir du pistolet. Cette chose par terre eut comme un rictus de soulagement. Elle lâcha un cri tout en hissant un bras pour l'empoigner. Mais il fut plus rapide qu'elle. Il abattit la crosse sur son visage et frappa encore et encore jusqu'à ce qu'il soit tout contusionné.

Il se passa une main sur son front pour essuyer le sang et la boue. *Mal de crâne.*

Ses tempes vibraient au rythme des battements assourdissants de son cœur. Il n'était plus qu'un monstre informe. Il avait le tournis. Marc Kyrric était un monstre. *Un tueur.*

Il dégringola vers les cadavres. Il se sentait trop faible pour se tenir debout. D'un coup brusque, il attira deux corps vêtus en militaire vers lui.

Les fouiller. Les fouiller pendant que je suis toujours en un seul morceau. Les fouiller pour des armes. Quelques munitions. Un pistolet. Un paquet de gomme. Une grenade. Il les fourra dans le lot, dans son sac. Marc se releva en s'agrippant aux pierres du mur.

Au loin, une lumière aux reflets bleutés. *La corde.*

Il reprit sa route. Mais déjà, il entendait le bruit d'une nuée de mutants.

Marc courait, titubant à chaque deux pas. Il tomba.

La sortie devant lui. *Enfin.* Vertiges.

Mona était là. Elle l'avait attendue.

Elle était couchée au sol.

Et un grand corps noir la surplombait.

Il mangeait ses tripes. *Envie de vomir.* Le tout était complètement épars. *Du sang partout!* Ça ne ressemblait à rien d'humain. *Montée acide dans la gorge.* Le visage était taillé par des coups de griffes. *Des litres.* Il était à peine reconnaissable. *Sur les murs.* Plus de nez. Plus qu'une oreille. Les pommettes arrachées.

Il n'y restait plus qu'une expression incongrue, gravée à même le squelette à moitié visible.

Sur le torse, les seins de la victime avaient été déchirés pour qu'on puisse se rassasier de l'intérieur. Toute la surface du ventre avait été ouverte en deux. Des lambeaux de chair. Comme un corps en dissection.

Un abattoir.

La bête se retourna. Elle montra ses crocs comme un chien qui ne veut pas qu'on touche à son os. Marc leva son arme. Elle se racla la gorge en faisant ce bruit de serpent.

Il regarda la petite Mona. Il sentit sa mâchoire trembler de dégoût et de tristesse devant un si affreux spectacle.

Mais Marc fit feu le premier.

Un cri derrière.

Pas le temps de faire de prière pour elle.

Marc enfila la corde et commença sa montée du mieux qu'il put. Sur ses épaules, le poids des objets était à chaque mouvement de plus en plus lourd.

Vas-y Marc. Tu peux le faire.

Étrange voix venant de sa conscience. Un mélange entre Ember et sa mère. Il en eut froid dans le dos.

Marc tira. La cordre frotta sa peau. À chaque ascension, il grognait en espérant que ça lui donnerait plus de force. Mais ça ne marchait pas vraiment. Ses bras étaient tendus. Il faisait chaud. Il avait l'impression que ses épaules allaient se déboiter, que ses os allaient exploser, se fracturer en millier de morceaux. Il hurla de douleur pour se hisser une nouvelle fois.

Au loin, Marc pouvait presque voir les lumières du sous-sol éclairer les parois du tunnel. *Bruits.* Marc s'arrêta net. Il était figé de peur. *Est-ce que ça venait d'en haut?* Ils se firent de plus en plus clairs. *Ou d'en bas?* Pas et éclatement de flaques d'eau lui fournit sa réponse. De plus en plus nombreux. De plus en plus fort.

Marc baissa la tête. Le noir. Il prit la lampe-torche accrochée à son pistolet et visa les entrailles du gouffre.

Directement en dessous de lui, une dizaine de mutants s'étaient regroupés.

Les bêtes se mirent rapidement en rond autour de Mona. Le petit corps disparu sous la foule d'affamés. Marc hurla une protestation.

Mais ses cris furent ensevelis sous ceux des mastications et des mâchoires.

Sans hésitations, il recommença à monter, plus rapidement que jamais. Il se hissa à toute vitesse sur plus d'un mètre. Au loin, il pouvait à nouveau apercevoir l'intérieur du sous-sol des Malware.

Un dernier mètre et j'y suis. Marc mit sa main sur le rebord du plancher et, peut-être bien pour la première fois, il fut content de voir quelque chose d'aussi laid que ce décor brun et sale. *C'est un milliard de fois mieux qu'en bas.*

Il se tira hors du gouffre.

Il faisait frais, presque froid comparativement aux égouts.

Vertiges. Grande inspiration. *Envie de vomir.* Le pire mal de tête qu'il n'avait jamais eu. *Bonheur.* Il s'écrasa par terre et lança la grenade qu'il venait de trouver au fond du trou. L'explosion lui bourdonna dans les tympans.

Puis vint cette impression étrange. Marc en eut des frissons dans le dos. *Comme une mauvaise sensation.* Une silhouette se dessina à l'extrémité de la pièce. *Un mauvais pressentiment.*

Il se recula. Un silence inquiétant.

Il se cacha dans un coin.

Un bruit pesant. Comme si quelque chose s'écrasait au sol. *Quelque chose de lourd.* Marc se retint de respirer. Puis un autre bruit. Une ombre au plancher.

Cela sonnait comme si quelqu'un lançait des tonnes de briques.

L'ombre confirmait pourtant que ce n'était pas des briques.

Loin de là.

Les sons se multiplièrent. Les lattes de bois semblaient se blottir de peur.

Puis ils entrèrent. Une bande avançait en file indienne jusqu'au trou d'où Marc venait tout juste de sortir.

Marc se blottit davantage sur le matériel de camping.

Ses yeux retournèrent à ces monstres. Il espérait de tout son être qu'ils ne l'aient pas vu.

Cannibales. Extrêmement dangereux. Une force, une vitesse supérieure. Sens finement aiguisés.

C'était plus que peu probable.

Il prit dans ses mains son pistolet et le serra autant qu'il le put, comme un chapelet.

Mais, elles ne le remarquèrent pas ou, si elles le firent, elles l'ignorèrent. La plupart étaient mal en point.

Quelques fois, un d'eux passait, un bras ou une main en moins. D'autres avaient des couteaux incrustés dans l'épaule ou dans le sternum. Sinon des morceaux de vitres. Plusieurs arboraient des blessures si profondes qu'on pouvait y apercevoir leur chair rose sous leur carapace noire. Et les blessures semblaient très récentes.

Une des bêtes s'approcha de lui.

Elle le fixa infiniment.

Elle ouvrit très grand sa gueule. Ses crocs s'affichèrent devant Marc. *Couverts de sang, couvert de peau.* Lentement, elle vint coller son visage.

Marc détourna la tête tant l'haleine était putride. Il ne put retenir les vertiges. Il se sentait faiblir.

C'était la fin. Fin de ce cauchemar qui durait depuis trois jours. *Enfin.*

Elle frotta ses lèvres contre lui. Frisson désagréable. Une impression d'être souillé, quasiment violé tellement c'était horrible. Ignoble trace chaude le long du cou.

Marc laissa les canines du monstre faire le tour de son oreille sans broncher. Il réussit à étouffer le hurlement qui poussait dans sa gorge.

La bête recula. Ses deux orbes blancs fixèrent Marc, perplexes.

Une nouvelle émotion que Marc ne leur connaissait pas.

À ce moment, il voulut prendre le couteau qu'elle avait dans son bras et lui planter dans la jugulaire.

Elle se retourna et partit. Elle avait l'air de se poser un tas de questions.

Marc aussi.

Il se permit un soupir.

Elle se figea.

Il glissa sa main sur son arme.

Elle fit volte-face. Un étalage de crocs juste devant lui.

Elle lâcha un cri à glacer le sang qui parut durer une éternité.

Puis elle se tut.

Plus personne ne bougeait. *Rien.* Plus de bruit provenant du plancher qui grinçait. *Que le silence.*

Elles s'étaient toutes arrêtées pour les regarder. Et elles le regardaient, comme s'il était une chose qui leur était inconnue, qui semblait familière, mais qui ne l'était pas en même temps. Un objet inhumain qu'elles ne comprenaient pas.

Finalement, la bête se retourna, toujours aussi perplexe, et plongea dans le trou.

Et il s'en fut ainsi.

Tous la suivirent alors que Marc restait figé, la bouche ouverte, dans une expression d'ébahissement.

Il n'osait plus respirer ou même cligner des yeux de peur de faire un faux mouvement. La pensée qu'une bête revienne le transperçait d'une peur froide comme la mort. Ses muscles étaient raides à force d'être tendus.

Quand ils furent tous partis, Marc se permit de souffler.

Il chercha dans toutes les directions. *Rien.*

Il se sentit faiblir. Il prit un cachet dans ses poches et se hasarda d'un autre pas. Personne ne lui sauterait à la gorge. Quand il vit qu'il était bel et bien seul, il se précipita vers les escaliers. Il saisit ses sacs et courut.

Il tourna le coin et frappa un mur.

Il tomba au sol, sonné.

Pendant un instant, Marc laissa son regard observer frénétiquement, presque sur la frange de l'hystérie, ce qui se tenait devant lui.

Une silhouette musclée. Des traits durs. Si carrés qu'ils semblaient presque découpés au couteau. Une gueule qui dégageait cette odeur de chairs mortes et de sang, une odeur à vous lever le cœur.

Mais le pire était la cicatrice qui traçait le contour de l'œil gauche. Cette cicatrice que Christopher lui avait faite avant de mourir et qui ressemblait à une sorte de demi-bulle avant de s'en éloigner par le haut et le bas.

Ils restèrent figés, s'examinant l'un et l'autre. *Est-ce qu'il attend que je l'attaque?* Immobiles. *Est-ce qu'il attend de voir si je vais essayer de m'enfuir?* Le moment paru infini. *Qu'est-ce qu'il attend au fait?*

Quand Marc referma sa mâchoire, la bête lâcha un grognement et commença à montrer les dents.

Elle s'approcha, comme si elle avait senti sa proie.

— Non!

Elle ralentit le mouvement et le dévisagea avec ses yeux blêmes et sans pupilles. *Encore cette perplexité étrange dans leur visage.*

— Écoute, je sais que... je... Je me souviens... de... qui... enfin, peu importe... Est-ce que tu me comprends?

Mais Marc n'eut le temps de finir. Elle le poussa hors de son chemin sans trop d'efforts.

Elle s'avança vers le trou et ces horribles tunnels, mais, juste avant qu'elle saute, la créature se retourna.

— Ne me suis pas.

Puis elle rejoignit l'enfer.

Marc ne put s'empêcher de fixer l'espace dorénavant vide où elle s'était tenue. Bien qu'il savait qu'il ne pouvait s'acharner davantage ici, il ne pouvait détourner son regard. *Cette chose vient de me parler!*

Vibrations. Le sol, encore une fois, grondait. Un son s'échappait de l'abysse dans le salon. Comme le bruit d'une canette de soda qu'on ouvre. Et le son de dizaines de pas marchant vers lui.

Marc se décida enfin à partir quand il vit que les étagères menaçaient toutes de s'abattre sur lui.

Il se retourna vers les escaliers.

Elles étaient toutes détruites.

Comment sortir? Marc recula et se prit un élan.

Accélération. Mauvais saut. Saut ralentit par toutes les sacs à dos sur ses épaules. Impression de tourner dans tous les sens en même temps. Chute. Chute dans un amas de boîtes de vaisselles. Fracas. Encore de la douleur. Il se laissa glisser par terre. Il saignait. Du nez, des coudes, des bras, des jambes. Son corps entier pulsait au rythme de son mal de crâne. Il fit demi-tour. Trouver une nouvelle sortie. Craquements. Les murs paraissaient sur le point de s'écrouler. Les bêtes étaient forcément arrivées de quelque part. Tout semblait sur le point de lui tomber dessus. Marc commença à courir. *Trouver une nouvelle sortie.* Une pluie de plâtres s'abattait sur ses épaules.

Une porte derrière l'escalier, celle qui était barrée plus tôt, était maintenant déchassée de l'extérieur.

La pluie de plâtre augmentait.

Puis BOUM! Il n'eut que le temps de faire un mouvement avant que le plancher du premier se fende. Déluge de poussières.

Cette fois, c'était vrai, tout s'effondrait. Il entra dans une salle d'eau tandis que le canapé du premier allait glisser dans les égouts suivis par d'autres meubles.

Sa tête était pleine d'images et de sons le hantant bien malgré lui. *Les cris de Mona, tirée par terre.* Au loin une faible lumière. *Les balbutiements excités de son père prêt à la violer sûrement. Ou sinon pire.* Des choses si horribles qu'il n'arrivait toujours pas à y croire lui percutaient l'esprit. *Mona se faisant dévorer.* Il s'aventura plus rapidement entre les bibelots de chatons blancs et les bâtons d'encens. *Le sang partout!* Il la revoyait, bouffée, comme si c'était tout à fait normal. *Son corps découpé en pièces détachées.*

Marc marcha sur un tapis et trébucha. Il se releva péniblement en faisant une pression sur ses côtes. Il tourna le coin. Une porte! *Enfin.*

Il poussa le loquet et, dès qu'il l'ouvrit, Marc fut avalé. L'obscurité venait de l'engouffrer. *Tous ces évènements avaient mené à ça?* Marc se figea. Il n'était que peur. Tous les atomes de son cœur vibraient de cette énergie frénétique et énigmatique, cette énergie qui agitait chaque muscle de son être et provoquait ce long frisson comparable à une brise d'hiver en cet été apocalyptique. Il eut un moment d'hésitation puis il fit un pas. Ce qui était un escalier en bois devint un mor mou et sec. *Est-ce que je suis mort? Est-ce que c'est ça, mourir? Peut-être que c'est pour le mieux... Disparaître. Enfin.*

Il laissa sortir un soupir qu'il soutint du moment où il entra dans cet univers plus noir que noir jusqu'à ce qu'il en sorte. Cette porte l'enleva de ce lieu horrible pour le faire pénétrer dans un autre tout aussi terrible. *Sinon pire.*

Étrangement le passage d'un enfer à un autre ne fut pas si pénible. *Ce n'est que l'habitude qui s'est développée.*

Ses sens lui revinrent d'un seul coup.

Cela lui prit un temps pour réaliser où il était, mais il saisit finalement. La vraie vie. *Mead's Cliff.*

Pendant un instant, il crut qu'il était seul au monde et il se rappela ce film avec Tom Hanks.

Pourtant, tout autour ce n'était que le vide, un néant terrifiant.

Petit à petit, les détails lui apparaissaient. Fleurs. Clôtures. Maisons voisines. Ciments. Ciel. Terre. Dès qu'il s'approchait, les pétales semblaient se faner devant ses pas.

Marc sortit de la cour et fit son entrée sur scène. C'était le spectacle le plus horrible qu'il n'avait jamais vu.

La rue, déserte; asphalte infini bordé de cadavres de fers.

Les voitures étaient figées au sol, inerte, comme des morts, victimes d'un peloton d'exécution. Certaines à l'envers, d'autres en feu, elles carbonisaient l'air de leur odeur de propane qui flambe. Certaines étaient recouvertes d'une sorte de mucus, comme si un certain procédé de la nature était en cours, comme si ça faisait des décennies qu'elles gisaient là.

La maison tombait en morceaux. Mais pas seulement celle des Malware. Toutes les maisons semblaient sur le point de s'écraser. Tout n'était plus que ruine désormais. La ville n'existait plus que sous ses propres restes.

Marc claudiqua entre les flammes.

Pendant cet instant, il ne pouvait penser qu'à une chose.

Ember.

Il essuya la sueur qui trempait son front.

Il la chercha du regard pour ne voir qu'une vérité. Il était seul. Véritablement, totalement. Le stoïcisme de Mead's Cliff était ressorti en cette nuit comme un coup de poing. Il s'affaissa. Le ciel et la terre n'étaient plus qu'un. Tout s'embrouillait dans son esprit; tout se confondait en un fond opaque et noir.

Il rampa jusqu'au débris d'une voiture et alla se caler dans le siège conducteur.

Il inspira et se surprit à sentir sa gorge sèche et enrouée.

Il essaya de respirer, mais rien. L'air ne parvenait presque plus à ses poumons. Il s'étouffa. Tout son corps était en feu.

Pas d'eau dans ce désert... Pas d'eau dans cette putain de ville et pas mieux dans ces putains de sacs. Il sortit quelque chose à grignoter en croyant peut-être que ça l'aiderait.

Il mit un biscuit dans sa bouche. Il ne l'avait même pas encore croqué que déjà il devenait rien d'autre qu'une pâtée informe et âpre. Ça avait un goût de plâtre. Il recracha le tout au sol. Boule rouge de sang.

En ce moment, dans son esprit perdu sous les vagues de chaleur, il n'y avait pas de meilleur refuge que le siège conducteur de cette vieille Chevrolet. Il s'appuya contre le dossier et pressa encore une fois ses mains sur ses blessures. Au loin, légèrement enterrée par le crépitement des flammes des voitures, une mélodie résonnait. Marc reconnut la voix de Steven Tyler d'Aerosmith qui entamait un de ses vieux succès, *Angel*.

"I'm alone, yeah, I don't know if I can face the night
I'm in tears, and the cryin' that I do is for you
I want your love, let's break the walls between us
Don't make it tough, I'll put away my pride
Enough's enough, I've suffered and I've seen the light

Baby, You're my Angel, come and save me tonight
You're my Angel, come and make it alright"

Ember. Marc se releva, mû par l'énergie de cette chanson. Il marcha tranquillement encore quelques mètres, mais ses jambes lui en demandaient pourtant plus que ce qu'il avait à offrir. Il tomba.

Ça ne l'empêcherait pas de continuer. Il rampait désormais. Il ne semblait être rien d'autre qu'une loque humaine, incapable de se tenir debout.

"Don't know what I'm gonna do about this feelin' inside
Yes, it's true, loneliness took me for a ride
Without your love, I'm nothing but a beggar

Without your love, a dog without a bone
What can I do? I'm sleepin' in this bed alone

Baby, You're my Angel, come and save me tonight
You're my Angel, come and make it alright
Come and save me tonight"

À chacun de ses mouvements, il sentait les sacs à dos devenir des boulets, des poids morts sur ses épaules. *De l'eau! Il me faut de l'eau!* La nuit devait atteindre sûrement pas loin de 50° Celsius. *Pourquoi c'est toujours au mauvais moment les records de température?* Pourtant, Marc continua de marcher. *Il me faut de l'eau!*

Ember comptait sur lui. *De l'eau...*

"You're the reason I live
You're the reason I die
You're the reason I give
When I break down and cry
Don't need no reason why

Baby, baby, baby

You're my Angel, come and save me tonight
You're my Angel, come and make it alright"

Au bout d'un moment, sa vue se brouilla. La chaleur. Chaque pas qu'il faisait vers l'école devenait un combat contre sa propre fatigue. *De l'eau... s'il vous plaît... seigneur!*

Plus il avançait et plus il sombrait dans les brumes. Tout s'obscurcissait.

"You're my Angel, come and save me tonight
You're my Angel, come and take me alright"

Il continua. "Come and save me tonight." Sans se soucier de ses bras qui tremblaient. "Come and save me tonight." Il continua sous la chaleur meurtrière, s'époumonant, faiblissant à chaque pas. "Come and save me tonight." Dès qu'il s'écrasa au sol, il se releva péniblement sur ses genoux malgré son surmenage. "Come and save me tonight." Il rampa encore, lentement; laissant que son long râle dans la nuit; comme une carcasse, une larve. "Come and save me tonight."

Mais tout vira au noir. Il s'aplatit le visage sur le bitume.

Il ne semblait qu'y avoir que ça, que la dure sensation du macadam brûlant contre sa gueule.

Tout son être vibrait au rythme de ses tempes.

Ses yeux révulsaient.

Il se sentit comme un raisin sec au soleil.

Il s'étouffa, cracha une bile rouge. L'air ne parvenait plus à ses poumons.

Et d'un coup elle te fait tomber dans l'obscurité.

Tu tombes et tu tombes toujours sans jamais t'arrêter.

Et quand tu arrives au sol, tu t'enfonces dans une marre de corps qui, comme toi, ont été enlevés par leurs ascendants.

Marc ne savait pas que le pire venait.

Le sang.

***

— Est-ce que ça va? demanda une voix qui repoussa tous ses cauchemars au loin.

Un visage.

Celui d'un homme. Le ciel était encore sombre. Comme si une nuit éternelle se propageait sur le monde.

— Allez, il faut rentrer, debout!

Quelque chose l'agrippa et l'emmena jusqu'à l'intérieur. Là, il l'assit sur une chaise.

Deux orbes gris flottaient devant ses yeux. L'étourdissement du réveil l'empêchait de discerner proprement tous les détails de la pièce.

Mais c'était lui.

Ses ongles caressèrent sa joue, le palpèrent pour être bien certains que ce n'était pas un rêve de plus. *C'est bien réel cette fois.*

Ses doigts s'enroulèrent autour de son cou, enlaçant ses épaules. « Tu m'as tellement manqué. »

— Euhm… OK. On s'est vu tout à l'heure, mais merci.

Elle secoua la tête. *Non.* En peu de temps, toutes ses idées se remirent à leurs places. *Pas encore.* Elle se frotta le visage et, là, elle le regarda. *Déception.*

Un gros nez bien rond, des yeux gris. Ça ne pouvait être lui.

Ses yeux se remplirent de larmes une nouvelle fois. Sa gorge se resserra sur elle-même. Elle jeta un coup d'œil à la rue. *Mais où est-ce que Marc était?*

— Ember.

Cela faisait beaucoup trop longtemps qu'il n'était pas revenu.

— Prend ça, tu as besoin de manger.

Il fallait faire quelque chose.

— Ember! Hey! Ho!

Une autre voix. Rauque et grave. Ember tourna la tête. Matthew la dévisageait sous sa barbe qui s'installait de plus en plus sur son menton et sur le reste de son visage.

— Ember, prends ça. dit Oliver.

Elle le regarda. Il lui tendait quelque chose. Au début elle ne comprit pas ce que c'était. Peut-être ce n'était que son cerveau, encore trop endormi, qui ne pouvait concevoir ce qui était dans ce petit bol beige.

— Tu as besoin de manger. Allez.

— Qu'est-ce que c'est?

— De la soupe… avec des craquelins. Tu dois manger.

— Ne… non. Je n'ai pas faim.

— Tu es sûre?

— Oui, merci.

Tandis qu'Oliver s'apprêtait à repartir et remettait la soupe sur un plateau plein de repas simples, Ember trouva la force de demander à Matthew : « Qu'est-ce qui s'est passé là-bas? »

Voix beaucoup trop forte. Excitée, mais également effrayée par la future réponse.

Oliver lâcha un petit rire avant de dire : « C'est plutôt drôle, car je mettrais ma main à couper qu'il y a trois jours, tu n'aurais même pas osé parler à deux gars comme nous… à peine nous approcher… sauf pour acheter ton lunch. Alors… Pourquoi tu ne demandes pas ça à Chuck? »

— Eh bien parce que Chuck n'est pas là en ce moment et puis… bien… ce serait dommage que vous perdiez vos mains, hein?

Oliver et Matthew se regardèrent un instant. Tous deux n'avaient jamais été très très doués pour parler aux filles, mais, étrangement, avec celle-ci, c'était comme être avec une vieille amie. Elle semblait avoir ce don; ce pouvoir de rendre les choses plus faciles, de vous faire répondre du tac au tac et de mettre un sourire sur votre visage.

— D'accord. dit Matthew après un temps. « Mais avant tu vas prendre un peu de soupe. Ça va te faire du bien. »

***

Toutes les filles s'étaient déjà retournées quand il passait devant d'elles. Peu importait s'il les regardait, lui savait qu'elles le regardaient. Elles le regardaient toutes.

Mais désormais, tout avait changé.

Personne ne se retournait pour lui.

On marchait tous, tête baissée, comme des cadavres ambulants, des zombies, avec cette perpétuelle expression de vide gravée sur les visages.

Maintenant, Chuck n'était plus le roi de rien.

Il se rendit au troisième étage et poussa la porte du local pratiquement désert.

Il n'était même plus un roi pour elle.

Même si elle l'espérait, ses cheveux sales retombant en cascades jusqu'à ses coudes nus. Il s'approcha tranquillement et déposa ses mains sur son cou et les fit lentement glisser sur ses épaules. Leur passion ne servait qu'à remplir l'attente avant une mort inévitable. Il laissa ses lèvres descendre contre son dos.

Doucement, il l'embrassa tout en remontant le long de sa colonne vertébrale. Il la sentit se retourner. Son échine devint rapidement une poitrine légèrement bombée qu'il baisa avec davantage de passion.

Il caressa sa nuque et remonta lentement pour aller embrasser ses lèvres. Elle le fixa de ses petits yeux noisette, replaçant au passage une de ses mèches.

La bouche d'Alexandra n'avait jamais goûté autant l'adultère.

— Et bien et bien et bien! Si ce n'est pas monsieur le héros. Qu'est-ce que tu peux bien faire ici? Je parie que tu veux encore abuser de moi. Est-ce que je me trompe?

— Peut-être... Peut-être pas... En fait... je suis venu... te dire que... Ember sait à propos de nous.

— Donc tu vas la laisser?

— Non.

— Quoi!

Elle le repoussa d'une main et l'empêcha d'enlever sa brassière. « Pourquoi non? »

Chuck s'empara de sa main et la lui caressa. Il se leva et alla fermer la porte du local entrouverte. Sans la quitter des yeux, il alla s'asseoir sur un bureau adjacent.

Doucement, il prit ses doigts et l'attira vers lui. Elle prit place sur ses genoux et, seulement en déposant ses lèvres sur son épaule, il l'avait reconquise.

— Écoute, je veux lui donner le temps de faire son deuil et ensuite, je te le promets, je la laisse.

— Promis?

— Promis.

Ils s'échangèrent un long baisé et Chuck ne put s'empêcher de croire qu'il était le garçon le plus profiteur que cette planète pouvait bien avoir.

Sans même vouloir sonder sa perfidie, Alexandra creusa le regard de Chuck qui souriait à la pensée de ce qu'il était et elle lui dit : « Est-ce que ça va? »

— Bien sûr, pourquoi?

À la voir se tortiller sur ses genoux, Chuck comprit son malaise.

Il savait ce qu'elle allait lui demander.

— Quoi?

Voix grave. Il avait envie de lui causer du mal si elle osait...

— Et bien… euh… Écoute, je sais que, toi et Marc, vous vous aimiez pas trop, mais…

Elle n'eut pas même le temps de finir sa phrase que Chuck la poussa au sol. Il la dévisagea de haut. Une expression de colère presque triste; l'expression d'une haine terrible sur son visage. Les larmes étaient là, mais il refusait de les laisser couler.

Il lui lança un dernier coup d'œil avant de l'enjamber et sortir de la pièce tout en essayant de créer le plus de tapage possible. Il claqua la porte derrière lui, la délaissant, écrasée, en pleurs.

***

« … et Marc m'a balancé le fusil. Je me suis penché pour le prendre et quand je me suis relevé… Eh bien, il avait disparu. Je suis parti rejoindre les autres et on a senti le sol vibrer sous nos pieds. On croyait au pire. La maison semblait trembler. »

— Donc… il y aurait toujours la possibilité que Marc soit en vie et quelque part dans la ville.

Il prit une pause, dubitatif.

— Peut-être. Mais si j'étais lui, ça ferait longtemps que j'aurais volé une voiture et serais parti de ce trou. Ajouta-t-il en sortant le nez de son bol.

Une demi-heure s'était écoulée. Ember avait mangé près de trois soupes tandis qu'Oliver avait bu pas loin de huit cafés. Matthew s'était contenté de raconter. Il lui avait tout révélé et la véracité de son récit était telle que ses mains en tremblaient par moment. Quoiqu'elle croyait que c'était plutôt à cause qu'il était en manque.

— Mais, j'en sais rien. Avec tous ces monstres qui rôdent autour, ne pense pas qu'il sera là demain avec tous ses morceaux.

Ember déglutit tandis que Matthew prenait une lapée de sa soupe désormais froide.

Mais Ember perdit tout intérêt à la conversation. Quelque chose de plus important tracassait son esprit. Une idée.

Sortir. Aller le chercher. Le ramener. Là. Maintenant.

Elle ne pouvait supporter de l'abandonner ainsi. S'il le fallait, elle l'extirperait, morceau par morceau de la gueule d'une de ces créatures, mais il reviendrait.

Et pour ça elle partirait, cette nuit, et elle ne remettrait les pieds dans cette école que quand elle l'aurait retrouvé.

126

— Je dois y aller. dit-elle en coupant Oliver au beau milieu de sa phrase.

— Quoi!?

— Où ça?

— T'écoutes pas quand les autres parlent? Marc a beau être dehors, personne ici oserait bouger son petit cul pour quelqu'un comme lui.

Elle le regarda, les sourcils bien hauts.

— Oui bon, à part toi, bien sûr.

— Marc doit revenir, car on a besoin d'un leader. Sans lui qui est-ce que vous voudriez avoir pour chef, Bobby? Chuck? Moi? Un de vous deux? Ce serait de la pure folie et on se ferait tous tuer à la première attaque.

— Mais pourquoi Marc? demanda Matthew.

— Vous le connaissez pas. Marc est le genre de gars qui pourrait nous arriver, après un week-end, et nous raconter qu'il est allé sur la Lune à pied. J'exagère, mais... dans... dans les difficultés... extraordinaires et hors du commun... comme celles des derniers jours... j'ai l'impression qu'il... qu'il n'y a que lui... que lui qui parvient à se tenir la tête haute et à...

— À quoi?

— À survivre.

— Et c'est ce qui fait de lui un bon leader?

Mais Ember ne les écoutait plus.

Où pouvait-il bien être? Dehors? Oui, mais où précisément? Est-ce qu'il avait besoin d'aide? Forcément, voyons! Une pensée parmi toutes celles qui la traversaient la hantait bien plus que n'importe laquelle.

Est-ce qu'il est toujours en vie?

Puis vint une autre question de loin bien plus terrible et bien plus importante que toutes les autres. *Qu'est-ce qu'il faut que je fasse?*

« Était-il l'heure de paniquer? » *Non! La panique menait au désordre.* « Fallait-il trouver un moyen de sortir et essayer de retrouver Marc ou fallait-il tout simplement attendre qu'il revienne? » *Et s'il ne revenait pas?* « Qu'est-ce qui arriverait à tous ceux qui pensaient que ce serait Marc qui les sauverait de cette affreuse misère? »

Qu'est-ce qui m'arriverait?

— Ember.

Mais ses pensées divaguèrent et se rapportèrent sans raison à Chuck. Depuis les trois derniers jours, elle avait vu le vrai côté de lui. *Grâce à Marc.* Contrairement à Chuck, Marc était fidèle. Il n'était pas comme ce salaud qui n'avait en tête que de baiser la première salope venue. Enfin, c'est ainsi qu'elle percevait Marc. Qu'elle l'espérait!

Elle en avait assez des machos égocentriques comme Chuck et son père.

— Ember!

Oh mon dieu, son père! Elle n'en avait plus eu de nouvelles. Personne n'avait eu de nouvelles de leurs familles. *Qu'est-ce qui ce passait?* Personne n'avait de nouvelles de l'extérieur. *Qu'est-ce qui arrive au monde? Est-ce qu'on est les seuls, attaqué comme ça?*

— EMBER!

Elle eut un petit sursaut quand Oliver la saisit par les épaules.

— Il faut qu'on y aille… OK?

— Écoutez les gars, pouvez-vous me rejoindre, ici, vers huit heures… ce soir?

— Ember, il est deux heures du mat ».

— Oh! Elle prit une pause. « Euh… finissez votre ronde et revenez ici, d'accord? »

— Et pourquoi?

— Tu veux vraiment sortir?

— Je vais tous vous expliquer tout plus tard.

— Tu veux sortir.

— Et je présume qu'on a pas vraiment d'autres choix aussi.

— C'est à peu près ça, oui!

Ils partirent, la laissant seule dans le local. Elle regarda à l'extérieur la ville inconsciente.

J'arrive Marc.

Chapitre 8
Un monde/100 traîtres

Jour 5
Holy Road, Mead's Cliff
2 h 38

Le soleil et ses chauds rayons avaient laissé place aux tourments d'une nuit noire et pleine de nuages. Ils avaient recouvert le ciel et assombri Mead's Cliff en à peine quelques heures.

La ville n'était plus elle-même. Les allées, les entrées, les trottoirs et les avenues n'étaient plus les mêmes. Tout était si... différent. Il n'y avait pas d'autre mot. Différent. Tout simplement.

Cette ancienne localité avait sombré dans les abysses de ses propres entrailles. Elle avait été corrompue. L'ordre avait disparu. Elle avait rendu l'âme quand l'éclat du meurtre avait ravagé ses rues. Et maintenant, tout ce qui restait devrait lutter pour son existence.

Les boutiques, les maisons; tout Mead's Cliff n'était qu'hécatombes. Les divers commerces n'étaient plus que débris. Vitres cassées et écriteaux arrachés avaient fait de cet endroit une place saccagée. L'épicerie s'était fait dévaliser maintes et maintes fois. Les foyers avaient souffert du même sort. Les voitures qui jonchaient le bitume n'étaient que des cadavres de fer carbonisés laissés là, brûlant au rythme des flammes provenant du cœur de leur carcasse.

Désormais, la seule viande qui subsistait se terrait dans l'école et ces monstres les pourchassaient inlassablement. *La chasse éternelle.*

Et au-delà de tout ça, les rues vides attendaient ses enfants. Anticipant celui qui la rejoindrait comme un cercueil espère son propriétaire; ne sachant jamais qui va terminer en lui; qui arrivera le premier. Elles patientaient, attendant que, un à un, ils soient forcés à sortir et viennent eux-mêmes se mettre en terre en cette ville maintenant maudite.

Holy Road, pour sa part, n'était plus un chemin saint. Les croyants ne fréquentaient plus son église, unique jalon de ces ruines. Plus personne ne croyait en rien. Quel dieu serait assez cruel pour créer une telle abomination?

Pourtant, plusieurs foulaient son sol en ce moment même. Ils le faisaient furtivement, discrètement. Ils rampaient, se cachaient dans l'ombre, fuyaient le peu de lumière qui restait.

Seuls leurs yeux permettaient d'entrevoir une trace de leur présence. Un petit éclat, rien de plus, comme une relique d'humanité; cette chose qui s'était évanouie de leur âme, mais qui brillait comme un lointain souvenir.

Patients, ils guettaient chaque mouvement, attendant. Ils frapperaient dès qu'il mettrait le pied sur LEUR territoire.

Mais, pour l'heure, il n'y avait personne. Que ce corps inanimé en plein milieu de la rue.

Aucun n'avait osé y toucher.

Même malgré le fait qu'ils auraient pu en faire leur amuse-gueule, ils avaient décidé de le laisser en paix. Ils préféraient même s'en écarter.

Ils ne pouvaient imaginer – pas même concevoir – le sentiment qu'il ressentirait au moment de son réveil. Cette part d'intelligence – d'humanité – leur manquait. L'appât était tendu. C'était tout ce qui comptait.

Alors ils attendaient.

Mais ils n'avaient aucune idée que cet évènement aurait lieu bien plus tôt que prévu. Plus tôt même que « *Lui* » l'avait prévu.

Il voulait seulement que quelqu'un sorte.

Comme ça ils auraient de quoi le nourrir…

***

Tu es dans le noir. Dans le noir le plus total.

Aucune lumière. Aucun espoir.

La seule pensée qui hante ton esprit est celle de l'obscurité. Il fait si sombre que tu n'y distingues pas même ton corps. Tu n'es qu'un fantôme. Tu n'existes plus.

Tu te relèves péniblement. Tu es affamé, sans force. Tu sais que tu te meurs.

Tout ce à quoi tu t'accroches est une image, reflet d'une ancienne vie. Tu te rappelles ces moments qui semblaient paisibles, tellement plus merveilleux que ce que tu endures depuis ces derniers jours. Défendre l'école est une utopie comparativement à l'enfer.

On n'y échappe jamais deux fois.

Maintenant, tu es prisonnier de ce cauchemar. Tu te couches en boule, espérant pleurer. Mais aucune larme ne sort de toi. Tu es vide.

Le sol est rugueux, les roches, coupantes. Tu as l'impression de traîner dans la terre, dans la boue. Tu te sens encrassé par ta peine, par ta douleur. Tu sombres. Dans le noir, dans le néant.

Tu n'es rien pour eux.

Au loin, tu entends le son de l'eau qui coule. Ce n'est peut-être rien qu'un murmure ou une hallucination, mais, dans ton esprit solitaire, c'est désormais un vague indice que tu n'es pas mort. Ou du moins pas encore.

Un froid étrange te secoue. Tu frissonnes.

Une silhouette semble se dessiner hors de toute portée. Tu laisses un nuage de fumée glacée sortir au travers tes dents. Tes yeux s'habituent de plus en plus à ces lieux. Tu avances. Sous tes pas, les pierres te lacèrent les pieds.

L'ombre se découpe de plus en plus.

Tu la discernes. Géante. Effrayante.

Tu rebrousses chemin. Tu cours. Tu t'enfuis à toute halte. Pourtant c'est comme si tu ne bougeais pas. Tu fais du sur place. Tes membres sont prisonniers de cette vérité que tu refuses d'admettre. Le monstre n'a même pas à se mouvoir que déjà il s'approche. Tu tombes au sol. Le visage dans les roches coupantes. Tu es défiguré. Tout comme lui.

Tu te relèves. *Continuer à fuir*. Au loin, une forme se crée. Une nouvelle image.

Un garçon. Il rit. Tu reconnais ce rire. Tu le reconnais à ce rire. C'est toi.

Avec chaque pas que tu fais, il s'efface. Tandis que le géant derrière toi semble de plus en plus près.

Puis, le rire devient des pleurs. Et derrière toi, c'est le souffle de la bête.

Il s'élève. Tandis que, toi, tu t'affaisses.

Il avance sa main vers toi. Tu ne bouges pas. Tu ne réagis pas. Il n'y a que tes yeux qui suivent le mouvement des griffes s'approchant vers toi.

Il fait pénétrer ses doigts.

T'ouvres jusqu'au cœur.

Puis te l'arrache.

Tu essaies de crier, mais aucun son ne sort. Est-ce que tu meurs maintenant? Tu ne sais pas. Tu n'es plus un fantôme, tu n'es plus un humain. Tu n'es plus qu'un tas de chair aspiré par la noirceur des lieux, l'obscurité des limbes.

Le monstre repart. Il te laisse seul avec ta douleur, avec ton vide. Tu as encore plus froid.

Tu ne sembles revivre que pour sentir une agonie nouvelle. Ton bras droit te fait mal. Sur lui repose un poids que tu es incapable de porter. Un poids qui se propage jusqu'à ton épaule. Le poids du monde.

Le noir se fait soudainement plus opaque. Tu n'y vois plus rien. Toutes les formes disparaissent jusqu'à ce qu'il n'y ait que toi. Tu sombres dans le néant.

Et ton bras devient cette chose horrible, rugueuse et reptilienne, que tu n'es pas capable de contrôler.

Tu n'es plus toi-même. Tu es plus.

Tu es dans le noir. Dans le noir le plus total.

***

— Bon alors, vous êtes prêt?

Matthew et Oliver se lancèrent un regard un petit instant, songeant aux risques que cela impliquait. *Être capturé. Crever. Ne jamais revenir... Ou du moins, ne jamais revenir en tant qu'humain...*

Ils avaient peur. Réaction bien normale dans de telles circonstances. Mais c'était surtout l'idée de sortir en pleine nuit à la recherche d'une personne probablement déjà morte qui ne leur plaisait pas. Ça serait bien plus simple de prendre une balle tout de suite! pensa Oliver.

Ember, contrairement à eux, faisait tout pour ne pas faire transparaître son effroi. Elle faisait tout pour avoir l'air calme. Oliver, en la regardant, pourtant devinait son sentiment; l'impression d'être invincible, implacable, grande. Mais, même malgré toute cette soi-disant confiance, il percevait en elle cette frayeur, inéluctable, indécelable, mais présente quand ses yeux fuyaient les leurs. Oliver savait qu'elle s'était persuadée qu'en déposant le pied dehors, elle retrouverait Marc, aussi aisément que ça, comme s'il l'attendait sur le seuil de la porte. Si c'était le cas, elle pouvait bien se mettre le doigt dans l'œil et se l'enfoncer jusqu'à ce que son bras en entier soit rentré, se dit-il. Et, si ce ne l'était pas, elle devait forcément avoir quelque chose d'autre en tête. *Une idée, un plan, quoi que ce soit.*

Ça ne pouvait pas être la simple pensée d'être avec Marc qui la remplissait d'une joie et d'une émotion si puissante. C'était insensé de penser ça. Mais si c'était vraiment ça, elle semblait prête à affronter vents et marées pour le ramener. Il pensa un instant désirer ce sentiment, mais ce qu'il désirait en faites était seulement quelqu'un envers qui ressentir une telle émotion, un tel désir.

Matthew lui lança un dernier regard qu'il lui retourna. Finalement, ils se soumirent à regret au cerveau de cette opération sans pouvoir empêcher ce ton moelleux.

— Matthew, je veux que tu partes chercher l'arme de Marc et que tu l'apportes. Pendant ce temps-là, moi et Oliver, on va…

— NON!

— Ember. Euhm… C'est… c'est moi qui ai le fusil.

— Comment ça?

— Bah euh…

— Parce que je toucherai plus jamais à cette chose-là de ma vie. grogna Matthew. « Je lui ai laissé quand on est revenu pour qu'il la mette en lieu sûr… Moi, j'y retouche pas! »

— Bon, OK… Matthew, on va se promener dans les couloirs pour pas trop éveiller les soupçons. Oliver, occupe-toi du fusil. Dans quinze minutes, on se rejoint en bas. D'accord?

Oliver dévisagea le doigt qu'elle pointait devant son nez avec ébahissement, la bouche entrouverte. Les deux compères se regardèrent, encore stupéfaits par ce leadership dont elle faisait preuve depuis qu'elle les avait approchés.

Le groupe se sépara. Oliver prit le chemin le plus court tandis qu'Ember et Matthew partirent dans l'autre sens.

Il sauta jusqu'au palier suivant et atterrit en créant un véritable boucan.

Pourtant, ce ne fut pas le bruit de ses pas qu'il entendit.

C'était un cri, effrayé, terrorisé.

Mais ce n'était pas le cri de frayeur des derniers jours. C'était un cri de surprise, comme quelqu'un saisit en flagrant délit. Il se retourna et trouva un garçon écrasé par terre. Il semblait pétrifié.

La panique se lisait dans son visage d'une jeunesse surprenante; on aurait eu peine à croire qu'il était vraiment à l'école secondaire. Ce n'était, après tout, qu'un enfant. Il regarda Oliver avec de grands yeux.

— Ça va? T'as pas à t'inquiéter.

Son ébahissement devint démesuré.

Oliver s'approcha pour l'aider, mais, d'une simple poussée, il le tint loin de lui. Il se leva d'un bond et disparut, Dieu sait où.

À la manière dont il décampa, Oliver devina que des ennuis se préparaient.

***

Il entra dans la pièce en courant, presque à bout de souffle. Il se rua entre les vieux fours pratiquement désuets, les micro-ondes couverts de graisses de bacon et les comptoirs que les bestioles de toutes sortes commençaient à visiter de plus en plus souvent.

En voyant cette cuisine, Oliver se dit qu'il était loin de son rêve des chics restos.

De la farine recouvrait le sol et se soulevait en nuage blanc à chacun de ses pas. Les coquerelles infestaient chaque racoin à la recherche de quelque chose à grignoter.

Oliver détestait cet endroit, antonyme de son désir.

Il se pencha pour faire face à une grande armoire brune et y inséra sa clef. Il l'ouvrit et poussa les casseroles sales hors de sa vue, réussissant tant bien que mal à se frayer un chemin quand…

***

— Ça va?

Matthew se retourna vers Ember. Il avait un air piteux. Un vrai chien battu. Il la regarda et lui servit un sourire forcé. Il enfonça nerveusement ses doigts dans sa barbe qui avait pris des proportions démesurées.

— Je… Je m'ennuie de ma fiancée. C'est tout.

— Oh! Je savais pas que t'étais fiancé. Elle s'appelle comment?

— Mia… c'est… c'est une fille fantastique. Elle… elle a un caractère qui est pourtant si différent du mien, mais, même malgré ça… je, je sais pas… Tu dois forcément connaître l'expression :

les contraires s'attirent… Bah! C'est l'idée générale, je crois… Je pense que c'est… que c'est peut-être la fille qui est pour moi.

— Mia, c'est un drôle de nom. C'est…

— Elle est australienne.

— Wow!

— Ouais. On s'est rencontré il y a deux ans. Dans un festival. C'est elle qui m'avait vendu ma… ouais, bon… bref! Tu vois où je veux en venir. Je plane avec elle depuis tout ce temps-là.

— C'est mignon. dit Ember en lui souriant sincèrement.

— Elle… elle me manque. dit-il tout en allant essuyer une larme qui commençait à se former sur le coin de son œil.

Ember le regarda avec amusement. C'était particulier d'admirer ce gros barbu, à l'allure de motard, pleurer. « Est-ce que… Est-ce que tu crois qu'elle va bien? »

— J'essaie de pas trop y penser. J'ai surtout peur qu'elle ait pu attraper cette bactérie... ou quoi que ce soit.

— Ouais. Ça doit être dur d'être séparé de ceux qu'on aime.

— Je ferais comme toi si je le pouvais… je partirais dehors et j'irais la chercher, mais… La route Mead's Cliff – Austin est longue… Surtout à pied.

Elle ne répondit pas. Il renifla bruyamment tandis qu'Ember serra les dents. *Et si je ne le retrouvais pas?* Elle préféra chasser cette pensée. *Et s'il était parti?*

Il la regarda et lui tendit son sourire triste. Après tout, c'était tout ce qu'ils possédaient à l'intérieur de ces murs. Des sourires et un peu de misère. Le reste appartenait au bien collectif. Elle le lui remit, tout aussi misérable.

Ils errèrent ainsi, silencieux, marchant machinalement, attendant que l'aiguille du temps avance jusqu'à ce trois heures fatidique, vagabondant comme deux âmes à la recherche de leur douce moitié, de celui ou celle qui la complète et qui lui offre la place que toute personne recherche au cours de leur vie; une place à l'intérieur d'un cœur bienveillant.

Puis vint ce son, ce rire. *Les ennuis.*

***

— Ne bouge pas! Mets les mains en l'air!

Oliver se figea.

Dans son esprit des tonnes d'idées se bousculaient. Pendant un instant, il fut tenté de saisir l'arme et se retourner. *Mais après qu'est-ce qui arrive?*

Il ferait probablement feu. *Il faut survivre après tout.* Pourtant, cet acte était complètement absurde. *Je peux pas tuer un élève!*

Il recula lentement, sans faire de mouvement brusque.

Il valait mieux se rendre.

Puis cette petite voix lui murmura : « Oui, mais, lui n'est-il pas prêt à te faire du mal? » Oliver s'arrêta, terrifié non pas par cet individu derrière lui, mais bien par ces quelques secondes qui défileraient bientôt, qu'il vivrait dans un instant, et qui seraient révélatrices des intentions d'eux deux. *Qui était le méchant? Qui était le gentil?*

Est-ce qu'il va n'y avoir qu'un d'entre nous qui sortira en vie de cette pièce?

Qu'est-ce que je dois faire?

Oliver prit sa décision. Il tourna la tête et regarda le garçon. Son cœur se figea à l'intérieur de sa poitrine.

Il se retourna le plus vite qu'il put et le mit en joue l'instant d'un millième de seconde.

Un coup, un seul, et c'en fut fini pour lui.

Il avait été beaucoup plus rapide que lui. Quelque chose de dur; anormalement; étrangement trop dur; était venu frapper Oliver en plein milieu du ventre. Cette chose était assez solide et le choc avait été assez puissant pour repousser Oliver jusqu'à l'armoire.

Il s'effondra au sol, le souffle court. Le fusil automatique avait glissé de ses doigts et avait disparu sous les strates de saleté d'un dessous d'étagère.

Il releva la tête pour regarder son agresseur. Il comprit soudainement pourquoi sa douleur était si forte quand il vit l'extincteur dans les mains du jeune homme. Le garçon le leva une nouvelle fois, prête à l'assommer de toutes ses forces.

Oliver le connaissait. C'était un des gars qui lui achetait habituellement son dîner. Un ami de Chuck. *Jude ou quelque chose du genre.* Un grand gaillard. Cheveu brun foncé coupé court dans un style militaire. L'allure venait avec. *Et l'idéologie accompagnait sûrement l'ensemble.*

Oliver était sans chance désarmé.

— Hey... t'as pas envie d'une soupe, toi? Dit-il en espérant détendre l'atmosphère.

— Ta gueule.

— Arrête, vieux! Je suis cuistot. Je t'en prépare une si tu veux, OK? Et on va… on va oublier… tout ça. Oliver se retourna et agrippa une casserole.

— Bouge pas, que j'te dis!

— Hey, calme-toi! Ça va prendre cinq petites minutes et tu vas avoir la meilleure soupe que t'auras jamais goûtée.

— Je t'ai demandé de la fermer, merde! Lâche ça et bouge pas! OK?!

— OK, OK, j'ai compris!

— Lâche-la! hurla Jude.

Ton violent. Il était sur le point de lui sauter dessus. Il était peut-être même prêt à le cogner jusqu'à ce qu'il crève.

— Bon d'accord.

Il fit chavirer la poignée dans le creux de sa main jusqu'à ce que le couvercle de métal glisse. Doucement, le capot amorça sa tombée vers le sol. Il paraissait presque flotter tant sa chute semblait lente. Il tombait presque trop lentement pour le cours naturel du temps.

Dès qu'il fracassa le plancher, un bang sonore éclata. L'œil de Jude fut attiré par réflexe vers le rabat qui se frappait par terre.

Au même moment, Oliver envoya son bras vers l'arrière avant de le ramener vers l'avant aussi vite que possible.

Directement sur la gueule du grand gaillard.

Il eut l'air sonné.

Oliver refit le mouvement. Un coup énergique. Douleur assurée. Cette fois, en plein milieu du front.

Jude s'écrasa dans la cuisine comme une poche de patates, inconscient.

— Tu vois, la violence ne mène nulle part.

***

« *Die, die, die my darling! Don't utter a single word. Die, die, die my darling, just shut your pretty mouth… I'll be seeing you again… I'll be seeing you… in Hell!* »

Il était là, descendant les marches, affichant son sourire plein de malices qui n'augurait jamais rien de bon. Derrière lui, deux de ses amis le suivaient, armés d'extincteur qu'ils brandissaient telles des massues.

Et derrière Chuck, il y avait un garçon, jeune, effrayé à la vue de cette scène.

— Comme c'est touchant. Je pensais pas qu'un macaque pouvait être si… voyons, quel est le mot… sentimental. Dit-il tout en imitant quelqu'un qui pleurait. « Bref, vous devriez savoir que mon gentil petit copain a surpris votre conversation de tout à l'heure et il est venu me réveiller pour me dire que vous vouliez sortir. C'est ça Kyle? »

Le petit garçon dévisagea Chuck, terrorisé par le fait qu'il venait de prononcer son nom. Il se rangea à l'abri, visiblement mal à l'aise.

Il balbutia quelque chose, mais Chuck le coupa : « Maintenant, va-t'en avant que je ne te fasse partir à grands coups de pieds dans ton cul d'emmerdeur! »

— C'est fou à quel point tu as toujours eu le tour avec les enfants. dit Ember dégoûtée.

— La seule chose qui est bien avec les gosses c'est neuf mois avant leur naissance. Les deux gars à côté de lui éclatèrent de rire. « Mais trêve de plaisanteries… Alors comme ça vous voulez aller jouer dehors. Je te le déconseille. »

— Et pourquoi ça?

— Je sais pas si t'as remarqué, BÉBÉ, mais, dehors, la ville est pleine de… de merdes cannibales qui payeraient toutes très cher pour déguster ton corps de la même manière que je l'ai dégusté. »

— OUUUU!

— Et qu'est-ce que tu vas faire Chuck? Nous en empêcher? dit Matthew.

— S'il le faut, oui. Maintenant, retournez avec tous les autres au gymnase… Tout de suite!

Ember détestait quand Chuck parlait sur ce ton. Quand il prenait son air supérieur; quand il se prenait pour le roi du monde, elle le haïssait; sa manière de bouger, ses gestes de la main, lents et volants. Pourquoi s'était-elle abaissée à ce point en sortant avec ce trou de cul? Elle le regarda sans broncher.

Le temps sembla rester en suspens. Finalement, Ember s'approcha. Le visage de Chuck se tordit en ce rictus amusé et arrogant. Elle s'avança avec l'idée de lui cracher dessus, lui envoyer toute son effronterie en plein visage. Mais, arrivée devant lui, cette envie disparut. *Il ne mérite même pas ça.*

Elle le dévisagea une dernière fois, presque déçue.

Il mérite pire.

Elle prit un élan et alla porter son pied en un coup vicieux aux testicules de Chuck qui se plia en deux sous la douleur. Elle se pencha et alla murmurer à son oreille : « Qu'est-ce que tu vas bien pouvoir déguster maintenant? »

Chuck ne put répondre, la douleur lui avait coupé l'usage de la parole. Ember repartit vers Matthew qui la dévisageait, stupéfait et comblé à la fois. Chuck resta courbé en deux, haletant, agenouillé en plein milieu du corridor tandis que ses deux amis tournaient autour de lui, ne sachant pas trop quoi faire, étant trop mal à l'aise pour faire quoi que ce soit ou peut-être tout simplement trop bête.

***

— Psst!

Matthew et Ember se retournèrent et aperçurent Oliver. Discrètement, ils traversèrent la cafétéria et allèrent le rejoindre à l'arrière, dans la cuisine, sous le regard curieux de Kristen. En entrant, leur cœur se figea dans leur poitrine.

Un corps, couché au sol! Oliver avait l'arme de Marc juste à côté de lui. Ils le regardèrent, abasourdis. La personne semblait inconsciente. Oliver se pencha pour essayer de le tasser, de le cacher. Mais est-ce que c'était vraiment le cas? Un filet de sang coulait le long du crâne. Oliver n'aurait pas pu le tuer. Il fit un signe de la tête à Matthew. *Non?* Il sollicitait de l'aide du regard.

Ember frissonna de peur à la simple idée que ce corps; ce corps qui était celui d'un de ses amis; soit véritablement mort. *Qu'il le soit par la main d'un gars avec qui je vais sortir seule en pleine nuit.* Elle le regarda pousser à l'intérieur d'une armoire un bras qui dépassait. *Qu'il le soit par la main d'un gars qui tient un fusil militaire et qui pourrait faire feu sur moi à tout moment.*

— Qu'est-ce… qu'est-ce que t'as fait? demanda Matthew, mi-gêné, mi-apeuré, brisant enfin la glace.

— Est-ce qu'il est…? dit-elle en pointant d'un geste dédaigneux le casier à chiffons qu'Oliver tentait tant bien que mal de fermer.

— Non… euh… bah… Je pense pas. Je l'ai seulement assommé avec la casserole et il est tombé.

— Combien de fois est-ce que tu l'as frappé?

— Deux… Je crois.

— Et merde! Il va se réveiller avec un sacré mal de tête celui-là. dit Matthew en serrant les dents.

— Écoutez, on n'a pas beaucoup de temps. Il faut y aller!

— Ouais. Surtout après ce que t'as fait à Chuck…

— Quoi? Qu'est-ce que t'as fait à Chuck?

— Vaux mieux… Vaux mieux que tu le saches pas.

***

La rage avait rempli son corps. Elle habitait chaque atome, les faisait vibrer de cette énergie dévastatrice. Le plasma dans ses veines n'était qu'une colère bouillante criant en lui. C'était ça, cette seule force, qui lui permettait d'avancer, de vivre, et le poussait à la retrouver.

Les couloirs de l'école semblaient prêts à s'écrouler sous son joug autour de lui, et, malgré son vertige, il se sentait plus fort que jamais.

Autour de lui, tout se métamorphosait. Les gens autour étaient flous, leurs visages obstrués par des couches de sang effaçant leurs traits. Des images de son esprit, spectres de cadavres attendant la mort. Il n'y avait que le sang. Rien d'autre. Plus de nez, plus d'oreilles, plus de bouche, plus d'yeux. Rien. *Que le sang!*

Mais Chuck ne les voyait pas, non.

Il était dans son monde. Monde de fantasmes et d'envies. Un monde où il n'était rien de moins qu'un dieu. Le dieu qu'il avait toujours voulu être.

Et c'était un monde où il était seul.

Seul avec cette putain de pétasse.

Et ce monde était régi que par cet unique désir : tuer cette sale garce!

Il fulminait dans les couloirs, pensant à la façon dont il pourrait bien s'occuper de cette foutue conne. Il s'imaginait les pires tortures sur ceux qu'il croisait, mais, peu importe ce que sa rage lui faisait visualiser, ce n'était jamais assez.

Ce n'était pas elle.

Ce n'était pas assez.

De jeunes filles s'approchèrent de lui. *Leur planter un couteau dans le ventre.* Elles lui tendirent un faible sourire. *Déchirer l'abdomen.* Mais sa soif de vengeance l'aveugla. *Organes, viscères, tripes, chairs.* Il leur fonça dedans. *Plein de coups de couteau!* Il les poussa hors de son chemin sans ressentir le moindre remords. *Les corps tombant au sol, vomissant un déluge rouge qui envahissait toute l'école.*

Puis un tic-tac arriva. Les secondes défilaient. Le tic-tac incessant des horloges bourdonnait comme une fanfare militaire. Il commença à courir dans le corridor. Il sauta de palier en palier. La terre tremblait quand il atterrissait. Il était puissant. Il était rage.

Il filait désormais au rez-de-chaussée.

Mais, dès qu'il la vit, il s'arrêta pour la contempler.

Elle était… tellement belle! Ses courbes allaient souligner chacune de ses formes pour les embrasser, les mettre en évidence pour son œil. Il laissa ses doigts caresser sa peau de la même manière qu'on câline une conquête étalée nue sur notre lit : amoureusement, mais férocement; tendrement, mais passionnément. Elle était douce, froide et excitante sous son contact. Sa tête de profil semblait le regarder en coin, l'inviter à elle. Ses ongles effleurèrent chaque centimètre de bout de chair séché tandis que son corps ferme paraissait lui murmurer à l'esprit des paroles. Elle lui parlait d'Ember.

Soudainement, tout devint si clair.

Elle l'invitait à cette idée maligne qui le dévorait. Qu'est-ce qu'il ne pourrait pas accomplir avec elle qui se tenait là, immobile, devant lui, tel un cadeau du destin, attendant patiemment de venir se lover au creux de sa main?

Finalement, il succomba à cette tentation mauvaise et détacha les chaînes qui la retenaient…

Et il s'empara de l'imposante hache déjà rouge de sang.

***

Le trio sortit la tête. *Personne à l'horizon.* Mis à part Kristen qui valsait entre les tables pleines de blessés, la cafétéria avait l'air d'être bel et bien vide. Ils s'avancèrent vers la porte d'entrée, essayant de rester le plus silencieux possible en lançant, toutes les deux secondes, un petit coup d'œil furtif autour. Rien. Pourtant, le bruit de leurs pas feutrés n'arrivait pas à les réconforter. Et ce son – cette absence de son en fait – allait créer une migraine dans leur esprit lorsqu'il se mélangeait au sentiment d'angoisse qu'ils avaient. On y entendait ce bourdonnement; comme une bouilloire qui siffle; un acouphène qui sonnait au plus creux de leurs oreilles comme une alarme.

Ils avaient franchi la moitié du chemin quand Chuck surgit du couloir. La première chose qui attira leur regard fut ses yeux. Deux orbites bleues exorbitées, complètement prisonnières de la folie. Puis, ce fut sa bouche. Un rictus étiré, presque démesuré qui devenait un sourire maniaque. Enfin, ils virent ce qu'il brandissait comme un fou.

Leur cœur s'arrêta.

— *HERE'S JOHNNY*! Ha, ha, ha!

Il commença à courir vers eux. Ember ne put retenir plus longtemps un cri de terreur. Le groupe fit demi-tour et sprinta dans la direction inverse. Tout ce qu'ils entendaient était le rire de Chuck.

Il n'y avait que ça. Que ce hurlement. Que ce rire. En sourdine, on retrouvait bien Oliver qui poussait un « Putain! Mais qu'est-ce que tu lui fais?! », mais, sinon, il ne restait rien d'autre que cette démence atroce et le choc de leurs souliers sur le plancher.

Ils se précipitèrent jusqu'à la porte arrière que Matthew ouvrit d'un violent coup d'épaule, les plongeant dans le noir du stationnement des professeurs. Un certain sentiment de bonheur les envahit quand l'école parut rétrécir derrière eux.

Mais cette impression creva avant même d'éclore. Tandis qu'ils s'enfonçaient dans l'obscurité, ralentissant peu à peu le pas, ils se rendirent compte que l'unique bruit restant était la longue plainte du vent d'Est glissant au travers des branches.

S'il y avait eu le moindre monstre près, il aurait facilement pu faire qu'une bouchée d'eux.

Heureusement, ils étaient seuls… enfin, c'est ce qu'ils aimaient croire.

***

Chuck s'arrêta sec. Il refusait de sortir.

Dehors, c'était ces choses. Elles désiraient sa chair, il le savait. Elles n'attendaient que lui.

Il regarda la porte se fermer, séparant Ember de sa lame. *J'espère au moins qu'ils vont la tuer comme j'aurais voulu le faire.*

142

Frustré de voir qu'elle lui avait une fois de plus échappé, il leva sa hache et l'abattit.

Il la retira et fixa l'entaille. Une fissure. Sur la table.

Élan brusque de colère ou folie démesurée, on ne pourrait dire, mais il décapita la table avec une rage qui lui était inconnue. *Inconnue, mais douce.* Il décrocha le fer du dernier morceau restant et observa les ruines.

Et malgré tout ce carnage, il ne restait qu'une amère insatisfaction. Il lâcha un énorme cri avant de relever la tête et voir Kristen qui le dévisageait, perdue, mi-effrayée et mi-curieuse.

— Va chier.

Il se retourna et se rendit vers l'avant. Là, il les attendrait.

Il les attendrait et, s'ils faisaient l'erreur d'entrer – *s'ils osent, ô, s'ils osent, les salauds* –, il les hacherait un à un. S'ils ne rentraient pas par contre, il les regarderait être bouffés.

Il s'imagina la scène. Violente. *À mon goût.* Ember, courant vers lui, braillant. Elle l'implorerait. *Mais il faudra demeurer stoïque.* Ça serait Matthew et Oliver qui tomberaient et seraient dévorés les premiers. Elle, elle partirait la dernière. Et, quand elle serait au sol, suppliante, quand elle comprendrait sa faute, quand elle verrait que c'était lui qui avait eu raison depuis le début, il lui sourirait et elle disparaîtrait, emmenée par ces monstres. *Et plus jamais je la reverrais.*

Comme Marc.

Marc. *Seigneur.* C'était pour lui qu'Ember était sortie. *Juste pour lui! Pitié! Un gars comme lui, ça n'en vaut vraiment pas la peine*, se mentit Chuck, dégoûté.

Quand ils rentreraient, traînant Marc sur leurs dos, là, il frapperait.

Et si les bêtes ne les tuaient pas? « Alors c'est moi qui le ferai. » *Et si elles ne tuaient pas Marc.* « Alors je le ferai quand il sera avec eux! » *Mais s'il ne revenait pas avec eux?* « Comment est-ce qu'il pourrait revenir sinon? » *Par lui-même!* « Non. Il ne peut pas. » *Ce n'est pas toi qui décides, Chuck, s'il peut ou s'il ne peut pas!* « Qu'est-ce que je dois faire dans ce cas? »

Marc méritait la mort. Devant lui, comme un phare, la lumière ardente d'un brasier se dessina dans les rues de Mead's Cliff, lui indiquant le chemin. L'unique pensée du sang lui glaça les os.

Tu peux agir, Chuck!

**

L'arme brandie, Oliver avançait lentement tandis que les deux autres étaient scotchés à lui. Agrippés à son chandail sale, ils espéraient ne pas se perdre dans la nuit. Ils tendaient l'oreille à la recherche d'un bruit suspect. Mais seul le claquement des dents retentissait au travers du silence.

Friction au loin! Figement! *Peur.*

Ember et Matthew se cognèrent contre son dos.

Est-ce que c'était Chuck?

Ou quelque chose de pire?

Mais après mûres réflexions, ça pouvait aussi n'être que le vol d'un oiseau.

Leur cœur opta pour la troisième solution. Il n'y demeura que cette vague crainte désagréable, une angoisse semblable à une écharde sous le pied qui vous empêche de marcher. Ember garda quand même ce tic où, toutes les trois secondes, elle ressentait le besoin de se retourner. Chaque fois, on croyait avoir entendu quelque chose, mais c'était qu'une brise entre les branches, que le murmure d'une radio qui grince ou encore le souffle de l'autre à côté d'eux. Ils continuèrent. Le vent n'était qu'une illusion. Illusion qui apportait peurs et paniques. Toujours à laisser planer un mot jamais tout à fait audible; qu'une syllabe que leurs oreilles attrapaient en plein vol, mais n'avaient jamais le luxe d'identifier.

Le temps et l'espace ne semblaient pas faire effet. Ils avaient beau avancer, faire des pas qu'ils forçaient à leur corps, la rue au loin paraissait s'éloigner d'eux de plus en plus.

Seuls dans le noir, le groupe ralentit par pure précaution. *Même s'il faut se dépêcher.* De longues sueurs coulaient le long de leur cou jusqu'à leur colonne vertébrale. Ils contemplèrent cette vue étrange. Un sentiment de vide les prit tous, peu importe à quel point leur lien avec Mead's Cliff était fort. À l'autre extrémité du carrefour, la vieille église était gobée par une fine couche de brouillard qui se prolongeait pour venir engloutir leurs jambes. Le danger était près, ils le sentaient. Mais devant eux se tenait l'impasse qui les figea; quatre directions et un seul choix à faire, le tout accompagné de l'indéniable question du « *Où est-il?* ». Ainsi arrêtés, Ember, Matthew et Oliver avaient presque l'air de faire partie de la monotonie de la ville. Ils semblaient incapables de bouger tant ils étaient prisonniers de cette immuabilité, de cette frayeur. Mead's Cliff était pour eux si déserte qu'elle en était inconfortable, comme un malaise. C'était comme ce midi, pensa Matthew, et, tout comme ce midi, ils ne pouvaient empêcher ce sentiment d'être épié, d'être fixé de derrière, sans cesse observé, scruté. Cette fois par contre, l'obscurité de la nuit ajoutait un ton lugubre au paysage vide. Le brouillard, de surcroît, n'aidait pas. Pourtant ils étaient seuls. Qu'eux et ces bâtiments si familiers qui trônaient à leur pied, saignés à blanc. Devant eux, les voitures gisaient tels des cadavres; carbonisée par ce mal qui se propageait depuis cette fête comme une épidémie et détruisait un à un chaque élève. Ce mal qu'ils avaient nommé monstres.

Mais où était-il?

Et en trame de fond, il y avait cette impression, insoutenable, qui leur disait que ces bêtes étaient bel et bien là, sous leurs yeux, mais réfugiées dans un endroit secret, ailleurs. Elles étaient tout près, tapies dans l'ombre qu'eux, simples mortels – simples humains –, ne pouvaient voir. Et, de leur cachette, elles les guettaient, les fixaient, les dévoraient du regard en attendant de les dévorer pour vrai.

Mais d'où allaient-ils arriver? De la gauche? Ou de la droite? D'en haut? Ou d'en bas?

Dans les rues, les lampadaires n'éclairaient plus. Les néons des boutiques illuminaient plus ou moins les échoppes et laissait en arrière-plan que le ronronnement des génératrices de secours qui avaient pris le relais.

Aucun signe de vie sur un mille à la ronde.

Ni des monstres. Ni de Marc.

Ils tournèrent en rond sur eux-mêmes, leurs yeux désolés partis à la recherche de quelque chose sans même savoir quoi. Ce sentiment de perte les envahit. Il les envahit comme un poison vous envahit, en vous coulant d'abord dans la gorge avec la fausse impression d'un réconfort avant de tout détruire sur son passage. Ember le sentit. Il s'infiltrait en elle, dans ses poumons, il bloquait les veines de son cœur puis il allait ressortir par chaque pore de sa peau.

Le groupe eut une pensée commune en repensant à l'intérieur de l'école; à ce petit drap plus ou moins douillet qui les attendait dans le gymnase et qui leur servirait de matelas.

— Est-ce qu'on devrait repartir? Il n'y a rien ici, non? susurra Oliver.

— Pas tant qu'on n'a pas retrouvé Marc.

Ember se surprit à reconnaître sa voix avec tant de courage.

En plein milieu de la rue, à l'ouest, un corps gisait, abrillé par une Chevrolet en feu.

Personne ne semblait l'avoir vu.

C'était peut-être qu'il était trop à l'évidence sous les flammes qui l'illuminaient, nul ne le sait, mais il restait là et personne ne le remarquait… mis à part quelques-uns de ces monstres bien cachés dans les ténèbres qui le fixaient, impatients.

L'appât.

Mais peut-être bien que la raison pour laquelle le trio ne l'avait pas aperçu était parce que sa peau noire captait tous les rayons de lumières et ne laissait ressortir aucun reflet, sa carapace se fondant avec le noir du bitume.

Finalement, il leva la tête et regarda le groupe qui tournait en rond, sur le trottoir.

Il avait faim.

***

Au loin, il y avait ce cri. Le cri d'un enfant. Puis vint le hurlement d'une voiture, ses pneus se déchirant sur l'asphalte. Les pleurs se multiplièrent. Puis, de plus loin encore, ce lointain son qui, comme un murmure, parvient à nos oreilles sans qu'on le comprenne vraiment. Cette fois-ci par contre, Marc le comprit.

— Je suis là. disait la voix.

Ses paupières étaient si dures à ouvrir qu'il avait l'impression qu'ils avaient été scellés ensemble; ses muscles, si raides qu'ils semblaient figés. Il essaya de les détendre en changeant de position. Tout ce qu'il entendit fut leur craquement douloureux.

Son réveil était loin d'être des plus heureux.

Des souvenirs, images et bruits, se chamboulèrent dans sa tête. Ils ondulaient devant lui tels des fantômes venant le hanter. Mais ils disparurent dès qu'il cligna des yeux et tout commença à tourner. *Des vertiges. À nouveau.*

Puis ils revinrent. Toujours de plus en plus vite. Flashs, visions et hurlements distants écrasant toutes pensées. Il se remémora certaines choses passées. *Un cri strident. Le son d'une bagarre. L'odeur et le goût du sang. Le parfum fumé de revolvers.* Mais les évènements n'arrivaient pas à s'assimiler chronologiquement.

146

C'est alors qu'une question lui vint en tête : « Où est-ce que je suis? »

Une brise légère lui balaya la joue en guise de réponse. Il essaya de se retourner, mais son cou en semblait incapable, comme si un torticolis bloquait tout mouvement. Il se risqua à rouler sur lui-même. *Mauvaise idée.* Plus il tournait et plus il avait la douloureuse impression que son cerveau était prêt à exploser au moindre effort mental. Chaque élément autour de lui; sol, vêtements, vent, saletés, rotation; devait être identifié et suranalysé.

Sa cervelle bouillait en lui comme une marmite.

Puis, son cœur, qui avait, depuis son réveil, palpité faiblement, bondit comme s'il s'apprêtait à sortir hors de sa poitrine lorsqu'il s'écrasa sur quelque chose de pointu. Une douleur sans nom retentit. Il tenta de crier, mais aucun son ne s'échappa. D'un geste faible, il repoussa le sac sur lequel il s'était avachi. Il retint difficilement son beuglement à travers la nuit.

Puis vint le silence. L'absolu néant. Il croyait planer. Il ne touchait plus au sol. Il ne ressentait rien. Ses cinq sens s'étaient évanouis.

Et là, de nulle part, arriva cette odeur. *Avoine?* Soudainement, il percevait encore mieux qu'avant la fine brise. *Vinaigre?* Au loin, il pouvait humer cette discrète fragrance qui faisait jubiler ses narines. *Non!* Un doux effluve oublié. *Vanille!* Un parfum qui était loin d'être celui de plus tôt.

Il eut l'impression, en cet instant précis, qu'il avait la pleine possession de toutes ses capacités. Il en était convaincu. C'était comme si ses sens s'étaient décuplés. Ils étaient vifs et subtils tout en étant puissants à la fois. Un vent d'Est ici. Le bruit d'un camion de poubelle dans la nuit à Boulder City. Le son des intemporels joueurs de kraps de Vegas. L'odeur grossière de deux jeunes mariés complètement ivres. Le lourd grondement de l'estomac de bêtes qui attendent leur souper.

Marc pouvait les contrôler parfaitement. Peut-être ce n'était que le malaise du réveil, mais l'affreuse et douloureuse fièvre qu'il vivait semblait les avoir tellement affinés et fortifiés qu'il pouvait voir, entendre et sentir des choses jamais perçues auparavant, des choses qu'il croyait ignorer l'existence. Il leva les yeux vers ce qui lui parut être le haut et une lueur orangée l'aveugla. C'était chaud comme un soleil et ça se mouvait rapidement, dansant devant lui.

Ses iris s'habituèrent lentement et il réussit enfin à la définir. Une flamme.

Il tourna la tête et aperçut un cerisier. Il était planté là, sur le trottoir, au coin d'une rue. Marc y distinguait chaque feuille avec toutes leurs nervures, différenciant les veinures qui transportaient la pectine, la cellulose et la lignine. Il y avait même une minuscule araignée qui était en train de tisser sa toile. Chaque molécule de soie, chaque acide aminé s'ouvrait à lui et s'exposait en atomes.

Il vit une mouche arriver vers le piège. Marc entendit le bourdonnement de ses ailes. Son pouls battait au même rythme que celui de l'insecte. Il avait presque le goût de lui crier de ne pas y aller, de revenir sur ses pas, mais il n'eut pas le temps, car un intrus fit son entrée.

L'oiseau rouge que Marc avait aperçu plusieurs fois déjà. Celui qui guettait ses mouvements quand il sortait. *Un cardinal.* Rouge sang. Mais pourtant inoffensif. Marc le regarda puis, son cerveau, il en eut l'impression, explosa sous les yeux noirs de la bête.

Il ressentit, en un instant vraiment court, le monde tourbillonner autour de lui. Aussi aisément que si quelqu'un faisait tournoyer un globe terrestre avec le pouvoir du bout de son doigt. Les objets grossissaient, rapetissaient, l'accrochaient, le frappaient et disparaissaient.

Il avait beau s'agripper à l'asphalte, tenter de trouver un semblant d'équilibre. Rien n'y faisait. Il essaya d'affronter cette sensation, mais échoua. Il se sentait comme une toupie. De haut en bas, de gauche à droite, de bas en haut, de droite à gauche. Tout tournait. Son corps n'était que vertiges à n'en plus finir.

Il recracha tout ce qu'il avait dans les tripes et, d'un sale coup, ses maux de tête amplifièrent. C'était comme si ses tempes se gonflaient et se rétractaient. Toutes les parties, tous les lobes de son crâne enflaient, explosaient et redevenaient normaux dans sa caboche en feu. Il se plia sur lui-même, roulant dans ses vomissements. Il tremblait de froid sous les braises rouges de cette Chevrolet.

À son grand regret, son état d'ébahissement était terminé. Plus de doux effluves. Plus de lumières. Même le cerisier sur le trottoir était disparu, probablement imaginé de toutes pièces, envolé comme des cendres que l'on souffle.

Il n'y avait que la douleur.

Puis vint cette bourrasque à côté de lui.

Il vit à côté de lui une grosse masse noire. Plus loin encore, il distingua deux corps flous et statiques. Leur visage lui rappelait vaguement quelque chose. Étaient-ils des mirages? Il n'aurait su le dire. Des délires de ses vertiges, tout comme le cerisier?

Par un miracle de l'esprit, ses souvenirs des dernières 24 heures lui revinrent tel un coup en pleine figure. Des flashs, des images et des sons par milliers parcoururent la ville, courant vers lui pour retourner dans sa mémoire. *La mission, 139 rue Dante, les égouts, Mona, cette vieille Chevrolet.*

Il reconnut Oliver et Matthew. Ils cachaient une silhouette plus svelte que la leur. Elle fit un pas, sortant de l'ombre et prenant place aux côtés d'Oliver. *Ember.*

Et cette douleur encore une fois alors que son cœur allait bondir comme s'il était sur le point de s'extirper hors de sa poitrine. Il se plia sur lui-même et dégaina. Le mutant était là, devant lui. Marc déposa son doigt sur la gâchette. La rue se courba. Les formes changèrent, devinrent floues, s'étirèrent. Il pressa la détente malgré tout.

La balle manqua sa cible.

Mais le coup de feu alerta le trio qui vit la mort s'emparer de l'un d'eux.

***

BAM!

La détonation les fit sursauter. Effrayés, ils s'étaient tous retournés. Elle l'aperçut la dernière. Il n'y eut qu'un cri étouffé dans la nuit tandis qu'ils étaient avalés par l'obscurité.

La bête l'entraîna avec elle sur plus de cinq mètres, lui écrasant la tête au sol comme une vulgaire poupée de chiffon. Elle ne laissa contre l'asphalte qu'une longue trace rouge.

Puis vint ce dernier regard; instant où l'on rencontre son bourreau; avant qu'elle ne saute sur sa proie.

Gueule grande ouverte, elle plongea ses crocs dans sa gorge.

Le sang gicla comme d'une fontaine. Elle déchira facilement la peau, la chair et les muscles de ses griffes. Rien ne l'arrêtait. À chaque coup de mâchoire, le corps était secoué. Les bras et les jambes allaient fouetter l'air avant de retomber sur le bitume, attendant le prochain spasme.

Oliver se retourna tout de suite après avoir senti l'odeur pestilentielle de la mort passer à côté de lui. Le seul son qu'il avait entendu avait été le cri étouffé.

Il cria en comprenant. Il serra l'arme tant que ses mains en devinrent écarlates quand il mit la bête en joue.

Devant lui, un flot rouge qui explosait dans tous les sens. Il pressa la détente mettant fin à cette folie meurtrière sans même s'en rende compte. Il ne ressentit que les détonations qui se répercutaient contre sa cage thoracique tandis que cette chose tombait sur sa proie.

Les balles heurtèrent sa cible, mais il était déjà beaucoup trop tard pour Matthew.

Sa respiration était chancelante. *Je viens de faire feu.* Il ne pouvait se l'imaginer. *C'est complètement différent de la cafétéria.* Cela avait été complètement instinctif.

Ses tripes avaient agi à la place de la raison. Il observa un instant les deux dépouilles qui ne faisaient plus qu'une. Sentiment de remords, de tristesse. Puis ce fut le néant complet.

La mort avait pris Matthew. Il se répétait cette phrase en boucle sans la comprendre. Il était là la seconde d'avant, puis celle d'après, enlevé à jamais. Peut-être voulait-il simplement ne pas la comprendre.

Il n'y avait que sa mâchoire qui tremblait. Son esprit était déconnecté du moment présent et il fixait la scène d'un point de vue autre que le sien. Aucune émotion. Impartialité catatonique.

Ses jambes avancèrent. Elles l'emmenèrent au milieu du carnage. *Celui que j'ai créé.* Il regarda les cadavres, tassa celui lourd et noir, ne pouvant concevoir que c'était lui qui avait commis une telle atrocité. *Juste un dernier coup d'œil.* Il le dévisagea. Sa gorge se bloquait, provoquant cette sensation amère qui descendait jusqu'à son cœur comme une montée de bile. *Comment est-ce que c'est possible de se recueillir devant... devant ÇA!*

En voyant les viscères qui s'empilaient tout autour, il ne put retenir une larme qui mêlait dégoût et tristesse. Le visage lacéré de son seul ami lui renvoyait son regard. Son orbite vide, mais toujours rattachée à l'œil qui pendait sur le côté le fixait. Le sang réfléchissait l'image de son propre corps.

Au revoir.

Une voix au loin l'arracha à son chagrin. Un cri qui hurlait ce nom, cette raison pour laquelle il venait de perdre son compagnon. Oliver se retourna à contrecœur et partit rejoindre Ember, qui avait déjà accouru vers Marc.

Après avoir fait quelques pas, il fit toutefois demi-tour. Il regarda la dépouille au ventre ouvert, au cou désaxé et aux membres horriblement dégustés. Il sentit sa mâchoire lui faillir à nouveau sous le poids d'autres larmes.

Il manquait quelque chose.

Il s'approcha et sortit de sa poche un petit paquet de carton. Il en extirpa un joint et le mit dans la bouche de son ami.

Maintenant, reste en paix. Il prit son briquet et l'alluma. *Personne ne pourra te faire du mal.* Il alla le porter à divers endroits. Les manches et la base de son T-shirt, son pantalon. Oliver observa un instant Matthew devenir flammes. *Personne ne pourra te toucher.*

Il vit l'orbite pendouillant se tourner vers lui en un dernier signe de vie. Un pouce se leva sur la main à l'os exhibée alors que la trace d'un sourire apparut.

Oliver s'éloigna. Il faisait tous ses pas à reculons, regardant le corps se transformer en brasier. Il rejoignit Ember qui hurlait dans la rue.

— MARC! Marc, réveille-toi!

Oliver aurait aimé s'inquiéter. Mais il en était incapable. Ember se retourna, dit quelque chose, mais il ne l'entendit pas. Elle remarqua ses yeux qui laissaient transparaître sa douleur et se calma.

— Il a pas l'air à filer du tout. Il faut l'amener au plus vite à Ivan.

— Qu'est-ce qu'il a? demanda-t-il.

— Je sais pas. Il est froid froid froid. Il faut le ramener à l'intérieur…

— Oui… c'est évident, cela serait si triste et pénible qu'on apprenne que MARC, le héros et sauveur de cette école de merde, soit mort et que, toi, dans un effort plutôt désespéré, tu es sortie – en pleine nuit – pour le sauver, avec tes petits copains. Malheureusement, vous n'êtes jamais revenu à cause d'une malheureuse rencontre qui vous a coûté la vie… Ce serait… TERRIBLE!

Ember et Oliver se retournèrent. Devant eux, avançant d'un pas gai et dansant, Chuck faisait tournoyer entre ses mains son imposante hache. Il se tenait droit, affichant son faux air vénérable, étalant son sourire de mauvais garçon et ne cessant de fixer Ember avec son regard narquois.

— Fout le camp Chuck sinon, je te le jure, je t'éclate la tête. dit Oliver, féroce, en pointant son fusil vers Chuck.

— Toi, la ferme, le cuistot! Ou sinon je te fais bouffer ÇA en pleine gueule. Ça va te donner une idée de qu'est-ce que goûte la merde de la cafétéria. dit-il en appuyant la lame au cou d'Oliver avant même qu'il n'ait le temps de bouger.

— Merde, Chuck, qu'est-ce que tu veux à la fin?

— Qu'est-ce que je veux? Tu veux savoir ce que je veux! Ha ha! Je veux que vous m'écoutiez tous des plus attentivement avant que je fracasse vos petites tronches. Est-ce que vous êtes au courant qu'avant, c'était moi le roi ici?! J'étais LA foutue seule raison d'être dans ce trou perdu. Et là, lui, il arrive de nulle part et tout vire en brouille… Où est-ce qu'il y a eu un déclic et tout le monde est devenu gaga? Est-ce que c'est à cause de ces putains de monstres?

— Personne n'est devenu gaga, Charles. Juste toi. dit Ember effrayée, mais réussissant tout de même à lui tenir tête.

— C'est vrai, Chuck. Regarde, on a retrouvé Marc, si tu nous aides à le ramener à l'école, on va tous t'accueillir en héros, c'est certain.

— Oh! Parce que vous avez retrouvé Marc. dit-il d'un ton surpris, tout en apportant ses deux mains ensemble dans un signe de prière. Avec la hache entre ses doigts, cette prière semblait vraiment étrange. « Wow! Vous avez retrouvé mon grand frère! Je suis impressionné. Très impressionné… et très touché. »

Il s'approcha du corps à moitié inconscient de son jumeau. Deux jumeaux tellement différents, pensa Ember.

Il observa un instant la tête de son frère qu'il faisait bouger avec la pointe de son soulier. Il regarda Marc dans les yeux et dit en murmurant : « Un pour avoir la famille, l'autre, les amis. La jalousie les séparera pour toujours. Ennemis pour l'éternité ils seront… Je n'ai jamais vraiment cru en cette connerie que maman racontait à papa à propos de nos chicanes. »

Il leva la hache bien haute dans les airs et il entendit Ember crier derrière lui.

Chuck n'y fit pas attention.

Il raffermit sa poigne sur le manche et s'apprêtait à descendre la lame pour qu'elle percute le cou de Marc quand un bruit provenant des ténèbres l'arrêta subitement.

Chuck devint une vraie statue de sel.

Grognement désapprobateur dans le noir.

Devant lui, cachés dans des buissons, deux yeux s'illuminèrent. Ils brillaient comme deux astres dans le ciel. Puis soudain, une deuxième paire vint apparaître à côté de la première.

Puis une troisième.

Et une quatrième.

Et ainsi de suite jusqu'à ce qu'il y ait près de quinze petits globes qui fixaient Chuck d'une lueur terrifiante.

On pouvait clairement entendre leurs râles dans l'obscurité. Parfois, c'était le dégoulinement de leur salive qui tombait au sol que l'on pouvait entendre. Qu'un "splouch" qui allait s'écraser l'autre côté de la rue.

Il fit demi-tour sur lui-même. Chuck était blême. Sa bouche, grande ouverte, lui donnait l'air d'un poisson agonisant hors de l'eau. Il regarda devant lui. L'école lui semblait tellement loin.

Qu'un mot. Deux syllabes comprises dans un murmure paniqué.

— FUUUUYYYYYEEEEZZZZZ!

Oliver lança le fusil à Ember avant de mettre Marc sur ses épaules comme s'il n'était qu'un vulgaire sac de patates. *Un sac de patates fichtrement lourd!* Au loin, Chuck courait en ligne droite, déjà bien loin. Il hurlait. Il faisait penser à une caricature de bande dessinée qui s'enfuyait, effrayée. Ember attrapa l'arme et tira à l'aveuglette dans le noir.

Cela ne prit qu'une seconde aux mutants pour voir que leur repas se sauvait. Ils se lancèrent aussitôt à la poursuite de leur dîner.

Cri rauque et bestial qui alla enterrer tous les autres hurlements.

Chuck se retourna l'instant d'une seconde pour vérifier si ces choses avaient rattrapé Oliver et Ember. *Non, ils sont toujours* là. Ils étaient justes derrière lui; suivaient, mais étaient chacun ralentis par leur charge trop pesante. Ils leur restaient un bon bout de chemin avant d'arriver. L'école, d'un autre côté, n'était plus très loin pour lui. Son visage s'illumina.

Sous la salve de balles, les bêtes au loin déguerpirent vers les égouts. Leur part du travail était faite. *Tendre le piège.* L'étau n'avait plus qu'à se resserrer.

Puis tous les espoirs de Chuck s'évanouirent en trois secondes et demie.

Quelque chose de très solide lui happa la cheville.

Il tomba, face première, contre le bitume. Le menton s'ouvrit. Deux ou trois dents volèrent dans les airs. Chuck ressentit chaque filament de peau se rompant, chaque vaisseau sanguin se séparant et chaque muscle se déchirant alors que le sang commençait à gicler. Le nez se cassa en cognant l'asphalte. Les os bougèrent pour créer cette chose informe. L'arcade se fissura en deux sous un déluge couleur grenat.

Puis ce fut la douleur la plus terrible que Chuck sentit de toute sa vie.

Elle était là, virevoltait devant ses yeux. Il l'avait sûrement échappée en trébuchant. Comme pris dans un affreux film, tout était au ralenti. Il la vit amorcer sa retombée lentement, traçant de grands arcs circulaires dans les airs. Puis il la regarda descendre de plus en plus rapidement jusqu'à ce qu'elle aille faire son chemin au travers de la chair; au travers des os; puis à nouveau au travers de la chair jusqu'au gazon.

Elle termina sa chute à l'endroit où, une fraction de seconde plus tôt, se tenaient deux de ses doigts. Un seul cri vint déchirer cette nuit silencieuse.

Ses pleurs tassèrent le sang en demandant pardon.

Mais il était trop tard. Tout le mal était déjà fait.

La chose commença alors à le tirer. Un coup; qu'un; et Chuck sentit les derniers tendons qui retenaient son annulaire et son majeur se rompre. Puis un autre. Plus violent. La bête tira si fort que sa jambe provoqua ce bruit, ce *Clack.*

Nouveau hurlement. Nouvelles larmes.

La poigne se raffermit. Chaque son que Chuck lâchait semblait la stimuler davantage. Elle se plaisait à confirmer sa main sur la cheville qu'elle pouvait briser en miettes. Elle le ferait seulement pour l'entendre hurler, mais quelqu'un lui disait de ne rien en faire.

Ember et Oliver passèrent juste à côté de lui.

Ils virent les longs doigts noirs, les yeux blancs dans la bouche d'égout ouverte et les yeux rougis de Chuck d'avoir trop pleurés.

154

Un échange de regard terrifié. Il implorait d'être sauvé. *Une personne qui vous a tant fait souffert mérite-t-elle votre pitié?*

La jambe avait déjà disparu à moitié sous la bouche d'égout. *Il fallait réfléchir.*

Chuck était désormais derrière, laissé à lui-même. *Prendre une décision.*

Regarde-moi, Ember... Il cria. *Viens m'aider...* Autant de douleur, que de regret, que de haine, que de peur. *Je vais me faire pardonner pour tout ce que je t'ai fait subir...* Il avait hurlé son nom à elle. *Je suis prêt à ramper à tes pieds pour pas que tu m'abandonnes...*

— EMBER!

Il était là, à essayer de faire pénétrer ses ongles dans le gazon dans l'espoir de trouver quelque chose à quoi s'agripper. Avec deux doigts en moins, la tâche était ardue. Il la dévisagea, ses pupilles pleines de fantômes du passé.

Un premier regard pendant un mardi de mai. Chuck grattait avec frénésie le sol sec. *Deux yeux bleus comme la mer qui l'observaient.* Il n'y avait aucune racine. *Puis un échange de sourire qui trahissait leur désir d'amour.* Que cette glèbe sableuse qui lui glissait entre les doigts. *L'encouragement des amies qui la poussait à aller vers lui à la danse de Noël.* La terre était tassée d'un côté et de l'autre. *Les mots doux susurrés pendant "Since I've Been Loving You" de Led Zeppelin.* Il était abandonné à son sort. *Un premier baiser tendre sur son perron.* À crever comme un chien. *Le premier rendez-vous.* À ce moment, quand elle se retourna et le regarda, une partie d'elle désirait le laisser là, le laisser mourir aussi aisément que ça. *Ils avaient pris le bus jusqu'à Boulder City.* S'en débarrasser une fois pour toutes. *Ils avaient été sur le toit d'un immeuble en construction.* Le laisser hurler de peur et de douleur. *Ils s'étaient amusés à nommer les étoiles et avaient fait l'amour.* Elle voulait sa mort. *C'était dans le temps où Chuck était encore romantique.* Elle voulait qu'il souffre, mais elle voulait plus que tout que lui la voie. *Dans le temps où il lui restait une part d'humanité.* Qu'il s'aperçoive que c'était elle qui avait raison!

Pardonner n'est pas divin.

Pourtant, dès qu'elle entra à l'intérieur de l'école, elle lança l'arme automatique au sol.

C'est humain.

Et elle ressortit immédiatement.

C'est ce qui nous différencie de ces animaux.

D'un bond, elle sauta jusqu'au chevet de Chuck.

Plus que la taille dépassait maintenant.

Elle agrippa les poignets et tira. Elle plongea ses pieds dans le sable en espérant pouvoir sauver Chuck.

Il lui sourit malgré le tumulte. *Merci, ma belle.*

Elle força. De toutes ses forces; jusqu'à l'épuisement.

Malgré tout, le corps s'enfonçait de plus en plus. Ses mains glissaient à cause des plaies.

Ember entendait la bête grogner. Elle entendait le souffle de Chuck se couper. Elle voyait ses pleurs se mêler aux siennes.

Elle sentait son emprise disparaître à cause de sa peau moite.

Mais elle n'abandonna jamais. Elle continua tant bien que mal de retenir les ongles devenus noirs à force de gratter la terre.

Et d'un coup elle te fait tomber dans l'obscurité.

Les doigts couverts de sang de Chuck étaient trop glissants.

Tu tombes et tu tombes toujours sans jamais t'arrêter.

Ember perdit prise. Elle tomba à la renverse.

Et quand tu arrives au sol, tu t'enfonces dans une marre de corps qui, comme toi, ont été enlevés par leurs ascendants.

Le dernier souvenir qu'elle eut fut celui de cette main, cette main aux doigts manquants, s'effaçant, avalée par les ténèbres.

Puis ce cri.

Cri à en donner des frissons aux morts.

Cri de l'homme qu'elle avait aimé et qu'une partie d'elle aimait encore.

Cri d'un être cher qui disparaît à tout jamais devant nos yeux.

Un cri qui laissa un écho dans son cœur désormais blessé.

Quelque chose se déposa sur son épaule et la tira vers l'arrière. Ember resta molle. Elle ne pouvait plus rien sentir. Elle ne pourrait peut-être même plus aimer. Pas après ce qui venait de se passer. *Pas après ça.* Assise sur le sol gratté jusqu'à la moelle, elle ne pouvait que regarder l'espace dorénavant vacant.

Cette bouche d'égout.

— Il faut rentrer. répéta une voix.

Mais, au moment où Oliver disait cela, une tête sortit du trou. Tête difforme qui la dévisagea. Tête recouverte de sang.

Et tout de suite après, il lâcha ce rire maniaque.

La bête saisit la cheville d'Ember.

Qu'un cri.

Juste un bond énorme dans sa poitrine qui fit vibrer chaque atome à la vitesse Mach 100.

Puis, le manège recommença.

Cette main la tira brusquement. Ember tomba sur le dos. Elle l'attira vers ce même gouffre d'où Chuck venait à peine de disparaître.

Tout se passa si vite. Ember se retourna pour essayer de s'accrocher à quelque chose.

Mais il n'y avait rien.

Que le sol. Que du sable gris et un peu de terre. Rien à quoi s'agripper. Que cette terre sèche qui glissait entre les doigts. Que les traces de Chuck. Aucune roche enfouie. Rien.

Elle vit Oliver se retourner et prendre quelque chose.

Rouge. Métallique. Dégoulinant.

Il s'approcha du trou. Levée. Puis descente.

Rapide. Violente.

Avec tout le poids qu'il pouvait mettre.

Choc. Filets de sang. Sur la cuisse d'Ember. Liquide brun et presque pâteux. Deuxième coup. Filaments de sang sur le visage rouge d'Oliver.

Ember dégagea sa jambe.

D'un coup de pied, la bouche d'égout fut remise en place.

Puis ils coururent à l'abri.

***

Oliver sauta par-dessus le corps inconscient et se précipita avec le peu d'énergie qui lui restait vers la radio étudiante. Dès que le cri strident de la cloche se propagea dans Mead's Cliff, celui des bêtes vint résonner comme un écho.

Puis, le calme plat.

Que le son du silence.

Oliver se permit un soupir avant de s'écraser au sol.

Cette nuit était bien la pire qu'il n'avait jamais vécu.

Il se passa une main dans les cheveux. Son visage était barbouillé de sang. Il repoussa du même coup une larme sur le coin de son œil. Ses doigts étaient pleins de sang. Il laissa tomber sa tête entre ses genoux. *Matthew*... Il se sentait faible, incomplet sans son compère. Qui allait l'accompagner maintenant dans ses rondes?

Le sens de "perdre un être cher" se révélait désormais. Comme tout le monde sur cette foutue planète, il aurait préféré ne jamais découvrir cette signification.

— Est-ce que ça va? demanda une voix.

Oliver regarda devant lui. Une horde avait envahi la cafétéria. La plupart étaient partis rejoindre Ember, accroupie près du corps, mais c'était une fille qui se tenait là, belle comme le jour. Elle semblait partager son infinie tristesse juste par son regard.

— Excuse-moi, mais, c'est quoi ton nom?

— Erin… Erin Dallas.

— Est-ce que tu pourrais m'aider, Erin?

— À faire quoi?

— Je vais avoir besoin d'aide pour… euhm… sortir quelqu'un d'une armoire…

Il se releva et ils se dirigèrent dans la direction inverse de la foule. Au loin, il n'y avait que ce cri paniqué et le murmure quasi silencieux des jeunes autour de Marc.

— Marc? Marc, réponds-moi! S'il te plaît, ne me quitte pas… pas maintenant.

Il restait immobile. Seules ses paupières vibraient à l'écoute de son nom.

Ember envisageait déjà le pire. *Devoir lui mettre une balle en pleine tête.* Elle en frissonnait. Elle n'en serait pas capable. *Pas aujourd'hui, pas après tout ce qui vient de se passer.*

Peut-être jamais d'ailleurs.

Parmi les élèves, on s'étonnait de voir Marc. Plusieurs pensaient ne plus jamais le revoir. Mais il était là. Du moins, physiquement.

Un adulte arriva finalement, se frayant un chemin à travers la foule.

Ivan.

C'était peut-être pas un médecin à tout cassé, mais il ferait probablement l'affaire, espérèrent plusieurs.

— Что имеет место здесь?

— Quoi?

— Qu'est-ce qui se passe ici? répéta-t-il.

Première erreur. Il ne voyait pas le sang, ni les contusions, ni l'état quasi cadavérique de Marc. Ça augurait mal.

— On l'a trouvé comme ça, monsieur.

Le professeur commença alors à le tâter. Il fit comme si tous les élèves n'étaient pas là, dépouillant Marc de ses vêtements sales, avant de laisser glisser ses mains sur le corps où blessures et ecchymoses coloraient la peau.

— Il est mal en point. dit-il, surpris.

Ember le regarda. Ivan n'était VRAIMENT pas un médecin à tout cassé.

— Il vaudrait mieux l'emmener à мой местный [mon local]. Je vais lui faire des bandages.

— Vous pouvez réussir à le sauver?

— Я не знаю [Je ne sais pas]... Mais je crois bien que le joueur en vaut la chandelle!

*** *

Il l'avait. Celui qu'ils appelaient Mars était dans le creux de ses doigts. Mars; leur grand guerrier. En peu de temps, ce Mars était devenu une figure respectée pour ses pairs qui essayaient de l'exterminer, lui et les autres comme lui. Leur chef avait décidé d'en faire son chien et c'était sa tâche d'aller le lui chercher.

Mais rien ne parvenait à le faire disparaître. Il semblait immortel.

Un dieu?

Il savait bien que non, mais il y avait cette chose en ce gamin, ce résidu d'âme, qui lui donnait ce pouvoir étrange contre lui et les siens.

Quand il descendit le corps presque inconscient et le mit à la hauteur de ses yeux, il découvrit à la place un rejeton blond, pleurnichant.

Une larve qui respirait la peur; empestait d'une frayeur comme il n'en avait jamais vu.

Sa cicatrice recommença à l'irriter. Un picotement agaçant. Comme si un fer chauffé à blanc s'aplatissait contre sa plaie. Ce nouvel échec l'enverrait encore une fois dans le trou dans lequel il avait moisi déjà trop longtemps.

Je n'ai pas respecté le Plan...

Son poing alla s'abattre dans le mur créant un creux dans la roche et le béton. Le ver de terre laissa sortir un beuglement quand la pierre explosa dans tous les sens.

Instinctivement, sa poigne se resserra sur sa gorge. Sa furie n'avait plus de limite. Il se sentait prêt à tuer tous ceux sur son passage. Puis vint ce bruit, l'irritation suprême. Cette rage qui l'avait envahi lui donnait le tournis. Et cette rage semblait se décupler de plus en plus avec chaque seconde que ce rire continuait.

Une véritable insulte à mon honneur.

Il avança sa gueule grande ouverte vers le cou de Chuck. Il l'ouvrit tant qu'il aurait pu y gober la moitié de sa tête.

Cette tête qui empestait la peur.

Ça imprégnait les égouts d'une odeur infecte, d'une odeur humaine.

Il approcha encore ses crocs. Ses lèvres effleuraient pratiquement la peau de cette larve. Qu'un long coulis de bave coulait le long de son menton.

Puis vint ce son.

Le bruit d'une hache qu'on plante dans la terre suivie par le silence.

Plus de rire.

Il se tourna vers Colin qui revenait parmi les siens. Il brandissait son bras droit dans les airs.

Il lui manquait une main.

Même malgré la douleur, cette bête gardait son rictus, son sourire infaillible, miroir de sa folie.

L'obscurité se fit avec un *TOK* au-dessus d'eux.

Il se retourna vers son prisonnier. *Où en étais-je?*

Il avança à nouveau sa gueule. Il avait beau détourner le regard, ils savaient tous deux ce qui adviendrait.

Il sortit la langue, allant goûter à un pleur.

Puis vint cette subtile odeur. Odeur statique. Comme un courant électrique que l'on détecte sans le voir, ni le sentir, ni l'entendre. Que l'on ressent tout simplement!

L'odeur d'une force invisible gravitant dans cet humain.

La même odeur que Mars.

Puis ce son strident lui déchira les tympans. Hurlements. Le sien, celui de ses troupes, celui de l'école. Cri dix fois plus douloureux qu'un coup de couteau.

Il se retourna brusquement et, sans s'en rendre compte, cogna la tête de son prisonnier contre le mur de pierre.

Les bêtes alentour de lui éclatèrent de rire.

Colin s'avança.

Il le regarda s'approcher, sa main déposée sur une des dagues qu'il lui avait lancée la veille dans la boucherie. S'il le fallait, il la lui planterait en plein cœur.

Colin ouvrit grand sa bouche. Mais il s'interposa. La violence s'échangeait sans qu'ils aient à bouger. Elle parfumait l'air d'une lourdeur insoutenable.

D'un mouvement lent, Colin vint porter sa langue sur le front de Chuck avant de, avec un geste long qui entremêlait arrogance et folie, passer son moignon contre son visage, se barbouillant de son propre sang.

Son sourire s'étira en un éventail de dents pourries.

Il est fou à lier.

Dernier échange dégoûté, amusé, haineux et heureux puis, brusquement, il se retourna et emmena, silencieux, le gain de la bataille suivit par la foule de curieux.

Il marcha peu avant d'arriver à une large pièce. En son centre, baigné par un halo blanc, siégeait le trône. *L'absolu signe de leur chef.*

Il s'agenouilla et, en un instant, il sentit le poids du regard de son maître sur ses épaules.

Il releva les bras et offrit le corps inconscient à la lumière. Un présent dans l'espoir de faire diminuer le poids de sa faute.

Le son de ses pas, lourds et calmes, résonna. Puis il arracha le corps de ses mains. Sans savoir pourquoi, il eut l'impression qu'on lui enlevait un bien précieux.

Il leva la tête et le regarda.

Il dévisageait Chuck, l'observait sous tous les angles, le scrutait à la recherche du moindre défaut.

Le Grand Praeto est bon. Le Grand Praeto est juste.

Son chef se retourna vers lui.

Une simple tape en signe de remerciement avant de partir.

Il disparut avec le garçon laissant dans son sillage rien d'autre que les promesses des plus grandes tortures.

Le sang avait enfin rencontré le sang.

Et maintenant viendrait la douleur.

Et tout le monde perdrait ce à quoi ils tenaient...

Chapitre 9
Un vieux récit

```
Jour inconnu
École Secondaire de Mead's Cliff
Heure inconnue
```

Un éclat brillant lui rappela le malaise du réveil.

Tout autour de lui n'était que lumière.

Après un temps, ses yeux s'habituèrent et le flou lumineux devint progressivement des formes plus complexes qui se détaillèrent en meubles divers.

Il découvrit qu'il était dans le local de chimie.

Son mal de bloc avait disparu.

Il avait laissé place à l'étourdissement d'un sommeil trop prolongé.

Il s'étira et, entre deux mouvements, remarqua une petite tête endormie sur la table.

Il s'amusa à passer ses doigts dans les bouclettes rousses en espérant que le royaume des rêves allait la lui redonner, mais elle en resta prisonnière.

Seul le son de sa respiration résonnait, jouant comme une berceuse apaisante à ses oreilles.

Il demeura là, un instant, à jouer avec ses cheveux, heureux, tout simplement.

Il repensa à ce qu'elle lui avait dit. Il sourit. *Partir loin d'ici, loin de ce calvaire. Vivre près de l'océan, se réveiller le matin en entendant la mer qui nous chante le bonjour.* Il aimait rêver à cette idée d'une vie parfaite.

Une vie avec toi.

Une image lui traversa l'esprit. Eux deux, main dans la main, leurs pieds bordés par le ressac. Au loin, sur le rivage, il y a une perle; une perle qui abrite un trésor. Trésor que tu sais qu'elle désire absolument. Il s'imagina le son de l'eau, coulant d'une cascade majestueuse jusqu'à un bassin où vous iriez vous baigner.

Une eau qui vous ferait grandir.

Après un temps, elle fit un premier mouvement, s'étira. Ses cheveux hirsutes retombaient contre ses joues et venaient cacher ses traits, lui donnant cet air mystérieux.

Une sorte de rage bouillit à cet instant en lui. Un désir immense; incontrôlable. L'appétit de l'amour qui hurlait d'être libéré, d'être relâché, car elle sommeillait depuis trop longtemps comme une bête en cage.

Il ne pouvait plus passer une seule seconde sans elle. Comment pouvait-il continuer, sans l'image de ces taches de rousseur, ce sourire, ces yeux verts qui, quand ils se déposaient sur toi, balaient d'un regard misère et douleur?

Il ne voulait plus vivre sans le contact de sa peau contre la sienne.

Il s'approcha. Lentement, tendrement.

Il tassa une mèche du revers d'un doigt. Il l'entendit murmurer quelque chose. Cela avait sonné comme un ronronnement. Il sourit. Un sourire identique à celui que l'on fait lorsque l'on sait que l'on va gagner un prix ou recevoir un cadeau. Fier, honnête et content. Un sourire vrai teinté de rien de moins qu'un vague sentiment d'impatience face à cet instant avant de brandir bien haut le signe de notre gloire.

Ses lèvres touchèrent les siennes.

Plus rien ne méritait d'exister outre que ça, cette unique pensée, ce simple fait : il échangeait enfin un baiser avec elle.

Une réaction de sa part. Nouvelle friction. Ça évolua en une danse lascive entre leur bouche qui faisait un pas à gauche, puis à droite, se levait, se surélevait.

Le tout était désormais un tango amoureux.

Il déposa amoureusement sa main contre sa joue et laissa leur langue faire connaissance.

Il se détacha un moment de l'extase avant de se rapprocher, avide de plus. Pourtant, il s'arrêta avant de succomber à nouveau.

Il y avait quelque chose sur sa paume. *Tu as cette impression.* Une longue mèche orange brûlée. *Désagréable. L*es épaules de la fille qu'il aimait s'étaient recouvertes de cheveux. *Ce sentiment de peur.* Il n'osa pas, tout d'abord, mais il alla tout de même croiser son regard. *Où tu sais que ton monde s'effondre devant toi.* Ses iris s'arrachaient à son visage pour devenir ces choses exorbitées. *Et ne laisse que le vide.* Aussi étrange que cela puisse paraître, sa peau douce et pâle était en train de se transformer. *Un noir* *crépusculaire qui envahit tout.* Tandis qu'il observait ce spectacle d'épouvante, il ne pouvait penser à autre chose qu'à ce baiser. *Qui fait tout disparaître.*

Elle remonte la tête pour te regarder avec ses horribles yeux blancs.

Ses lèvres ne bougent pas, pourtant, tu entends clairement une voix – la sienne – qui te parle d'outre-tombe.

Ses yeux te dévorent du regard, affamés. Elle ouvre sa gueule bien grande.

Trou béant. Trou dans lequel tu sais que tu vas finir.

D'un bond, elle saute sur toi.

Tu es complètement désemparé par la tournure des évènements.

Elle te déchire.

Elle commence à s'empiffrer de ton corps sans défense.

Elle trace son chemin jusqu'à ton cœur.

Et le prend.

Et il disparaît dans ce noir crépusculaire qu'est la nuit.

***

— NON! EMBER!

Marc s'était découvert couvert de sueur froide en se réveillant.

La peur l'habitait, la caresse de la mort encore sur son cou. *Ça avait semblé si vrai...*

Le goût de ce baiser teintait ses lèvres d'un parfum doux et passionné; une cicatrice de l'imaginaire contre sa peau. Pourtant, il ne pouvait enlever cette sensation qui le tracassait, celle des dents pénétrant sa chair.

Tout ça n'avait été qu'un cauchemar... un très mauvais cauchemar. se dit-il en tentant de se convaincre. Il se passa les mains sur le visage pour essayer de se ressaisir. Il se sentait infect. Il empestait. Ses cheveux avaient cette inconfortable texture, mielleuse au toucher. Ça le répugnait.

Il chercha du regard pour quelque chose pour se laver. *N'importe quoi, tant que c'est liquide et que je puisse me nettoyer un peu.*

Contre le mur du fond, deux robinets. Marc se leva et s'approcha.

Après un simple pas, il remarqua qu'il avait un plâtre à la jambe. *D'où ça sort ça?*

Il s'avança en claudiquant.

Un étrange pressentiment l'envahit quand il tourna la champlure. Le bruit était familier. Comme déjà entendu…

Il plongea sa tête dans la bassine glacée. La sensation de l'eau était étonnamment rafraichissante. Elle parut avoir le pouvoir de remettre toutes ses pensées en place, de tout clarifier.

Mais dès qu'il en ressortit, il se rendit compte que la vérité était bien plus sombre.

Des ecchymoses. *Partout.* Ce reflet devant lui montrait un visage vide et vaincu par des évènements qui le dépassaient. Des coupures. Chacune plus grave et plus horrible que la précédente. Cette chose de l'autre côté de la glace; brillant entre les balances et les erlenmeyers; ne semblait pas être lui. Cela ressemblait bien plus à une image engendrée par son esprit.

Une erreur.

Marc s'approcha de la vitre.

Partant du milieu du front jusqu'à la base de son arcade, il y avait une entaille. Profonde. Une sorte de "L" à l'envers. Cette cicatrice maladroitement recousue séparait son sourcil en deux parties inégales. Ses doigts glissèrent le long de la peau. Cette réverbération de lui-même l'imita. Marc sentit le ravin que cela créait, la plaie, chaque cordelette qui retenait les deux rives rouges ensemble.

D'où est-ce que ça vient?

Marc inspecta la balafre sous tous ses angles possibles. Il essaya de se rappeler, mais rien ne lui revenait alors que la main de son double étirait pratiquement la chair.

Une sensation indicible. Le souvenir d'une impression qu'il avait ressentie.

La douleur.

Celle d'une griffe laissant dans son sillage rien d'autre qu'une brûlure infâme. Ça et un cri qui hanterait son esprit toute sa vie.

Le combat dans la chambre des Malware.

Tous les évènements se remirent en places par eux-mêmes. *Les égouts. Mona. Quand son corps avait été dévoré.* Puis lorsque Marc avait rencontré toutes les bêtes dans le sous-sol. L'image de son face-à-face avec le monstre à la cicatrice.

Un bruit vint l'interrompre au beau milieu de ses pensées. D'un coup, il repoussa au loin, tout comme le vent d'automne repousse les feuilles tombées, ses idées noires qui le troublaient.

— Le professeur Starcheskiĭ a merveilleusement réussi à te faire des points de suture. Il a même pu à te faire un petit plâtre avec ce qu'il a trouvé dans le local d'art plastique.

Ember.

Elle le regardait, assise sur une des longues tables sombres.

Un sourire. Vague et distrait. Incertain.

Elle alla remettre d'un simple coup nerveux une de ses mèches derrière son oreille.

Elle n'était plus resplendissante. Elle ressemblait à une rose fanée. Ses deux yeux verts plongèrent dans ceux de Marc qui y lurent, comme dans un livre ouvert, la tristesse que son cœur abritait.

Mais ils s'échappèrent l'instant d'après, fuyants comme deux voleurs, dissipant à même leurs lèvres, leur sourire maladroit.

Il avait peur de retrouver la femme qui deviendrait un monstre avide de sangs et de chairs. Il resta debout, presque terrifié, à la fixer sans être capable de prononcer un mot. Un sourire essayait pauvrement de s'afficher, mais, d'un côté comme de l'autre, un malaise étouffait toute tentative de joie.

Tout sur elle semblait avoir pris un ton de gris. Un ton fade; inexpressif.

Pourtant, ce n'était qu'elle; elle qui se tenait là, à attendre une réponse de sa part. Il savait que tout ça n'était que le résultat de sa hantise, de cette image dans sa tête, l'image terrifiante d'une bête qui mangeait son cœur.

De son côté, quand ses yeux allaient se porter sur lui, ce n'était pas lui qu'elle voyait, mais son frère. Les cheveux noirs et trop longs devenaient une coupe blonde à la mode. La forme du corps changeait. Les prunelles passaient du marron au bleu tendre.

Et elle revoyait cette main; cette main aux doigts manquants qui disparaissait, avalée par les ténèbres.

Elle réprima un frisson.

Finalement, Marc réussit à remuer un faible : « Merci... », avant de retomber dans son mutisme.

Un silence, planant et douloureux, où il n'y a que leurs regards fuyant l'un et l'autre. Seul le son du tic-tac d'une horloge au loin semblait résonner, annonçant, avec une précision métronomique, les battements des secondes qui s'écoulaient et qui, comme un cœur, donnaient vie au temps; chose immatérielle qui laissait derrière lui les pires ravages.

— Bon…

Marc la regarda partir avec cette douleur acide au ventre, non pas parce qu'elle quittait la pièce, mais bien parce qu'il n'avait absolument rien fait pour qu'elle reste avec lui.

— Qu'est-ce qui s'est passé?

Elle s'arrêta.

La douleur s'intensifia.

Maintenant il devrait y faire face.

« Ça fait longtemps que je suis revenu? »

Sa langue alla humecter ses lèvres. Elle n'osait pas le regarder.

Mais Marc voulait qu'elle le regarde, qu'il trouve dans ses yeux le bonheur qu'il y trouvait avant; qu'elle balaie, de son simple regard, encore toutes les misères qui peuplaient ce monde; que ses deux pupilles vertes viennent, encore une fois, enlever toute la saleté qui recouvrait son cœur et qui faisait de lui le reflet de cet homme dans la vitrine de l'armoire. Car, depuis, quelques jours, il y avait tellement d'horreurs partout qu'il avait besoin d'elle plus que jamais.

— Deux jours.

D'un seul coup, un courant froid sembla prendre toute la pièce. L'atmosphère était loin d'être agréable. Comme si des vipères sifflaient dans l'air.

« Ça fait deux jours qu'on t'a ramené. »

— On?

— Moi, Oliver et… et Matthew.

Elle n'eut pas besoin de faire plus. Il comprit. Ça se voyait sur son visage qui s'effondra. Son regard se déroba encore une fois, se perdant dans un torrent de remords.

Elle n'osa pas lui dire qu'elle était navrée, car ça la ramenait encore à un souvenir de Chuck. Chuck et cette phrase qui avait mis son cœur en lambeaux; Chuck répétant qu'il était désolé; Chuck qui se voilait la face depuis si longtemps; Chuck qui méprisait Marc.

Il est resté derrière.

Marc s'affaissa. Il s'écrasa lentement au sol et continua à fixer le néant qui prospérait devant ses yeux. Elle s'approcha et s'assit à ses côtés. Elle alla chercher pour sa main et la lui prit. Ses doigts étaient glacés. Sa paume n'était que bandages et pansements. *Ça ne peut pas être lui.* Cette main semblait trop dure, trop écorchée, pour être la main d'enfants comme eux. Elle la lui serra de toutes ses forces. La certitude. Cette fois c'était bien réel, il n'y avait aucune fantasmagorie, c'était bel et bien vrai. Même s'il n'était plus le jeune Marc Kyrric qu'elle avait aimé, elle le savait.

Elle appuya sa tête contre son épaule.

Elle aurait voulu laisser sa main passer au travers ses cheveux, la sentir caresser son visage, mais elle n'en fit rien. Elle était bien assez confortable là où elle était.

D'un ton lent et triste, elle lui raconta quand ils étaient sortis. Elle lui décrivit l'attaque alors que lui et les autres étaient partis chercher de la nourriture. Elle lui dit où elle et Oliver l'avaient retrouvé et comment ils l'avaient ramené. Elle lui expliqua ce qu'Ivan lui avait fait, toute une nuit durant, pour le panser. Comment elle était restée aussi longtemps que possible pendant qu'il était inconscient.

Pas une seule fois, elle ne mentionna Chuck.

Puis quand elle en vint à Matthew, à quand il disparut, les larmes l'envahirent. Mais, autant pleurait-elle Matthew, autant elle souffrait de ne pas parler de Chuck; pleurait son absence, la douleur au creux de sa poitrine à chaque fois qu'elle pensait à lui.

Finalement, ce fut Marc qui fit un mouvement le premier. Il la prit dans ses bras et la lova contre lui. Il aurait tant voulu lui faire comprendre que tout irait bien, que plus personne ne mourrait maintenant qu'il était revenu, il savait trop bien que ça ne serait que des paroles en l'air.

Il aurait préféré l'embrasser.

Il s'était déjà imaginé la scène des milliards de fois par le passé au point où il en avait rêvé. Arrivé face à elle, il l'aurait saisi par la taille et aurait commencé; lentement, sur son cou. Puis, le tout aurait ensuite évolué en une fougue érotique insoutenable jusqu'à ce que ça devienne plus…

Mais, blottie contre son cœur, elle pleurait la perte d'un ami. *Ce n'est pas le temps de dire : je t'aime. Pas maintenant.* Et lui aussi désirait en faire autant. Les remords pourtant l'en empêchaient. *Parce que je sais qu'il est sorti à cause de moi, à cause que je n'étais pas dans l'école. À cause de moi… Bon sang!*

Marc se pencha. Instinctivement, il déposa un doux baiser sur la chevelure brûlante d'Ember. Comme ça, juste pour lui faire comprendre que ça irait, que, peu importe ce qui leur arriverait, il serait toujours là.

Cela avait semblé être la chose la plus naturelle à faire.

Il l'embrassa fortement, en posant tout son poids sur ses lèvres dans l'espoir qu'elles porteraient un message d'amour jusqu'à la racine de ses cheveux qui s'infiltrerait lentement dans sa tête avant de s'épanouir en elle pour chasser toutes ses peines, toutes ses misères et toutes les blessures qui l'affligeaient.

Elle le regarda et ne put réprimer ce geste, cette caresse de sa main sur son visage qui créa cet instant insoutenable, où rien ne se passait, que la respiration du vide avant rien du tout, instant comblé par la seule sensation de ses doigts contre sa peau rude de poils épars.

Ils ne faisaient que se sonder le fond des yeux, jusqu'au miroir de leur âme.

Elle s'approcha.

Le doux contact de leur bouche allant enfin à la rencontre l'une de l'autre.

Un moment magique.

Mais en rien comme ils l'avaient imaginé.

Comment pouvait-il l'embrasser alors qu'il venait de le faire et qu'il en gardait cet affreux souvenir, ce reste de rêve qui le hantait? Il ne pouvait qu'avoir cette impression qu'une langue de serpent était là, en lui. Il sentait ses ongles longs lui pénétrer le dos jusqu'aux entrailles. Ils déchiraient sa chair. Chaque parcelle de son corps était un nerf qu'Ember déclenchait quand son cuir reptilien frôlait sa peau.

Mais si Marc revivait les relents de son sommeil, Ember ressentait pire.

Le vide.

Un incommensurable trou aride dans sa poitrine.

Elle agissait comme un automate.

Et devant elle ce n'était pas Marc.

C'était Chuck.

Ces mouvements, ces oscillations de la langue. Ça ne pouvait qu'être Chuck.

Encore une fois, cette vision, ce dernier souvenir de cette main aux doigts manquants qui disparaissait, avalé par les ténèbres.

Puis ce cri.

Dans sa tête.

Cri à en faire frémir même les morts.

Que personne n'entendait.

Cri de l'homme qu'elle avait aimé et qu'une partie d'elle aimait toujours.

Personne d'autre qu'elle.

Cri d'un être cher qui vous est enlevé à tout jamais.

Puis tout s'était tu.

Elle rompit brusquement le contact de leurs lèvres.

Elle le regarda. C'était Marc. Malgré toutes leurs différences, elle voyait sur son visage les traits de Chuck. Cette manière de hausser les sourcils; de montrer son amour; cette capacité de la surcharger d'émotion en un si court laps de temps.

— Je suis désolée.

— Qu'est-ce qui se passe, Ember?

Elle retenait ses pleurs. Son souffle semblait à moitié coupé comme si l'air se bloquait à l'orée de sa gorge. Elle râlait. Les deux yeux foncés se déposèrent sur elle. De douleur. Ce tendre regard qu'il lui offrait devenait une plaie, car il était trop semblable à ceux que Chuck lui lançait dans le temps qu'ils étaient encore ensemble.

Marc remarqua la larme qui coulait.

— C'est à cause de Chuck?

Elle savait qu'il ne pouvait comprendre à quel point son cœur se crispa juste par l'écoute de ce nom. Elle le regarda pendant un moment, incapable de placer un mot.

— Marc… Chuck est… il est… il est mort.

Ce fut à son tour de se raidir.

Il ne s'était pas attendu à celle-là.

La nouvelle eut sur lui l'effet d'un bain glacé.

Il n'y avait plus que les longs battements qui frappaient le creux de sa poitrine. À côté de lui, Ember, sur le point de s'effondrer.

Rien d'autre que son souffle chaud qui allait envelopper son cou.

Pourtant, en voyant sa tristesse, Marc ne sentait ni chagrin ni sympathie. Il affichait un air monotone. Comme s'il ne comprenait pas. C'était trop irréel pour lui. Peut-être que c'était que cette expression était devenue chose trop courante. Peut-être aussi qu'il s'en fichait éperdument.

À ce moment, il était toujours incertain pour laquelle des options il penchait.

— Quand on est sortis pour venir te chercher... il s'est passé tellement de... Matthew puis... toi et... Chuck; qui est arrivé de de de nulle part et... je... je sais pas pourquoi et... et... il a... il a dit quelque chose à propos de votre mère... et des monstres sont apparus de de... et... oh mon Dieu!... Et là... Chuck s'est fait tirer dans dans les égouts... J'ai essayée de le sauver... j'ai essayée... j'ai essayée, mais j'étais pas assez forte... j'étais pas assez forte. répéta-t-elle en se blottissant dans les bras de Marc qui la prit machinalement tandis qu'elle recommençait à pleurer.

Automatiquement, son regard alla se déposer droit devant lui sur une vieille affiche du tableau périodique de Mendeleïev.

« Et qu'est-ce que Chuck a dit à propos de ma mère? » Il ne s'en rendit pas compte sur le coup, mais il avait dit sa mère, comme si ce n'était déjà plus celle de Chuck.

— Quel... quelque chose du genre de : Un, la famille; l'autre, les amis. Jalousie et ennemie... Je sais plus.

Le cœur de Marc se serra quand il entendit ces mots.

Un flash. Une forme au loin. Un ovale imparfait qui se terminait par un menton légèrement carré. Une tête ornée de longs cheveux sombres qui descendaient jusqu'aux omoplates. Une taille fine recouverte d'une petite robe de chambre en satin. Une chaleur réconfortante dans le creux de ses bras. Puis il y avait ces yeux, ces yeux d'un gris presque blanc comme neige qui cachaient en leur for intérieur une force douce, maternelle.

Maman.

Un vieux souvenir qu'il avait d'elle. Elle lui racontait cette histoire après qu'il se soit bagarré avec son frère pour quelques blocs Lego. Étrangement, ça le hantait encore aujourd'hui; elle, penchée au-dessus de lui, lui chuchotant cette phrase à l'oreille tandis que Chuck était grondé par leur père dans la pièce d'à-côté.

Un pour avoir la famille, l'autre, les amis. La jalousie les séparera pour toujours. Ennemis pour l'éternité ils seront. C'était ce qu'elle lui contait au lieu de le gronder. C'était un sophisme pour leur faire voir les erreurs de leurs agissements. Pourtant, dans son esprit de gamin, à force de se l'être fait répéter, cela s'était ancré dans sa mémoire pour Dieu sait quelle raison.

Nouveau flash. La forme au loin semblait prisonnière d'un brouillard. Un ovale imparfait qui se terminait par une moue singulière, un sourire triste, désolé. Une taille fine enveloppée dans une robe noire qui laisse autour d'elle un froid. Un corps couché dans ce gros bloc d'ébènes, bientôt recouvert par la pluie avant de descendre lentement en terre sous le regard en pleurs d'enfants de 8 ans.

— Non. C'est pas vraiment ça. dit Marc. Sa gorge lui tremblait. « Écoute… il… il faut que j'y aille! » Il se leva, prêt à partir, mais, à peine avait-il fait un pas, que son bras fut empoigné.

— Marc…, voix douce. Voix calme. Voix qui tentait de cacher les larmes. « … je sais que Chuck était ton frère, mais il est dans les égouts et il ne re… »

— Écoute. J'y ai été, MOI, dans les égouts, et j'en suis pas mort! Ton sec. Ton brutal. Voix teintée par la violence des derniers jours. « Dis-moi où sont mes affaires et je m'en vais te le chercher. » Et un étrange choix de mots. *Te le chercher.* Comme si elle avait besoin que Chuck soit là pour qu'elle l'aime, lui.

Ember le dévisagea. Ses yeux entremêlaient peur et ébahissement. Elle voyait en lui une trace de Chuck. Mais, peut-être venait-elle tout simplement de rencontrer sa part d'ombre.

— MAINTENANT!

— Ivan les a brûlés.

Elle détourna le regard.

— QUOI?!

Elle ne semblait plus capable de le regarder.

— Il pensait qu'ils seraient infectés alors il les a brûlés.

Il lui remémorait beaucoup trop son frère.

— Et je suis censé faire quoi, moi!? Me promener comme ça partout, c'est ça? Et puis quel droit il se donne?!

— Ivan a préparé des vêtements pour toi. Si tu ne les veux pas, tu pourrais toujours aller en voler chez les autres!

Elle se leva et s'apprêtait à sortir, mais, avant de franchir la porte, elle ne put retenir cette phrase : « Mais si tu te fais attaquer encore une fois, compte pas sur moi pour aller te chercher et te tirer de la merde dans laquelle tu te seras encore fourré. »

Elle partit en claquant la porte. Ce bruit eut l'effet d'une gifle qui détruisit tout espoir qu'il avait de romance.

Il se tourna vers un des longs bureaux et le fit chavirer d'un mouvement sec.

La colère avait besoin de sortir.

Mais quand il vit cette table renversée, il comprit que ce n'était plus de la colère qui brûlait tout l'intérieur de son corps.

C'était de la honte et du remords.

Beaucoup de remords.

Après tout, c'était elle qui était venue le chercher dehors en pleine nuit. C'était elle qui avait risqué sa vie pour lui. Il avait agi en salaud.

Et moi je n'ai rien fait pour elle. Quand elle était là à demander un peu de réconfort, je lui ai carrément craché au visage. J'aurais dû la prendre dans mes bras, la consoler. C'était LE moment de lui avouer ce que je ressentais... mais non.

Marc se sentit abject. Un tel comportement n'était pas digne de lui. Même Chuck ne lui semblait pas capable d'aller aussi loin.

Aussi loin...

Maintenant Chuck il l'était, loin.

La douleur se décupla.

Il ne pouvait pas laisser son frère ainsi. Il fallait qu'il fasse quelque chose.

Si ça avait quelqu'un d'autre, peut-être aurait-il passé au travers plus facilement, mais, cette fois, c'était Chuck. Ce n'était pas seulement quelqu'un de l'école. C'était quelqu'un qui partageait son sang.

Il se retourna et regarda à l'extérieur, le ciel plein de ouates grises. Une idée folle parut vociférer en Marc un plan suicidaire.

Pas maintenant.

Las de ses propres pensées, il se dirigea vers la remise où une pile de linges l'attendait sur un bureau recouvert de feuilles griffonnées et chiffonnées.

Dans un coin, Marc remarqua plusieurs bocaux dissimulés sous un grand drap blanc. Juste à l'odeur, il reconnut ce qu'il y avait à l'intérieur. *La collection privée d'Ivan.*

Il s'empara des vêtements, pressé de quitter cette pestilence. Il enfila la camisole noire, trop petite pour lui, ainsi que la paire de jeans qui semblait s'être imbibée du parfum qui régnait. Le professeur lui avait même nettoyé ses chaussures, qui avaient pris une teinte de brun à cause des égouts. Il trouva, parmi le fouillis, plusieurs longs rubans pour qu'il refasse ses bandages et, en pièce de résistance, une lettre écrite à la main au verso d'une enveloppe de taxe provenant d'une ville non loin de Mead's Cliff.

Ça augure mal.

Il lit en diagonale et la jeta aux poubelles. Tout ce que cela disait était qu'Ivan avait brûlé ses vêtements et que, s'il voulait avoir de plus amples informations, il pouvait venir le voir. Il ne put réprimer un petit rire moqueur. Comme s'il avait le goût de retrouver ce cinglé qui l'avait déshabillé, probablement drogué et tripoté pendant son sommeil. *En plus il m'a sûrement rentré plein d'aiguilles dans la peau pour me recoudre!* Il refoula un frisson de dégoût à la pensée d'aiguilles. *Mieux vaut ces bêtes plutôt que cette espèce de sénile!*

Mais il avait eu raison sur un point, ce vieux fou.

Il lui avait suggéré de prendre une bonne douche pour enlever l'odeur des égouts.

Il glissa ses revolvers dans ses pantalons, entre sa ceinture et son jeans. Une dernière inspiration pour vérifier s'il s'était véritablement habitué à l'odeur des bocaux.

Rien. On s'habitue vraiment à tout, faut croire!

Il ne s'attarda pas plus longtemps et se dirigea vers les vestiaires. Il irait lentement mais sûrement à cause de son plâtre, mais il irait.

Mais après...?

***

Marc poussa la porte.

Un océan de têtes se profilait devant lui. Et, par-dessus cette mer humaine, trônait ce relent aigre et amer; vinaigrée; qui attaquait les narines à la moindre respiration qu'on devait pourtant prendre.

Combien étaient-ils? Vingt? Trente? Quarante, peut-être?

Trop pour la pièce en tout cas.

Dès qu'il entra, tout le monde, sans exception, se retourna vers lui. On n'était plus intéressé par ce qu'on faisait l'instant d'avant. La file pour la douche n'était plus la préoccupation première. Il n'y avait que Marc qui comptait. C'était comme s'ils apercevaient un revenant.

Il n'était plus le fantôme qu'il avait été toutes ces années, cet écho dans l'ombre de Chuck. Il était devenu un typhon qui attirait en son cœur toute l'attention des autres et en faisait ressortir qu'un inconfort. Et les gens, aspirés par ce malaise, créaient un cercle vicieux où le résultat engendrait en même temps le problème. *Les joies d'être introverti.*

Il les contourna pour aller s'ouvrir un casier. Il sentait sur lui tous leurs regards. Il les traînait comme un boulet. Quand il s'approchait d'eux, les élèves – ses anciens amis – reculaient. L'effroi se lisait dans leurs yeux. Il avait l'impression d'être une bête de foire. Ils ne semblaient pas comprendre qu'il pouvait déchiffrer leur horreur, qu'il saisissait leur malaise parfaitement puisqu'il ressentait le même. Et ce malaise était décuplé par tous les remords qui l'accablaient, mais qu'eux ne voyaient pas; ne verraient jamais et, surtout, ne vivraient probablement en aucun cas.

Pendant un instant, Marc voulut pleurer. Pleurer pour seulement pleurer; simplement pour montrer que lui aussi avait des émotions et qu'il méritait cent fois la souffrance qu'eux désiraient lui châtier pour ces pertes.

Il se déshabilla en silence. Il n'y avait au loin qu'un murmure, qu'il devenait, était à son propos. Les petits coups d'œil furtifs qu'ils entrevoyaient ne faisaient que confirmer cette théorie.

Puis tout d'un coup, il sentit cette chose glacée comme la mort se déposer contre son épaule. Un frisson grimpa le long de sa colonne vertébrale et gravit chaque nerf jusqu'à exploser en une affreuse sensation; sensation de quelque chose qui lui descendait contre l'omoplate, hérissant chaque poil de sa peau.

Marc se retourna lorsque la chair de poule le saisit.

Bob.

Il retira sa main mouillée de sur son épaule.

Marc le regarda droit dans les yeux et ressentit son malaise. Il le vit dans son visage qui se distordit en cette moue inconfortable. Il laissait apercevoir une étrange peur, comme s'il croyait que Marc allait lui sauter à la gorge à tout moment.

Mais Marc resta complètement impassible, parfaitement fixe. Il ne sentait sur lui que les fines gouttes d'eau qui perlaient le long de son dos.

— Écoute… on on te doit tous un gros merci. Si… sans toi, on serait encore… misérable. dit-il en cherchant difficilement les bons mots. « C'était ton idée de sortir dans les maisons et… et on a bien fait. C'est grâce à toi. Alors, merci et euh, eh ben… c'est cool… c'est cool que tu sois revenu… Surtout maintenant que Chuck est…

— Merci. coupa Marc pour qu'il n'ait pas à lui rappeler une fois de plus que Chuck était disparu. « Mais c'est pas nécessaire de me remercier. »

Puis, par-dessus l'épaule à Bob, Marc remarqua Jude, le meilleur ami de son frère. Il était dans son coin et il les dévisageait, désapprobateur. Jude avait une énorme prune ocre en plein milieu du front lui descendant jusqu'à la tempe. Et il avait l'étrange manie de fixer ses revolvers. Il dit quelques mots à des copains. Peu importe ce que c'était, Marc eut tout de suite l'impression que ce n'était pas des plus sympathiques. Ils se levèrent et quittèrent la pièce juste après que Jude ait fusillé du regard Marc.

Quelque chose de pas bon se prépare.

— ... alors voilà. Je crois parler au nom de tout le monde pour te dire merci.

Marc se retourna. *Bob.*

Il lui souriait. Sourire sincère. D'un hochement, il salua Marc une dernière fois avant de laisser les autres venir, tour à tour, lui serrer la main, lui dire merci en affichant, sans exception, toujours ce même sourire qui avait ce quelque chose d'hypocrite.

Tout ça pour des petites boîtes de savons et deux ou trois serviettes sales, pensa Marc, presque indigné.

Après un moment, toutes ces fanfaronnades s'arrêtèrent pour revenir au sérieux et à la tristesse habituelle. Marc attendit une heure en file. *Une heure à regarder le plancher, à ne pas croiser le regard de personne, parce que j'ai peur; peur de leur faire face.* Et, après cette longue heure, il arriva finalement à l'orée des douches. Ce ne fut que quand ce fut son tour qu'il releva enfin la tête. Qu'un coup d'œil, un seul, vers ce pommeau qui était là, retombant vers le sol comme un nœud coulant métallique.

Marc fit le dernier pas.

Une eau glaciale.

Elle alla, d'un seul coup, chercher tous les nerfs de son corps pour les faire vibrer. Petit à petit, il s'habitua comme il l'avait fait pour l'odeur dans le local d'Ivan, tout aussi insupportable qu'elle fût; avec le temps.

Il regarda par l'ouverture de la porte. Il était le dernier.

Parfait, je vais pouvoir en profiter au maximum!

Il resta longtemps, assis, à attendre une simple molécule d'eau chaude qui ne vint jamais. Au travers de l'attente, le souvenir de tout ce qui s'était passé réussit à lui redonner la chair de poule. Il pensa surtout à la tournure des choses qui avaient tant changé sa vie.

Il avait été un zéro puis un héros.

Tout ça avait commencé par cette ovation pendant son spectacle. *Puis je suis redevenu un zéro quand j'ai quitté Ember et trouvé Mme McKanzie.* Puis encore après l'avoir tuée, après avoir sauvé Christopher. *Héros.* Puis un rien du tout quand Chuck m'a fait porter le chapeau. *Zéro.*

Héros quand j'ai été lancé dans la fosse aux lions. Quand j'ai "cambriolé" une maison. Quand je suis allé en enfer... Quand je l'ai embrassée.

Marc repensa à ce baiser. Sa langue sortit automatiquement hors de sa bouche à la recherche d'une trace, d'un reste du parfum qui avait teinté ses lèvres de cette passion mielleuse appelée amour.

Puis il y avait ça... cette autre nouvelle. *Chuck.* Marc comprit alors ce qui s'était tenu devant lui, ce reflet dans la glace, plus tôt. C'était l'ombre en lui, la bête qui se réveillait dans chaque coup de feu, dans chaque élan de rage; celle qui prenait davantage de place avec chaque heure qui s'écoulait dans Mead's Cliff.

Ce monstre humain avide de sang et désormais affamé de vengeance qui lui faisait maintenant office de visage.

Il repensa à ses monstres. Il sentait qu'il était tout près de découvrir la vérité sur ces bêtes… si vraiment elles en étaient. Car tout ce que Marc avait vu en elles le laissait perplexe. *Aussi perplexe que ce regard qu'ils ont déposé sur moi.*

Ils étaient tous beaucoup trop organisés, structurés, pour pouvoir n'être que des créatures à la recherche de chairs. Il y avait un dessein sous cet amalgame de meurtres et d'attaques, sous ce golem de sauvagerie. Et, qui disait dessein, disait également plan…

Un plan qui m'a pris Chuck.

Il entendait encore sa mère lui raconter cette histoire : *Un pour la famille, l'autre les amis. La jalousie les séparera toujours. Ennemis pour l'éternité ils seront.* Toute leur vie ils s'étaient battus. Chuck détestait Marc, car il jalousait plus que tout l'amour que leur père portait à son jumeau. Marc, par contre, bien que gâté, ne pouvait qu'être extrêmement jaloux de l'incroyable popularité de son frère. Peu importe où ils déménageaient, Chuck devenait tout le temps la vedette de l'école et commençait à fréquenter les plus belles filles. Marc lui restait dans l'ombre, seul. Il repensa à cette nuit qui avait tout changé. *L'accident*. Lui, dans les bras de son père, sur le seuil de la conscience, en sang; Chuck sur le côté, en sang, figé. La neige qui tombait.

Marc eut l'impression que le sol sous ses pieds se dérobait à chaque pas. Rien n'était tangible. Rien n'était solide. Tout passait du tout au rien en un instant. À peine pouvait-il s'habituer à un rebondissement qu'une nouvelle péripétie faisait son entrée et perturbait le fragile équilibre qui peinait à s'installer. *Ember. Les bêtes. 139. Encore Ember. Un instant, héros. L'instant d'après, vilain. Je sauve tout le monde de leur propre misère, mais eux ils n'osent même pas en faire autant...*

Heureusement qu'Ember avait été là cette nuit-là sinon il serait un steak maintenant.

Ember... Son cœur se fendit. L'eau glaciale se mêla aux larmes brûlantes. À peine repensait-il à elle qu'il la voyait claquer la porte derrière elle. Il fallait qu'il aille lui parler. Il se devait d'essayer de se faire pardonner, juste pour régler tout ce qui restait à être réglé.

Qu'est-ce que tu dirais si, toi et moi, on partait pour la côte... y'aurait... y'aurait juste toi et moi... au moins pour l'été. On laisserait nos vies derrière nous et on commencerait quelque chose de nouveau, une nouvelle vie... sans Chuck... sans Freddy, sans Amy... sans personne d'autre... Juste toi et moi... rien d'autre.

Marc se releva en s'accrochant à cette promesse. C'était désormais tout ce qui comptait en lui. C'était tout ce qui le motivait. C'était son idéal. Une raison de vivre. Il ferma la champlure.

Il se devait de la retrouver pour tout lui expliquer.

***

Son chapelet entre les mains, elle regardait le vide. *Pardonner n'est pas divin.* Elle avait pardonné Chuck dans l'espoir de le sauver. *C'est humain.* Mais ça n'avait pas fonctionné. Elle ne pouvait s'empêcher de se demander si, en pardonnant à l'autre, elle échouerait encore une fois... *Car Lui peut me le reprendre dès qu'il le désire. Lui peut briser son amour pour moi d'un simple souffle. Lui peut m'enlever tout amour que j'ai envers lui.*

Et Lui peut le détruire devant mes yeux.

Dieu était cruel envers Ember.

Il l'avait remplie de peur et de crainte.

Deux frères. Si différents. Mais qui se ressemblent tellement des fois.

L'un était exigeant, macho et atrocement égocentrique tandis que Marc était… Elle s'arrêta soudain pour une seconde, réfléchissant à ce qu'elle allait se dire. Elle ne trouva rien de mieux que : « Marc c'est Marc, tout simplement! »

Deux frères si différents qui avaient le don de poser leur charme sur elle par un simple regard. *Combien de fois pouvait-il m'avoir regardé? Désirée? En classe? Chez lui, quand je venais souper?*

Et maintenant il n'en restait plus qu'un. Et Ember, recroquevillée sur le rebord du toit, ne savait plus si c'était ce Kyrric-là qu'elle voulait. Si seulement Marc avait été moins gêné que Chuck, elle l'aurait sans doute remarqué avant. Elle aurait pu apprendre à le connaître. Elle ne put retenir les larmes en se sentant si idiote.

Elle se passa une main dans le fond de la tête, allant creuser de ses doigts son crâne en espérant y sortir une solution. Un long gargouillis fit trembler son ventre. Cette sensation l'avait suivie pendant les deux jours où Marc avait oscillé entre vie et trépas. Une douleur au ventre pour remplacer celle au cœur, comme un poison ardent qu'elle n'avait pu se résoudre à se défaire à cause de cette crainte de le perdre dès qu'elle aurait le dos tourné. Mais maintenant qu'il était revenu, la faim s'était transformée en une inappétence au goût âpre dans sa bouche.

Nouveau gargouillement à la pensée d'une escalope de veau accompagné d'un délicieux gratin dauphinois de patates mélangé à un léger potage de légumes et une bonne coupe de vin rouge. Elle en trembla de désir.

Après un temps, Ember déploya ses jambes dont les genoux avaient servi d'appuis pour son menton colorié de larmes. Elle déplia ses bras qui la retenaient prisonnière et se releva. Aller manger était tout ce qui comptait. Elle se foutait de ce qu'il y aurait au menu, ça ne la dérangeait même pas de manger avec le pire porc de la terre. Tant qu'elle mangeait.

Il n'y avait qu'une chose qu'elle désirait.

Ne pas croiser Marc…

À peine son souhait exaucé, elle se retourna et fit face à deux yeux marron qui brisèrent cette urne de chair et de sang qui abritait son âme et qu'on appelait cœur.

Il se hissa par la fenêtre qui séparait le local de musique et le toit pour se tenir devant elle, lui bloquant l'unique sortie.

Bref regard de biais vers le sol, un étage plus bas. Elle voulut sauter en espérant que ce qui resterait d'elle serait dévoré le plus vite possible.

Il vint lui prendre le poignet nerveusement. On aurait cru qu'il avait entendu ses pensées et l'empêchait maintenant d'agir. Étrangement, elle ne fondit pas en larmes. Elle sembla seulement se raidir comme si elle se devenait de glace.

Il lui sourit bizarrement. Sourire identique à ceux qu'il faisait avant; dans ce que d'autres appelaient la belle époque. Pendant un instant, elle pensa revoir le jeune garçon timide qu'il avait déjà été; le garçon qui se cachait derrière ces longs cheveux noirs qui volaient au gré de ses pas et de sa musique rock.

Comment, en une seule semaine, un visage pouvait-il tant changer? Que ses traits mûrissent ainsi, que son corps se forme pour être celui d'un homme et non plus celui d'un enfant?

— Je...

Il n'eut pas le temps d'ajouter un mot qu'un silence s'installa entre eux, complice de leur malaise. Ses yeux allèrent s'abandonner aux siens en un voile de tristesse. Ces deux iris marron baignant dans une lie d'émotions trahissaient son regard. Une gêne; une timidité terrible; faisait trembler ses doigts et laissait devant elle la simple image d'un prétendant réduit au triste sort de n'avoir connu que trop brièvement l'amour de celle qu'il aime.

« Écoute... je perds mes moyens quand je suis moindrement près de toi. Quand j'ai... Quand j'ai appris que toi et Chuck, c'était du sérieux et que vous vous fréquentiez pour... pour vrai... je... j'aurais tout donné pour être à sa place... même si ça n'avait été que pour une heure... j'aurais tout donné pour être... avec toi. »

— Marc, non...

— Non, écoute! dit-il emporté. Ember se raidit. Cela avait sonné comme un accès de colère. Il s'obligea une pause avant d'enchaîner sur un ton encore plus accablé. « Presque chaque nuit, je rêve à propos de toi... en fait... à propos de nous... Et à chaque fois… à chaque fois, je suis confronté à la réalité, au fait que je peux pas t'aimer; et que je suis sans cesse pris loin de toi. Et… il y a cette idée que tu m'as planté dans la tête qui veut plus partir… et, et je fais juste penser à ça… jours et nuits… je peux pas m'empêcher d'y penser… »

— De quoi tu parles?

— Je parle de ce que tu m'as dit l'autre soir! D'aller sur la côte avec toi! Sa voix s'éleva de quelques décibels de trop.

En temps normal, n'importe quelle fille aurait trouvé que c'était LE moment digne d'un conte de fées. La princesse embrasserait ensuite son prince; un prêtre marginal – prenons, pour le besoin de la cause, Ivan, qui camperait ici le rôle – apparaîtrait tout simplement de nulle part pour commémorer cette union tandis que les lapins des forêts magiques arriveraient pour chanter en chœur Kumbaya.

Mais mon cœur me dit que je ne peux pas… il me dit que si je le perds, lui aussi, je survivrai.

Elle ne voulait pas céder à l'amour. Pas maintenant, pas tout de suite, c'était trop douloureux. Pas en temps de mort. Quand la mort se joint à l'amour, la vie se transforme en une nappée de gazoline coulant le long d'une rivière de lave. Et si une goutte de gazoline trop folle venait à dévier vers la rivière, alors tout s'enflamme et son cœur, comme celui de Marc, ne pourrait vivre en sachant qu'il a perdu l'amour à cause qu'il a voulu jouer avec le feu.

— Marc.

Que ça. Sa voix s'occupa du reste. Cette syllabe se cassa à l'orée de sa gorge. Chaque lettre devint une torture en soi. Mais ce ne fut pas le simple fait qu'elle lui dise son nom qui vint l'achever.

Ce fut le ton qu'elle utilisa qui le brisa.

Triste. Comme un violon qui pleure.

Subitement, comme s'il se faisait arracher l'âme du corps, Marc blêmit. Il laissa tomber le poignet qu'il avait tenu dans sa main. L'air désolé qu'elle affichait ne lui ramènerait pas son cœur. Pourtant, elle tenait à l'afficher quand même.

Clignements rapides. Yeux qui partent à la dérive. Les dents qui mordent violemment la langue pour réprimer un cri. Bref regard de biais vers le sol un étage plus bas. Désir idiot de sauter en espérant que ce qui resterait de lui après serait dévoré le plus vite possible.

Il fit demi-tour. Il se dirigea vers la fenêtre encore ouverte. Au moment de rentrer sa tête à l'intérieur, il se figea et demanda : « Qu'est-ce qu'il avait? Qu'est-ce qu'il avait de plus que moi? »

— Rien.

Marc tourna la tête de profil pour la regarder.

« Je crois que c'est toi qui es trop bien pour moi. »

Sa mâchoire tremblait. Sa gorge était nouée par ce lien invisible pris de travers qui l'empêchait de dire un mot de plus. Mais peut-être est-ce que c'était tout simplement parce qu'elle savait que ça n'en valait pas la peine; comment pourrait-elle se faire pardonner ça?

Quand elle le vit pourtant rentrer, la corde en elle se dénoua juste assez pour pouvoir plaider une dernière fois : « S'il te plaît Marc, si tu… je veux… je veux faire mon deuil… seule. »

Ça sembla faire davantage de mal que de bien. Il retourna à l'intérieur, penaud, son cœur anéanti, écrasé en millier de morceaux, laissant Ember affligée d'avoir brisé celui qu'elle considérait comme plus qu'un ami.

Elle aurait aimé lui offrir le sien; c'en était son rêve le plus cher; mais tout ce qu'elle avait à la place du cœur était un trou.

Son cœur à elle aussi avait été arraché.

Et Lui venait de détruire ce garçon devant ses yeux et elle ne pouvait se pardonner d'avoir permis à cette goutte de gazoline de couler jusqu'à la rivière.

Il ne faut plus que je parle à Dieu.

Chapitre 10
L'énigme

Jour 7
École secondaire de Mead's Cliff
11 h 47

Ses yeux balayèrent la pièce pleine de bureaux et de chaises avant que sa main ne referme la porte avec une violence qui n'était pas sienne. Il ne savait pas dans quel local il était et, de toute façon, ça n'avait pas d'importance. Tout ce qu'il voulait, c'était être seul. Il s'agenouilla et, tout en fixant ses souliers, il ne put retenir ses larmes.

Comment pouvait-il en être rendu là? Il contempla le vide à la recherche d'une réponse, mais n'y trouva que l'immuabilité déconcertante du silence. Ce mal au cœur le rongeait comme un venin. Il regarda devant lui la classe. Il n'aurait pu dire si ça venait d'Ember, de Chuck, ou si c'était son propre malheur. *Peut-être que c'est à cause des mutants dehors.*

Il sonda ses pensées pour se rendre compte d'une chose, d'une simple vérité. Ça ne le dérangeait plus. Ça ne le dérangeait plus de savoir à qui revenait la faute. Il n'en avait plus rien à foutre. Il prit le revolver où les lettres A et K étaient inscrites et l'écrasa sur sa tempe, pressant de toutes ses forces, comme s'il voulait se faire croire que c'était quelqu'un d'autre qui braquait l'arme contre lui, que ça ne serait pas lui qui ferait feu. Il déposa son doigt sur la gâchette et expira.

Il voyait déjà la scène. La détonation alerterait les élèves qui arriveraient en courant. Un plaisir sadique l'envahit quand il imagina leur tristesse en découvrant son corps; plaisir entrecoupé par le pincement au cœur lorsqu'Ember regarderait son cadavre étendu sur le plancher. Pour chasser cette pensée dissuasive, il appuya le canon encore plus fort, comme pour y graver une cible.

Mais il était trop tard. Le poison du doute avait fait effet et corrompu sa volonté.

Il éclata en sanglots. Est-ce qu'elle méritait vraiment de le retrouver, un trou en plein milieu de la tête? Surtout maintenant

185

que Chuck n'était plus là? *Non. Mais elle ne veut pas de moi.* Il se dit tout bas : « Qu'ils crèvent tous! » et pressa sur la détente.

Long cliquetis. Il s'attendait à ce que la dernière chose qu'il entende soit le bruit assourdissant d'un coup de feu avant que la décharge lui traverse le crâne, mais rien n'arriva. Il répéta le mouvement. À chaque fois, c'était la même chose. *Plus de munition.*

Il eut envie de reprendre un autre chargeur dans ses poches, mais, malgré tous les efforts qu'il faisait, quelque chose lui remémorait qu'il y avait, quelque part, cette fille rousse qui tenait peut-être encore à lui. Et, même si cette lueur d'espoir ne semblait pas briller avec autant d'éclats que le soleil, elle restait tout de même sa raison de poursuivre dans les chemins sombres; même si elle l'avait plaqué, même si son frère était fort probablement mort et même s'il n'avait plus personne; cette lueur brillait comme une réminiscence de cette adolescence dont il était privé, comme un vague souvenir du Marc Kyrric d'avant, cette personne seule au monde, prise entre ses rêves et la réalité qu'il aurait bien aimé changer, qui marchait à l'ombre d'un soleil vers lequel son cœur tend.

Il finit par balancer son arme sur le tableau. Les craies tombèrent, se brisant en poussières blanches. À cette vue, une rage étrange l'envahit. Une rage aveugle qu'on ressent quand on apprend que quelque chose de terrible vient d'arriver à quelqu'un près de vous alors que vous n'avez rien pu faire pour l'en empêcher. Cette rage qui semble être l'unique chose capable de combler votre creux au ventre, votre peur. Et, à la place de tenter d'y résister, Marc s'y donna complètement. Il commença à frapper tout ce qu'il pouvait atteindre. Il détruisit bureaux et chaises à coups de pieds et en les lançant à travers la classe.

Après dix minutes, pourtant, à bout de force et épuisé, il se calma. Une idée traversa son esprit et lui apparut comme la solution à tous ces problèmes. Qu'avait-il à perdre sinon sa vie? Il laissa la pièce en décombres pour partir vers le gymnase. Là-bas, il y trouverait de quoi faire sa guerre.

***

La plaie s'était ouverte. *Encore.* C'était la troisième fois aujourd'hui. Si ça continuait comme ça, elle ne cicatriserait jamais.

Il plaqua sa main en espérant empêcher le saignement. Si seulement ces bêtes pouvaient dormir, même juste un petit dix minutes, il aurait au moins une chance de fuir. Mais son corps lui faisait un tel mal de chien que, même s'il pouvait sortir d'ici, il n'arriverait pas en un seul morceau à l'école.

— Merde…

Ça saignait. Inévitablement, ça les attirerait davantage sur lui. C'était toujours pareil. Le souvenir de tous ces mutants, quand il avait été emmené devant leur chef, lui revenait à chaque fois qu'il voyait du sang. Le regard qu'ils avaient posé sur lui alors; la simple pensée avait le don de lui donner la chair de poule.

Il entendit un grognement rauque et, quand il se retourna, ils étaient là. Il n'y avait pas de recoin assez sombre pour eux. Ils le fixèrent, avec cet éclat pervers dans les yeux, puis, un le saisit et le traîna par un pied pour le mener à la pièce centrale. Devant lui, il le dévisageait, toutes les autres bêtes à ses pieds amassées en tas pour admirer le spectacle à venir. Il se leva et fut éclairé d'un halo. Puis il prononça ces paroles qui se gravèrent en Chuck tant elles étaient claires et limpides.

« Un humain comme toi a bien besoin de manger. » Presque aucun accent. Peut-être un tout petit quelque chose qui témoignait qu'il ne venait pas du coin et une certaine manière d'allonger les aiguës, de les faire siffler, qui rendait la voix presque serpentine. Il fit un signe de tête. Un d'eux disparut dans un corridor derrière. Chuck, finalement conscient que ces choses n'étaient pas de simples animaux, ne pouvait tout simplement pas se détourner des pupilles blanches du chef. L'instant d'après, la bête partie revint avec une personne sur l'épaule. Chuck comprit alors que ces mots avaient un sens. Il reconnut immédiatement le corps. C'était Jimmy, un des amis de son frère. Ils l'agenouillèrent devant lui. Étrangement, il paraissait avoir grossi.

— Tu vas manger. dit-il en prenant bien soin d'être le plus clair possible tandis qu'on présentait à Chuck un couteau en silex.

— Quoi?

Le monstre s'avança et répéta, détachant encore une fois chaque syllabe. Chuck dévisagea Jimmy qui le regardait, les yeux exorbités de peur. Il n'avait pas besoin de parler, son regard était suffisant pour implorer la merci à n'importe qui. Le chef fit un autre pas vers lui, l'ombre de sa silhouette venant complètement engloutir Chuck alors qu'il répétait ces trois mots qui se gravèrent dans le crâne de Chuck qui ne put réprimer un « Non » subtil, mais audible.

Quelqu'un arriva derrière lui et, avant même qu'il ait le temps de lâcher un cri, lui saisit le bras et le tordit dans un sens.

— Mange.

Cela prit presque une éternité, mais Chuck, sous la pression, se leva, boitant, et s'approcha de Jimmy. La peur avait cédé à la pitié. Chuck s'empara du couteau et lui enfonça en plein abdomen. Une fois. Deux fois. Cinq fois. Dix fois. Il le tua alors qu'il savait qu'il habitait à quelques rues à peine de chez lui, allait à la même école que lui et n'était pas si différent de lui. Il le tua, et ce, sous le regard de toutes ces bêtes.

Dans les yeux de Chuck, des larmes de tristesse, d'effroi et de dégoût l'empêchaient de voir le sang qui se répandait sur lui.

— Bien.

— Je veux manger maintenant.

— Il est là ton repas.

Chuck regarda ce qu'il lui désignait. Cette masse informe sur le sol n'était autre que le cadavre qu'il venait de créer.

— Non.

— Non?

Ils restèrent tous deux stoïques tandis que la foule autour d'eux s'activait d'excitation.

— Encore trois jours alors.

Deux mutants le saisirent par les bras, prêts à le renvoyer dans le trou dans lequel il pourrissait. Chuck ne put retenir ses exclamations. D'un mouvement, le chef fit le silence.

Chuck s'agenouilla dans la boue. Un acouphène résonna entre ses tempes lorsqu'il reprit le couteau et étrangement, elle le réconforta tandis qu'il plantait la lame une nouvelle fois dans le ventre de Jimmy, sembla y entendre un dernier souffle; elle le réconforta, car elle ressemblait à une présence qui avait toujours été là, mais qui se découvrait à lui seulement maintenant, un bruit de fond apaisant alors qu'il tranchait une couche de peau et qu'il l'approchait de sa bouche. C'était comme une impression familière, un parent bienveillant derrière nous; pareil à un souvenir enfoui, identique à celui de l'accident qui avait créé cette phobie en lui, quand, couché en petite boule sur une route mal déneigée de Washington, son frère gisait devant lui, dans les bras de son père, le visage maculé de rouge, et, lui, fièrement indemne, s'en tirait avec quelques ecchymoses.

Étrangement, plus il fuyait dans ce souvenir moins l'acouphène se fit pesant. Il redevenait ce garçon appuyé en position fœtale, tandis que ses dents déchiraient la chair froide; se gorgeaient de sang, à mesure que ses canines et ses incisives s'enfonçaient dans la viande. Une partie de lui, en même temps, se rassasiait, jouissait de manger, alors que son estomac se remplissait de remords durs à digérer.

Pendant un instant, il vit ce qu'il adviendrait de lui : il serait forcé de manger ses amis; obligé d'endurer en silence toutes les souffrances inimaginables. Mais il ne comprenait pas que ceci n'était que le début, la première étape d'une longue et perpétuelle torture. Il releva la tête et il était là, il s'avançait vers lui, son ombre plongeant sur lui et assombrissant jusqu'à son âme.

**

Marc ouvrit la porte qui sembla ne rien peser. Il se retrouva face à un éventail impressionnant de matériel sportif qui réussissait à combler n'importe quel cours d'éducation physique. Il entra, ne se souciant même pas de la lumière éteinte, et alla trouver de petites épaulettes de football. Il mit des protège-coudes et des protège-genoux qu'il fixa durement en les enrobant de ruban pour hockey. Ça devrait faire l'affaire.

Il se retourna et, les yeux creux par la faim, Marc traversa le couloir entre le gymnase et la cafétéria. On lui jetait des regards à cause de son accoutrement improvisé. Mais ils ne méritaient pas son attention. Ces lâches n'étaient pour lui qu'une bande d'hypocrites qui préféraient rester là, à moisir dans cette école, à la place d'en finir maintenant et définitivement. Mais il se resaisit. Il ne pouvait pas les empêcher d'avoir peur. C'était normal.

Il se dirigea directement vers Oliver. Il n'eut même pas besoin d'ouvrir la bouche pour qu'il sache.

— Et qu'est-ce que tu vas faire... avec tout ça? Oliver s'approcha d'un casier et y sortit l'imposant fusil automatique.

— Essayer d'y mettre fin. dit-il en inspectant l'arme.

— Est-ce que... est-ce que tu veux de l'aide?

— Non, c'est une chose que je dois faire seul.

— Que tu dois faire seul ou que tu veux faire seul? L'arrogance dans sa voix surprit Marc. Sans même s'en apercevoir, il pointa le canon vers la cuisse du cuisinier tandis que son doigt enlevait le cran de sécurité et se déposait sur la gâchette.

— Peu importe. J'ai peut-être quelque chose qui pourrait t'aider. Je crois pas que ça soit une bonne idée, mais, durant mes années de stage, j'ai eu la fâcheuse habitude de garder mes lames… Tu pourrais les attacher… après… bien… après ça. dit-il tout en désignant l'armure.

— Donne-les-moi.

Oliver regarda Marc d'un regard mauvais. Il aurait aimé lui balancer une réplique dans la veine d'un « Tu pourrais au moins me dire merci » ou « Est-ce que ça te tuerait d'être aimable, s'il te plaît? », mais il se retint. Il avait quand même un fusil qui lui visait le genou et il le savait.

Il se retourna et sortit une boîte en carton de sous un comptoir et la renversa sur une des tables. Des dizaines de couteaux brisés en deux s'étalèrent devant eux. Il y en avait de toutes sortes, des petits, des plus longs, des plus larges, de bouchers, pour couper du pain et ainsi de suite. S'en était à se demander si Oliver était vraiment compétent ou s'il s'en servait comme marteau. Oliver prit une lame et un manche différent et les unis en forçant pour que les deux puissent pénétrer l'une dans l'autre. Avec du ruban adhésif, il alla coller le tout sur son gant.

Un sourire se dessina sur les lèvres de Marc quand il comprit toutes les possibilités qui s'offraient à lui.

***

En inspectant son reflet dans une armoire, Marc pensa que si on lui rajoutait un masque et une cape il serait Batman.

Il traversa la cafétéria et la vit, assise à une table, discuter avec trois amies. Il avança, incapable de ne pas la fixer. Elle le remarqua et un regard s'échangea sans qu'ils ne puissent l'en empêcher. Tout de suite, sans l'ombre d'un doute, Ember comprit.

— Qu'est-ce que tu crois que tu fais? Tu fais ton petit numéro devant tout le monde, c'est ça? Et bien, bravo. Maintenant, arrête de jouer à Capitaine America et va enlever tout ça.

— Je vais tout arranger, tu vas voir. dit-il d'un ton grave en prenant grand soin de ne pas la regarder. Peut-être que c'était le personnage qui s'était installé, mais il tenait à garder ce stoïcisme, cette imperturbabilité. Mais à mesure qu'il avançait, ça devenait davantage une caricature, une mascarade pour ne pas croiser ses yeux, car il savait qu'il éclaterait probablement en larmes une fois de plus.

— ARRÊTE! Elle le plaqua contre un casier, plongeant ses prunelles dans les siennes. « Tu penses réussir parce que t'as mis un foutu costume? T'as une idée de combien ils sont dehors à t'attendre? » Sa voix était sèche, pleine de rage, mais aussi pleine de vérité. « Écoute. Je comprends très bien que tu peux être fâché, mais tu n'as pas à faire ça pour m'impressionner. » dit-elle sur un ton plus calme.

— Ha! Et qu'est-ce qui te fait croire que je fais ça pour toi?

Pour toute réponse, elle le gifla. Il s'en allait la pousser hors de son chemin, mais elle alla tranquillement l'enlacer. Il y eut ces deux secondes où il ne sut comment réagir, quoi faire, quand deux évènements si opposés se succèdent avec cette aise. Il resta simplement là, cloué sur place, à fixer le vide. Elle vint poser sa tête sur son épaule et murmura : « S'il te plaît Marc… n'agit pas en enfant. Je sais que perdre Chuck a pu être dur, mais fais pas le con, reste ici… avec moi. »

Quand il sentit la main froide d'Ember enlacer le bout de ses doigts, il se résigna à tout mouvement. Ils se fixèrent pendant un instant, tous les deux figés, ne remarquant pas les autres qui se rassemblaient et qui les épiaient. Ses yeux parlèrent mieux que des mots. Elle tenait à lui plus que n'importe qui. En ce moment précis, Marc se rendit compte du pouvoir qu'elle avait sur lui. Elle avait réussi à lui briser le cœur en prononçant seulement son nom et elle lui avait également révélé sa peur de le perdre d'un court regard.

— Je te ramènerai Chuck.

Ce fut tout ce qu'il dit avant de franchir les portes. Il eut un certain malaise à voir tous ces nuages gris qui cachaient le soleil et en bloquait ses chauds rayons. L'air était frais, juste assez pour sentir une fine brise.

— Marc!

Quelque chose s'accrocha à son cou avant même qu'il ait le temps de réagir. Un parfum vanillé envahit ses narines et son esprit de doux souvenirs. Puis quelque chose se déposa sur ses lèvres. Il passa sa main à travers les cheveux hirsutes, collant Ember le long de son corps, avec l'espoir de conserver son odeur sur lui tandis qu'il retournerait dans les égouts.

— Je vais revenir.

Il échangea un dernier baisé avant de se tourner vers Holy Road tandis qu'Ember resta là, à le regarder partir, espérant que ce n'était pas un au revoir.

— Et tu peux être certain que je t'attendrai…

***

Elle rentra à l'intérieur de l'école et se heurta à un attroupement de curieux. Un panorama de gros yeux écarquillés qui la dévisageaient, sûrement surpris qu'elle l'ait embrassé. Elle contourna ces enfantillages qu'ils ne pouvaient se permettre et se dirigea vers les escaliers, monta les marches en courant, sans même prendre le temps, entre chaque saut qu'elle faisait, de respirer. Comme elle en avait maintenant l'habitude, elle alla au local de musique et y ouvrit la fenêtre pour grimper sur le toit.

Sur une des turbines d'air conditionné, elle vit une paire de longues-vues, bien en évidence, comme si quelqu'un avait prévu qu'elle les trouve. Elle s'empressa de retrouver Marc du regard alors qu'il marchait toujours vers Holy Road sous les faibles rayons du soleil qui parvenaient à passer au travers des nuages.

Et là, comme s'il avait aperçu quelque chose, il se raidit et se retourna vers l'église. Même d'où elle était, elle entendit les coups de feu. Puis ces monstres apparurent dans son champ de vision et ce fut elle qui se raidit. Marc continuait de tirer. Puis ce fut l'accalmie. Marc rangea ses pistolets et Ember se permit de respirer. Il fit un pas vers Holy Road et s'arrêta au croisement entre les rues. Il regarda d'un côté. Puis de l'autre. Et se sentant enfin prêt à traverser, il avança encore une fois avant d'être happé par une bête sortie de nulle part.

Elle sauta sur lui et lui écorcha le dos avant de l'écraser au sol. De loin, elle la vit se pencher sur Marc pour tenter de le mordre. La gueule grande ouverte, elle paraissait sur le point de lui broyer le visage. L'échange dura quelques secondes avant qu'il réussisse à glisser sur l'asphalte, loin de la chose.

Ils se firent face, pendant ce qui eut l'air d'être une éternité pour Ember, un moment où aucun ne bougeait quand, finalement, le monstre s'approcha de Marc et essaya de le griffer à la figure. Il eut tout juste le temps d'esquiver que déjà il recevait un coup de genou en pleine mâchoire.

Ember remarqua tout de suite le rouge suintant sur son armure. La bête s'avança, prête à porter un coup fatal quand, à la dernière seconde, Marc évita de justesse et, avec ses lames accrochées, la toucha. Son rugissement parut envahir toute la ville.

Au loin, Ember regarda Marc essuyer le sang sur son visage. Il semblait contempler cette monstruosité tandis qu'elle prenait sa main devenue une véritable fontaine rouge. Elle ne fit qu'y penser, laissant cette phrase glisser hors de son esprit : « Vas-y, Marc, tue-le! » que Marc planta ses couteaux dans la poitrine de la créature. Il les enleva et les lui enfonça directement dans la gorge.

Ember reprit un moment son souffle, sentant son cœur sur le point d'éclater. Pendant un instant, elle demeura figée, les jumelles collées sur ses seins, trop perturbée par ce qu'elle venait de voir, préférant rester inerte pendant que l'excitation de la bataille disparaissait. Elle était de nouveau en transe et, sans même le vouloir, ses yeux suivaient le parcours d'un petit oiseau qui se sauvait d'une branche au loin. La journée commençait à peine.

***

Le corps gisait devant lui telle une masse de bétail mort. Il était assis sur le trottoir et il contemplait ses mains, rouge d'un sang qui n'était pas le sien. Déjà, une odeur empreignait l'air. Il tremblait. L'idée que ce n'était rien d'autre qu'un meurtre à ajouter aux autres le terrifiait. C'était si simple. Et cette simplicité le dégoûtait. Pendant un instant, il se questionna sur ce qu'il venait de faire. Il fixa la forme floue sur le toit de l'école. *Tu fais tout ça pour elle…* Il se mentit un sourire et décida de reprendre sa route sans regarder les trois autres cadavres criblés de balles qui jonchaient la rue.

Il marcha quelques minutes pour enfin retrouver la maison victorienne. Ou plutôt ce qu'il en restait. La porte d'entrée était complètement bouchée par le deuxième étage effondré. Ce n'était plus que des hécatombes et des débris. Il fit le tour et retourna à la petite sortie, derrière. Il l'ouvrit et s'arrêta. Il ne l'avait jamais fermée. Il en était certain. Quelqu'un était forcément passé ici. De la terre dessinait des empreintes sur chaque marche. Des empreintes humaines. Et elles allaient en descendant.

Il se dirigea vers le sous-sol tout en rechargeant son pistolet. Sur quoi tomberait-il cette fois? Il s'apprêtait à reprendre la courroie quand il remarqua que ses doigts tremblaient de peur. Il chassa toute idée dissuasive et prit la corde, mais un bruit vint le mettre en alerte. Celui du bois qui craquait. Le même son que ces stupides films d'horreur de série B.. Comme celui de ses chaussures lorsqu'il rentrait tard le soir et essayait d'être subtil. Marc se retourna, l'arme pointé vers l'inconnu. Il avança et, dès qu'il tourna le coin, il discerna une silhouette sous l'escalier, dans un recoin sombre.

C'était une de ces choses, il n'y avait aucun doute. Mais étrangement, le monstre ne ressemblait à aucun autre qu'il avait croisé auparavant. Il semblait plus effilé, moins baraqué. La bête dévoila ses crocs et, pour en avoir vu de près quelques fois, Marc remarqua qu'ils étaient bien moins imposants. Elle s'approcha tranquillement et Marc ne put s'empêcher de lever son arme vers son thorax bombé. Il resta immobile, à la fixer, n'osant pas bouger, attendant qu'elle ose le premier geste.

Elle plaça son pied contre le mur. Il déposa son doigt contre la détente. Au même moment, elle plongea sur lui. Marc roula sur le côté, envoyant deux coups qui manquèrent sa cible. Dès qu'il se retourna, elle était là, au pied du gouffre.

Marc ne perdit pas un instant. Il tira. La bête n'eut pas le temps de riposter. Son expression se transforma en surprise alors que ses vêtements se tachaient de rouge. Elle déposa sa main contre son épaule, comme si elle ne comprenait pas la douleur. Elle fit un autre pas de recul, mais, cette fois, perdit pied et disparut dans le trou.

Marc s'approcha. Le corps gisait au fond, immobile, les bras en croix. Une grande inspiration avant de reprendre la corde chaude de sang et il s'en fut pour être convaincu qu'il devait redescendre dans cet abysse.

***

Il était parti. Encore. Cela faisait maintenant quelques minutes qu'elle était stoïque, à regarder le ciel et ses nuages se promener à la vitesse du vent alors qu'elle sondait l'immensité de sa vie qui se creusait devant elle, dans cette ville vide, dans ce cocon de chair qui lui servait de peau. Elle ne savait plus quoi penser. Une petite voix en elle lui disait que c'était la dernière fois qu'elle voyait Marc.

Puis ça arriva, comme un soupir sortant de nulle part. Ember se retourna, dévisagea l'espace vacant derrière elle. Et le bruit apparut à nouveau, comme un murmure distant.

— Qui est là? Ces mots étaient dénués de toute assurance.

Des pas de course non loin. Le son du roc qu'on cognait et qui allait faire exploser des cailloux sur le toit de l'école. Effrayée, Ember rentra à l'intérieur et referma la fenêtre derrière elle.

Puis ne vint rien, qu'un calme plat.

Ce n'était sûrement pas une bête là-haut, elle aurait accouru dès qu'elle l'aurait entendu. *Alors qui? Ou quoi?* Elle resta immobile, à fixer le dehors qui semblait trop aisément pénétrer la fenêtre fermée.

Elle attendit. Longtemps. Mais c'était comme si tout n'avait été qu'un mauvais tour de son imagination.

Lentement, la pluie envahit Mead's Cliff telle la tristesse sur son âme avant de se transformer en averse. Elle laissa une petite pensée souhaiter du mieux pour les frères Kyrric, peu importe où ils étaient.

Il n'y avait plus rien pour elle ici. Elle regarda les guitares et le piano qui ornaient les coins de la pièce. Ce temps où les mélodies et les harmonies remplissaient la salle était si loin, si révolu. Un lointain souvenir d'une vie dont elle commençait à douter de l'existence.

Elle allait mettre sa main sur la poignée de la porte quand un choc la fit sursauter. Elle se retourna et c'était là; indéniable et véritable. Une feuille de papier glissant vers le bas, portée par la pesanteur de l'eau. Et sur cette feuille blanche, une flèche noire tracée au marqueur indélébile qui pointait vers le haut.

Elle l'observa se tremper jusqu'à tomber au sol et être amenée par le vent. Elle se précipita au balcon.

Encore une fois, personne. Que la pluie. Alors, elle sortit. Il y avait quelqu'un, cette fois, elle en était certaine. Elle regarda le toit, la corniche. *Seigneur.* Elle se hissa sans trop de peine sur la rambarde et déposa ses doigts sur la gouttière qui lui permettrait de se rendre là-haut.

Elle se demanda pendant un moment si elle devait absolument faire cette chorégraphie. Pourtant, elle savait; elle le ressentait dans ses tripes; qu'elle devait y aller! C'était forcément quelqu'un qui avait étampé la feuille dans la fenêtre. Pourquoi tout ce mal si on ne voulait pas qu'elle monte?

Elle réussit à placer un de ses bras dans la cavité. Ça semblait tenir le coup. Elle s'apprêtait à mettre le deuxième quand elle entendit ce son. Comme des ongles sur un tableau. L'effritement du roc. Le bruit de vis sortant hors de leurs gonds. Puis elle sentit le métal devenir plus léger. Son emprise se perdit. Et le chéneau commença à céder sous son poids. Si, l'instant auparavant, elle pouvait retomber sans danger sur le toit adjacent au local de musique, désormais, il n'y avait rien de moins sûr. Le vent poussa la corniche au-dessus du vide. D'autres écrous lâchèrent et la gouttière n'était plus maintenant qu'un long tube qui descendait vers le sol, avec Ember pendu au bout.

Puis tout redevint immobile. Elle essaya d'atteindre quelque chose, un parapet, une corniche, mais ses bras étaient trop courts. Elle installa la gouttière entre ses jambes et inspira un grand coup. Elle plongea ses mains dans les contours trempés et se hissa. Un grincement répondait à chacun de ses mouvements d'une menace d'une chute mortelle. Elle monta encore, plaçant sa main un peu plus haut dans les rebords inconfortablement coupants. Elle vit son sang se mélanger avec l'eau de pluie. Puis elle glissa à nouveau. Le métal froid pénétra sa paume, entra dans sa chair. Elle ne put réprimer un cri. Il n'y avait plus que l'extrémité de ses doigts qui tentaient vainement de s'accrocher. Elle se hissa. Cette fois, ce fut sous ses ongles qu'elle sentit le fer. Il traçait son chemin, lentement, s'enfonçant avec plus d'aise avec chaque millimètre qu'elle faisait. Les larmes envahirent ses yeux. Elle se rapprocha encore. Le toit n'était plus qu'à un maigre mètre d'elle. Elle ne ressentait plus le bout de ses doigts. Elle se hissa, avec toute l'énergie de son désespoir, et réussit à s'agripper au rebord. Elle poussa un soupir de soulagement juste avant qu'elle entende ce bruit, ce même long grincement.

Elle vit les dernières vis céder et sortir hors de leurs gonds. La gouttière lui passa entre les jambes. La seule chose dont Ember se souvint fut l'irritable sensation du métal qui glissait contre elle alors qu'elle perdait prise. Elle n'eut que le réflexe de crier avant de tomber.

***

Ça lui demanda plus de temps que la première fois due à ses nouvelles blessures, mais, après un bon dix minutes, Marc put enfin plonger ses souliers dans le sol visqueux des égouts. L'odeur n'avait pas vraiment changé, remarqua-t'il, tandis qu'il faisait les premiers pas, elle était toujours aussi infecte. Il regarda alentour et tenta brièvement de retrouver son chemin. Ce ne fut que le distant écho d'un bruit faible qui le mit sur une piste.

Il traversa différentes avenues qui s'offraient à lui dans ce labyrinthe sombre. Étrangement, avec chaque tournant, une énorme crainte d'être perdu l'envahissait.

Et se confirmait.

Il continua. Il marcha encore et encore jusqu'à ce que le doute s'efface et devienne définitif. Entre l'obscurité écrasante et le fait qu'il n'était venu qu'une fois, il devait forcément avoir manqué une sortie.

Il arriva finalement à un croisement où deux choix se posaient à lui. Il pouvait retourner sur ses pas ou aller dans ce passage qui bifurquait vers la gauche et paraissait sans fin ou sinon s'aventurer dans un corridor continuant sur sa droite sur quelques mètres. Il prit le chemin vers la gauche et le regretta. L'impression de tourner en rond se mêla à sa détresse. Les lumières se faisaient plus distantes et il ne voulait pas se résoudre à utiliser sa lampe-torche, du coup qu'il attire l'attention. Puis les bruits revinrent en murmures étouffés. Silencieux au départ et de plus en plus audible avec chaque seconde qui passait. Il crut discerner des voix. Discrètement, Marc s'approcha et vit deux mutants plus loin.

Il ne perdit pas une seconde et il s'engouffra dans le plus proche couloir. Il se faufila entre les encombrements qui jonchaient le sol et poussa une porte en métal. Une simple pièce annexe qui ne comportait qu'une lampe tombant du plafond qui parvenait à peine à peigner un jet bronze sur ce qui semblait être six cages vides réparties dans chaque coin.

— Si vous pensez… Oh oui, si vous pensez que je vais me laisser prendre comme les autres, vous… vous vous trompez. Espèce de bande de dégénérés sans cervelle. Vous ne savez pas qui je suis, ah, ah, ah! Si vous touchez à un seul de mes cheveux… je vous le dis, je vous égorge et c'est moi qui vais vous bouffer, ah, ah, ah! siffla une voix dans les ténèbres.

— Qui est là?

Un garçon blême s'approcha des barreaux. Il avait des yeux terribles, exorbités par la peur. De longues balafres recouvraient son visage, mais, ce qui frappa Marc le plus fut à quel point il était gras.

— Vite, sors-moi d'ici! Je veux sortir. Vite avant qu'ils reviennent. Je veux pas qu'ils me mangent! Il s'accrocha aux barres de fer et les secoua en créant un boucan assourdissant.

— Tais-toi! Ils vont t'entendre.

— Vite, sors-moi d'ici, je veux sortir! hurla-t-il en sautant à pieds joints.

— OK, OK, attends un peu.

Marc s'avança vers la porte rongée par des années de rouille et la regarda un instant. Elle était bloquée par une énorme pierre ronde devant l'entrée.

— Allez, tasse-la, tasse-la vite! Je veux sortir d'ici!

— Écoute, j'essaye autant que je peux, mais c'est que ce n'est pas vraiment facile. Un peu d'aide serait la bienvenue, au moins.

— Bon d'accord… Non! Attention, derrière toi!

Marc se retourna juste à temps pour éviter les griffes qui découpèrent un bout de son épaulette. Il y eut un rugissement et il sentit quelque chose le frapper en plein visage. Le choc le repoussa contre la cage. Quelque chose lui coula le long du nez. Un deuxième coup de poing arrivait. Il eut tout juste le temps de protéger son visage en mettant ses bras devant lui. La bête ne vit pas les couteaux collés sur ses avant-bras.

Un doigt vola dans les airs, suivi d'un cri qui emplit la pièce. Marc s'avança, fort de ce retournement de situation, et lui enfonça ses lames en plein ventre, répétant son geste jusqu'à ce qu'elles soient imbibées d'un sang violet et foncé. La bête tomba par terre, les mains plaquées sur son abdomen, un regard effaré sur sa figure.

— Allez. Pousse-la.

Les garçons délogèrent l'imposante roche. Marc aidait l'élève à sortir quand son expression se changea, passa de l'étonnement à la peur. À peine était-il libre que, déjà, il s'empressait d'essayer de retourner à sa cage. Marc tourna la tête et vit une forme noire se soulever hors de terre. Elle le repoussa et agrippa le garçon effrayé. Marc ne put s'empêcher de demeurer immobile alors qu'il regardait ce spectacle; cette bouche qui s'agrandissait pour ensuite arracher lambeau de chair sur lambeau de chair avec l'aisance avec laquelle on mangerait une aile de poulet.

Il n'y avait que les hurlements pour tapisser cet instant macabre.

Marc saisit son pistolet et tira. Le corps chuta comme une pierre au même moment où le bruit assourdissant de la détonation retentissait au travers des couloirs.

Quand il se releva, il fit face à une scène horrible dont il avait malheureusement été témoin une fois de trop par le passé. La peau blême s'écailla avant de tomber au sol tandis qu'une nouvelle; solide, noire, avec une teinte cuivrée; se révéla. Les pupilles brunes s'effacèrent petit à petit, disparaissant vers l'intérieur de la cornée alors que les yeux prenaient ces couleurs blafardes et s'extirpaient hors de leurs orbites. Les doigts s'allongèrent et des ongles apparurent à la place de ceux grignotés.

Et, en trame de fond, le garçon ne cessait de se déchirer les cordes vocales en étant le spectateur impuissant de sa propre déshumanisation.

Marc s'approcha. Il n'y avait rien d'autre à faire. Il déposa l'embout noirci de son revolver contre sa tempe. Il n'y eut peut-être qu'une seule seconde pendant laquelle ils échangèrent un regard et comprirent qu'ils devenaient de moins en moins des hommes et de plus en plus des monstres. Au loin, le martèlement de pas se manifestait, se faisant de plus en plus tonitruant. Marc sut qu'il était déjà trop tard pour fuir. Il pressa la détente au même moment où on commençait à cogner à la porte. La froideur du geste, étrangement, ne l'affectait plus autant qu'avant.

***

Quand le silence est quasiment total, le premier bruit qui suit est obligatoirement l'instigateur de quelque chose de nouveau. Il brise la monotonie préalablement installée. Dans ce cas-ci, le silence laissa place à un souffle éreinté. Lentement, il se changea en un bruissement faible; le son de son corps se mouvant contre le sol. Un souffle de plus et peut-être aussi un murmure de douleur. Un oiseau au loin appelait le ciel.

Elle mit sa main sur son front et y sentit une vilaine prune. Un mal de tête effroyable accompagnait son réveil alors qu'elle ouvrait les yeux pour voir l'azur. Combien de temps était-elle restée couchée? Trente secondes? Une heure? Elle n'était plus sûre.

Elle se rappela soudainement cette sensation bizarre, celle de tomber, celle du vertige qui s'était creusée dans son ventre quand la gouttière avait cédé. Elle regarda autour d'elle pour découvrir qu'elle n'était pas écrasée au sol. Elle était sur le toit. Et elle était seule.

Seule avec cette grosse boîte placée devant elle. Elle s'approcha de la caisse en métal, craintive, mais curieuse à la fois. À l'intérieur, un revolver reposait au fond. Une étrange déception l'envahit. Elle ne savait pas à quoi elle s'attendait, mais ce n'était pas ça. Elle prit l'arme qui, étonnamment, était beaucoup plus lourde que ce qu'elle s'imaginait. En la soulevant, elle vit une feuille lignée soigneusement pliée en quatre. Son nom y était inscrit.

« *Ember,*

Tu dois m'excuser. Partir est de loin l'idée la plus stupide que j'ai jamais eue, je le sais. Mais je veux pas que tu croies que je vous abandonne. Je veux seulement que tu comprennes que, tout ça, je le fais pour toi; pour qu'on soit ensemble. Je veux que ça s'arrête.

Depuis que tu m'en as parlé, l'autre soir, je pense juste à ton idée d'aller sur la côte. Je rêve de sable et de toi; de longues marches le long de la mer, à regarder le soleil se coucher. C'est con, mais c'est le seul truc qui me fait du bien.

Je te laisse une de mes armes, mais elle vide. Je ne peux pas prendre le risque que quelqu'un tombe dessus et l'utilise à mauvais escient. Je ne fais pas confiance à personne sauf toi. J'ai peur que des amis à Chuck te fassent du mal s'ils venaient à l'avoir. Garde-la précieusement et ne la sors qu'en dernier recours.

« *Les balles se trouvent dans la caisse claire de la perle.* »

J'espère pouvoir te revoir un jour.

Je t'aime, je voudrais que tu sois près de moi toute ma vie »

Son cœur se serra à même sa poitrine. Elle relut la lettre avec empressement. Encore. Toujours avec cette même fébrilité. Et, à chaque coup, elle se heurta à cette antépénultième ligne. *"Les balles se trouvent dans la caisse claire de la perle."* Perplexe, elle essaya de comprendre ce que tout cela signifiait, mais elle n'avança à rien. Les balles dont il faisait référence étaient certainement celles du fusil, mais qu'est-ce que ça voulait dire qu'elles étaient dans la caisse claire de la perle?

Elle ne s'attarda pas plus longtemps sur le toit. Le vent qui se soulevait semblait porter en son for le cri de plusieurs bêtes. Elle regarda par-dessus son épaule le rebord et le vide. *Pas question!* La seule issue restante était une porte qu'elle n'avait jamais remarquée et qui menait Dieu sait où. Elle s'approcha et espéra de tout son être qu'elle ne soit pas barrée. Elle s'empara de la poignée, inspira un bon coup et la tourna.

Aucune résistance. Elle avança, craintive, et descendit le petit escalier qui la fit arriver dans une remise pleine de balais et d'instruments ménagers. Une autre sortie s'offrait à sa gauche. Elle fut étonnée de déboucher sur le corridor vide du troisième étage. Ember réalisa une chose qui parut soudainement évidente. Il n'y avait qu'un élève ou un prof qui aurait pu aller sur le toit pour la rattraper. Le problème restait de savoir qui?

***

Marc regarda autour à la recherche d'une issue, mais il était fait comme un rat. Il rangea son pistolet aussi vite qu'il le put dans son sous-vêtement. Un bang surgit de derrière la porte. Marc inspira longuement. Un autre. Si fort celui-ci qu'il bossela la porte. Les coups se multiplièrent. Il prit son fusil automatique et le pointa devant lui tant bien que mal. Ses mains tremblaient.

Une tête se profila, criant, affreuse, les crocs sortis. Il n'hésita pas une seconde. Il pressa la détente. Un POW! et il s'en fut pour qu'un trou horrible lui apparaisse en pleine gorge. La bête tomba tandis que deux faisaient irruption dans la pièce. Marc les mit en joue et, d'un coup précis, les abattit comme des mouches. Entassée les uns sur les autres, la pile de corps ralentissait les monstres qui entraient et lui facilita la tâche. Après moins de vingt secondes où seulement le cri tonitruant des balles avait résonné à ses oreilles, une dizaine de mutants gisaient au sol, créant un corridor à l'odeur fétide. Marc regarda la scène avec cette petite boule de remords dans le ventre. Il inspira un grand coup. Ça empestait la mort.

Debout, effrayé, il ne pouvait empêcher ses mollets de s'entrechoquer. Il avait envie de vomir. Il s'approcha de l'entrée, l'arme toujours tendue. Il sentait, dans ses tripes, que d'autres allaient arriver. Il s'avança, évitant un cadavre, quand il entendit un craquement.

Il se figea. Sa salive fit un bruit curieux quand il l'avala.

Il était là. Solitaire, et pas le moins du monde impressionné par les prouesses dont Marc venait de faire preuve. Il observa les corps. Son unique réaction fut un râle. Marc repensa à ce qu'il lui avait dit. *Ne me suis pas.*

Marc leva son arme et le mit automatiquement en joue quand il fit un pas. Il tremblait comme une feuille morte qui refuserait de partir de son arbre par un froid matin. Son doigt contre la gâchette, il n'eut qu'un seul instant pour ressentir le moindre remords. Car il savait. Il savait qui c'était.

Le monstre se colla sur l'embout encore chaud alors qu'il appuyait sur la détente. Rien. Marc regarda le loquet de sécurité qui n'était pas activé et comprit.

Le mutant lâcha un petit grognement avant de prendre l'arme de ses mains et la lancer dans un coin. Nouveau rire. Sec, railleur, nasillard. Il l'avait enfin, sa grande proie. Elle était à sa merci.

Il mit Marc knock-out avec un simple coup bien placé.

Chapitre 11
Réunion

```
Jour 9
Quelque part dans les égouts
Heure inconnue
```

Pourquoi? Pourquoi une attraction envers une chose aussi futile? Pourquoi lui? Pourquoi devait-il le regarder quand ce n'était pas à lui de le faire? Pourquoi devait-il venir le voir dormir ainsi, l'observer ne rien faire, alors qu'il pourrait être dehors, à chasser? Est-ce que c'était ça, le sentiment magique que les humains recherchaient tant, le sentiment d'amour et de compassion? Si c'était le cas; pourquoi lui?

Pourquoi devait-il se détourner du Plan?

Il se retourna et scruta les lieux autour de lui. Il savait qu'on le surveillait, il sentait les regards malgré l'absence de présence.

Il sentait qu'on le jugeait.

Allaient-ils croire à quelque chose en s'apercevant qu'il passait autant de temps ici? Il espérait que non. Mais encore... Il connaissait le prix de l'échec. Il ne pouvait se détourner du Plan sans risquer la mort.

Il regarda le corps qu'il avait lui-même traîné jusque là et se demanda si toute cette machination en valait vraiment la peine. Quand il entendit des bruits de pas dans le corridor, il sortit et se dirigea dans les couloirs étroits de la base. Quelque chose clochait. Il devait trouver quoi.

***

Le silence semblait rendre l'obscurité plus opaque. Il fit un premier étirement et il y eut ce craquement douloureux. Ses muscles étaient crispés comme s'ils étaient restés dans une position inconfortable trop longtemps. Ça devait probablement être le cas, se dit-il en plaquant sa main sur le sol rocailleux. Seulement à l'odeur, Marc devina qu'il était toujours dans les égouts. Où précisément? Ça, par contre, c'était une autre question...

Il s'aventura dans sa nouvelle demeure et un bâillement au loin suivi du froissement de vêtements lui fit comprendre qu'il n'était pas seul. Il s'appuya sur le barreaudage et regarda devant lui. Une trentaine de corps, petits et grands, s'avancèrent. L'expression sur leur visage était celle de la défaite et de la misère. Plusieurs mots s'échangèrent tandis que tout un chacun se tournait vers lui. Un à un, ils se dressèrent face à lui, leurs longs doigts maigres venant entourer les barreaux de leurs cellules. Il les reconnut tous, un par un, et fut accablé de tristesse quand il vit plein d'anciens amis être déchirés par la faim. Des jeunes comme lui ainsi que quelques plus jeunes encore; de simples enfants – qui, jusqu'alors, il s'était toujours demandé où ils avaient disparu – le dévisagèrent avec cette part d'inhumanité dans les yeux, cette perte d'innocence et de vie. Ils étaient sales, affamés et ternes.

Plusieurs s'étirèrent le cou afin de mieux l'examiner et des murmures s'élevèrent tandis que dans la cage à l'autre bout de la pièce, quelqu'un se leva d'un bond et s'accrocha au grillage et hurla comme un fou.

Marc reconnut Kurt, le bassiste de son groupe. Il criait tant il était content de le voir. Ils sourirent et se surprirent à pleurer. Marc était sûr qu'il était disparu la première nuit, il ne l'avait pas revu depuis.

Attiré par le bruit, un mutant poussa la porte et lâcha un cri qui fit taire tout le monde. Elle s'approcha de Kurt et le frappa dans le ventre. La bête, tandis qu'elle se retournait pour sortir, remarqua Marc. Elle le regarda avec fascination. Puis elle partit. Quelque chose clochait. Quelque chose allait arriver bientôt. Il le savait.

— Maudit Praeto. dit une fille.

— Maudit quoi?

— Praeto.

— C'est le nom que vous leur avez trouvé?

— Non. C'est le nom qu'ils se sont donné… en fait, je crois… Un jour… il y en a eu un groupe qui est venu… pour… Elle marqua une pause. Marc comprit immédiatement ce qu'elle voulait dire. « En prenant celui… qu'ils avaient choisi, un a dit ce nom : Praeto. »

Marc décida de ne rien répondre. Son mutisme plongea toute la pièce dans un silence qui dura presque trois minutes avant que la même fille demanda à Kurt s'il allait tenir bon.

— Où est-ce qu'on est? lança Marc après un moment.

— Les égouts. dit Kurt. « Les Praetos ont construit une sorte de base et nous… et bien, on est leurs prisonniers. Est-ce que tu t'imagines, ils étaient peut-être toujours là, sous nos pieds, à attendre, prêt à nous tuer. »

Marc haussa un sourcil, perplexe. Ça semblait surréel comme théorie. « Depuis combien de temps est-ce que je suis ici? »

— Presque deux jours.

Il contempla le halo de lumière qui émanait de la lampe au plafond. *Deux jours!* Il plaqua sa joue sur le barreau et se demanda si Ember allait bien. Une fillette – pas plus de 8 ans – s'approcha de Cathy, celle avec qui il parlait depuis les dernières minutes, et tira son poignet pour lui murmurer quelque chose à l'oreille. Cathy lui sourit et fit un hochement de tête en signe d'affirmation. La petite fille dévisagea Marc avec un mélange d'admiration et de peur avant de retourner dans son coin.

— Qu'est-ce qu'elle voulait?

— Savoir si je te connaissais.

— Comment ça?

— Et bien… de un, la plupart des nouvelles que l'on reçoit proviennent des autres qui viennent nous rejoindre lorsqu'ils sont capturés. Et la plupart des choses que l'on entend… et bien c'est comment Marc Kyrric a fait face à une dizaine de mutants, comment il est sorti dans la nuit…

— Ouais…

Cathy ne put réprimer un sourire en voyant Marc si gêné. « Et de deux… il y a des murmures… les Praetos aussi parlent de toi. Beaucoup. Ils t'appellent Mars. »

— Mars? C'est quoi, ils sont pas capables de prononcer mon nom comme il faut?

— On sait pas. On les avait déjà entendus répéter ça quelques fois avant que tu arrives, mais... quand ils sont venus te porter, ils n'arrêtaient pas de t'appeler comme ça.

— Vous les comprenez?

— Ouais. Quand ils ne font pas que grogner, ils parlent presque comme nous… C'est… bizarre. Mais en général ils sont plutôt loquaces.

— Mais pourquoi moi?

— J'en ai aucune idée. Faut croire que tu as une certaine importance à leurs yeux. Certains disaient que t'es peut-être leur messie ou quelque chose du genre, mais alors pourquoi ils te mettraient dans une cage? Ç'a pas de sens. Pour ma part, je pense qu'ils ont peur de toi… pourquoi tu serais ici sinon?

— Le messie… ils l'ont quand même crucifié, tu sais? Ajouta Marc, inconfortable.

— Mais le pire ce n'est pas ça. Lança Kurt de l'autre côté de la pièce. « Le pire c'est le Praeto qui n'arrêtait pas de venir te voir et qui restait là à t'observer pendant que t'étais encore inconscient. C'était plutôt effrayant, il restait là pendant cinq ou dix minutes puis il repartait pour revenir presque une demi-heure plus tard encore cinq ou dix minutes. »

— De quoi il avait l'air?

— D'un foutu obsédé sexuel si tu veux mon avis. Dans le genre violeur d'enfant, tu vois le genre?

— Non, non, je veux dire physiquement.

— Oh! Bah comme les autres… Grand et plutôt costaud. Des fois aussi, d'autres Praetos allaient le voir, lui parlaient et il repartait avec eux. D'après moi, ça devait être quelqu'un d'important.

— Celui qui a une cicatrice à l'œil, Kurt? demanda Cathy.

— Ouais, lui.

— C'est vrai qu'il est venu souvent. C'est lui qui t'a emmené ici.

— Merde! murmura Marc. « C'est quand la dernière fois qu'il est venu? »

— Je sais pas. Il me semble qu'il est venu… quoi, hier? Je suis pas sûre s'il est passé entre-temps. Ça doit faire un moment déjà.

— Donc il est reparti… dit Marc bien plus pour lui-même. Pourtant, il savait, dans ses tripes, qu'il le reverrait.

Au même instant, la porte de bois s'ouvrit à nouveau. Deux Praetos portaient un corps qu'ils déposèrent dans la cage avec Marc. Il avait eu les cheveux arrachés. Où on voyait son crâne, des marques d'ongles lardaient sa peau. Comparés à lui, les autres dans leurs cellules paraissaient en pleine forme. Il eut un haut-le-cœur quand il remarqua son bras. On aurait cru qu'il avait été rongé. Des lambeaux de chair pendaient, des coupures et des traces de griffes lézardaient tout le long de l'épaule à la main. Marc retourna le corps et ne put s'empêcher d'avoir envie de pleurer, vomir et aussi de le prendre le plus fort possible.

206

— Tu sais qui c'est? demanda Cathy. Cette question n'en était pas vraiment une. Ce n'était qu'un commentaire pour lui faire comprendre à quel point ces bêtes étaient horribles.

Il regarda les pupilles fermées. Étrangement, il était incapable de détourner le regard du visage complètement ravagé de son frère. Ses blessures n'avaient toujours pas eu le temps de cicatriser. Elles n'auraient peut-être jamais le temps. Ses yeux étaient martelés au point d'être pourpres. Des dents avaient été brisées. Le nez cassé semblait rempli de caillots et ralentissait la respiration déjà lente de Chuck qui râlait dans son sommeil.

Mais le pire était les coupures.

Il en avait partout. Pas un endroit n'avait été épargné. Marc prit Chuck dans ses bras et commença à lui caresser la tête. Quelqu'un l'avait brûlé au fer rouge sur la jambe et sur les côtes. Et là, Marc le vit, ce petit trou qui n'était pas censé être là, ce vide qui était censé être plein. Cette peur de perdre son frère, cette tristesse trop accablante et cette haine envers ces bêtes l'envahit comme un poison. Il avait perdu deux doigts. Récemment. La plaie empestait et du pus ne tarderait pas à apparaître. Sa colère lui enflamma le ventre de dégoût. Il le regarda se tordre dans son sommeil avant de cracher un long jet de sang accompagné d'une bile ternie par ce qui semblait être de la terre.

Il lui essuya la bouche d'un revers de main, découvrant pour la première fois qu'une bonne partie de son armure lui avait été enlevée. Mais ça n'avait plus d'importance. La seule chose qui importait était de rester près de son frère. Il raffermit ses caresses sur la tête de son jumeau. Et là, sans pouvoir les retenir, les larmes recommencèrent à couler.

Toute la journée Marc se répéta cette promesse; qu'à partir de ce jour, il ne connaîtrait pas la paix tant que ces foutus monstres ne seraient pas tous morts! Il se réjouit seulement de savoir que le pistolet était toujours dans ses pantalons.

***

Ça faisait près de vingt minutes qu'il fixait le mur. Il repensa à son prisonnier, pris avec ces insectes qui serviraient inévitablement leur armée. Il chassa cette préoccupation de son esprit. Il devait l'éliminer de toutes pensées. Il ne faisait pas partie du Plan. Les dessins sur la roche; eux, par contre… Ils avaient beau avoir été peu à peu effacés, ils restaient tout de même percevables. Un point en particulier attirait son attention sur la carte sans qu'il ne puisse dire pourquoi.

Puis, sans qu'il n'en saisisse le sens, quelque chose sortit d'entre ses lèvres. Un chiffre. Une vision dansante. Des évènements passés, des souvenirs, des visages sur des têtes qui n'en avaient pas eu par le passé outre que dans ses cauchemars.

Il répéta ce mot en lui cherchant une quelconque signification. Il paraissait n'y en avoir aucun. Puis il fixa à nouveau le tracé devant lui. Une nouvelle image s'incrusta dans son esprit et il comprit.

Chapitre 12
L'œil de la tempête

Jour 13
Égouts de Mead's Cliff
Heure inconnue

Quatre jours aujourd'hui; quatre jours où il n'avait presque rien mangé, presque pas dormi, sans cesse dérangé par l'insatiable tremblement de tous les Praetos-ouvriers qui creusaient. Parfois ils venaient, en prenaient un ou deux et ils les envoyaient travailler avec les autres dans les tunnels. En échange, ceux qui travaillaient recevaient un morceau de pain, un fruit ou sinon, c'était arrivé à quelques reprises, ils ne revenaient pas. Du moins, pas en temps qu'humain. Marc y avait été quelques fois. Jamais très longtemps. On aurait presque cru qu'on le sortait uniquement pour qu'il regarde la déchéance de l'espèce humaine. Il creusait peu, souvent trop faible. C'était davantage les praetos qui creusaient. Eux, ils creusaient vite. Si vite que ça créait des vibrations sur tous les murs. Et les vibrations lui rappelaient les tremblements de chez les Malware. Dans les deux cas, l'origine des secousses devait être le même.

Après, ils le retournaient dans sa cellule pour qu'il contemple sur un autre angle la déchéance humaine. Marc regarda son frère, toujours inconscient, qui n'avait pas montré de signe de vie, sinon sporadiquement. Dans un coin, il avait fait un petit trou avec ses ongles pour trouver de l'eau. Dans un autre, un tas de fientes qui serviraient peut-être éventuellement de collation. *Indigeste, mais bon...* Sans le vouloir, il dévisagea Chuck. Il ne pouvait s'empêcher de penser qu'il se rapprochait de la mort. Une nouvelle secousse fit trembler les murs.

Il eut beau croire que ces précédents jours avaient été un enfer, cet enfer se dissipa immédiatement quand Chuck ouvrit les yeux. L'espoir devint rapidement une joie incontrôlable qui le poussa à le prendre dans ses bras.

« Qu'est-ce que tu fais ici? » Ce fut les premiers mots de Chuck. Marc ne put retenir un sourire en voyant le regard plein d'horreur de son frère. Peut-être que Chuck avait peur que son frère ait subi le même sort que lui, peut-être que ce n'était que l'idée qu'il se soit fait capturé aussi et qu'il ait laissé l'école sans défense qui le terrorisait, mais pourtant Marc savait que cette peur venait du fait que la dernière fois qu'ils s'étaient vus c'était lorsque Chuck tenait une hache au-dessus de sa tête. Et Chuck avait l'impression que Marc avait eu vent de cette histoire.

Et quand Chuck vit le sourire de Marc, il ne put s'empêcher de retourner dans son attitude de voyou cool qui, aujourd'hui, semblait davantage comme une caricature d'un temps révolu.

« Moi qui pensais que t'aurais profité de mon absence pour te rapprocher d'Ember. »

— Qui a dit que j'ai besoin que tu ne sois pas là pour me rapprocher d'elle?

Ce fut au tour de Chuck de laisser transparaître un sourire; un sourire brisé, dépouillé de toute beauté, mais un sourire néanmoins; peut-être le premier qu'ils s'échangeaient depuis très longtemps.

Marc baissa la tête en une sorte de signe de compassion tandis que son frère essayait de s'asseoir malgré ses blessures. « T'as pas idée… de ce que je ferais… pour être… à la maison… » Il marqua une longue pause pendant laquelle il respira bruyamment. « Avec papa qui nous cuisinerait… ses merveilleux steaks texans… sur le barbecue.

— Ouais… Toute la tristesse du monde eut l'air d'être contenue dans ce « Ouais. » qui sembla dire tout et rien en même temps. Marc le regarda et se demanda s'il avait compris; compris que, fort probablement, ils ne le reverrait jamais. Un peu plus loin, le tremblement insatiable recommença et le souvenir des Praetos revint hanter Chuck sans qu'il ne puisse l'en empêcher. Il se raidit dans son coin et fixa le vide. Marc sut à ce moment que ce n'était pas seulement son père qu'il avait perdu, mais une partie de son frère aussi.

***

— Les balles se trouvent dans la caisse claire de la perle. récita-t-elle pour la énième fois. La cafétéria avait beau être bondée, tout ce qu'elle voyait était le petit bout de papier et c'était les mains appuyées contre les tempes qu'elle réfléchissait, son bol de soupe depuis longtemps refroidi traînant loin d'elle comme une distraction qu'on tient le plus éloignée possible. Elle avait passé presque toute l'avant-midi à questionner tout le monde qu'elle croisait, mais tout le monde était davantage préoccupé par les nouveaux blessés et la peur d'une imminente attaque. Dans des temps comme ceux-ci, Ember comprenait qu'une devinette était le cadet de tous leurs soucis. Et elle ne pouvait s'empêcher d'en vouloir à Marc de l'avoir laissée avec une connerie comme celle-ci.

— Tu es toujours sans réponse? demanda une voix par-dessus son épaule

— Qu'est-ce que tu veux, Alexandra? dit Ember sans même se retourner.

— Rien! Je voulais juste savoir si tu avais des nouvelles des frères Kyrric.

— Oui, bien sûr, ils ont appelé il y a quelques minutes et ils nous invitent tous à un barbecue chez eux, ça t'intéresse? *Pauvre Conne!*

— Vraiment très drôle.

Je savais que t'aimerais. Et puis, je suis prête à parier qu'une foutue salope dans ton genre n'en a rien à foutre de savoir si Marc est en vie ou pas. Dit-le donc que c'est pour Chuck que t'es ici. Alexandra ne put réprimer un rire. « Tu t'en fais pour rien de toute façon. » Ajouta Ember. « Chuck va venir branler son petit jouet dans ta face bien avant de venir me voir. » Elle se leva de table et, dès qu'elle fit face à Alexandra, elle sentit une douleur partir de sa joue jusqu'à son oreille en un brulement soudain. Pendant une seconde, elle entendit un bruit sourd avant que ses sens ne reviennent.

Ember dévisagea Alexandra qui rabaissait sa main. Elle avait l'air fière. Pourtant, en quelques secondes, son sourire s'effaça aussi vite qu'il était apparu. Ember plaqua l'embout noirci du revolver sur son front. Le pistolet était sans balle, elle le savait, mais pas Alexandra. Elle blêmit à la vue du canon. Tour à tour, des visages se tournèrent vers eux et regardèrent l'arme avec effroi.

— On... On va reprendre cette conversation plus tard. bégaya-t-elle.

— Non. Je crois pas, non. Ember sentit une main sur son épaule. Elle vit Amy agiter la tête en signe de négation. Elle lui renvoya un clin d'œil malicieux. « Allez! Le spectacle est fini, retournez à vos oignons. Mais toi, dit-elle en lui agitant un doigt sous le nez, si je te reprends encore ici à me faire chier, je te jure que cette fois, je n'oserai pas à t'en coller une! »

Alexandra resta figée dans son mutisme tandis qu'Ember quittait. Elle ne pouvait s'empêcher de se sentir mal en repensant à tous ces visages qui la dévisageaient, horrifiés. Alexandra l'avait cherchée, certes, mais elle avait peut-être poussé la note trop loin. Et là, devant tout le monde, elle avait passé pour un monstre. Et les gens ont peur des monstres. On les isole les monstres, on les met dans des endroits reclus, on les laisse seuls au monde.

***

La différence entre le jour et la nuit ne subsiste pas quand on ne peut plus voir le ciel. Il n'y demeure que les ténèbres, chassées par le halo incandescent de cette lumière au plafond. Il n'y avait que les aiguilles d'une montre pour vous dire combien de temps depuis votre réveil. Et en ce moment, elles venaient de faire leur quatrième tour autour de l'horloge, emportant avec elles toute la joie créée lorsque Marc avait retrouvé son frère.

Chuck dormait. Comment était-il capable de trouver le sommeil malgré tout, Marc en avait aucune idée. Quelque part, il enviait son sommeil aisé. Mais il savait que c'était en partie dû à ses blessures qui s'étaient infectées. Et ça, ça ne le consolait pas. Ça ne faisait que temporairement taire sa jalousie.

La porte s'ouvrit et un Praeto entra. Automatiquement, Marc s'avança. Peut-être qu'aujourd'hui on leur donnerait à manger. Il leva la tête pour se rendre compte que la bête n'amenait rien avec elle. Elle cherchait quelque chose en faites. Et il comprit que ce quelque chose était lui.

Soudain, un autre pénétra dans la pièce. Beaucoup plus petit. D'une taille presque "normale", même si ce mot avait quelque peu perdu de son sens. Marc reconnut l'uniforme militaire. Il balaya du regard les cages, observant chaque prisonnier avec dégoût. Il y avait pourtant autre chose, une sorte de flamme inexplicable dans ses yeux. Un sadisme étrange à les regarder souffrir.

Il sentit alors une poigne sur son bras et le râle chaud de Chuck. Il avait pratiquement les yeux exorbités de peur. Ses lèvres bougeaient, mais aucun son n'en sortait. Marc lui murmura que ça irait, mais Chuck ne pouvait s'empêcher de dévisager ce monstre. Et quand il se retourna, il vit qu'il les fixait et que la flamme de sadisme dans ses yeux était devenue un incendie.

Il fit un signe de tête au géant avec lui qui prit plaisir à les trimbaler dans la boue. Seul le cri de Chuck laissait savoir aux autres dans leurs cellules qu'ils étaient encore vivants.

***

Elle remua pour une énième fois dans le hamac improvisé, tentant depuis déjà une bonne heure de trouver une position assez confortable pour se rendormir. Elle s'ennuyait de la douceur d'un lit chaud. Dormir avec les vêtements qu'elle portait depuis maintenant plus de deux semaines n'aidait pas à son confort non plus.

Elle prit l'arme de Marc et la tourna entre ses mains. Ça faisait aujourd'hui deux jours depuis qu'elle l'avait sortie devant Alexandra. Elle aurait été utile hier, lors de l'attaque, pensa-t-elle. Le fait que Marc la lui ait confiée vide résonnait en elle désormais davantage comme une blague cruelle que comme un espoir de salut. Elle se convainquait qu'il avait sûrement fait ça avec raisons, mais, quand même… En repensant aux blessés à l'infirmerie, elle ne pouvait s'empêcher de croire que c'était un symbole d'abandon. Y avait-il au moins laissé des munitions? *Ça serait la cerise sur le gâteau si c'est pas le cas.*

Et Marc ou Chuck qui n'avaient toujours donné aucun signe de vie l'horrifiait avec chacune des minutes de plus. Ember avait déjà commencé à penser au pire. Plusieurs lui avaient dit de se faire à l'idée. Elle, elle s'y refusait.

Et il y avait cette possibilité, plutôt horrifiante, qu'ils soient devenus des mutants, qu'ils soient dehors, à la regarder toute la journée durant.

Ça lui donna un grand frisson dans le dos. Elle se tortilla dans sa couverte pour essayer de chasser ce scénario, mais rien n'y fit. Une heure passa. Puis encore une. Elle ne trouverait pas le sommeil aujourd'hui. Pas avec ça en tête.

Alors, elle fit comme à son habitude et se dirigea vers le toit. Étonnamment, ça l'apaisait beaucoup de contempler le soleil sortir de sa cachette.

Ça lui rappelait Marc. Sans aucune raison. Et ça lui faisait du bien.

Elle y resta longtemps, assise sur les gravats, à admirer la lune disparaître et laisser place à son homologue, quand, comme poussée par le vent, elle crut entendre son nom venir de très loin. Elle regarda autour, mais elle était seule. Puis elle le vit. Cette forme, pas plus grosse que le bout de son doigt, avançant vers l'école en se dandinant d'un côté puis de l'autre. Quelqu'un en vie.

Elle pensa tout de suite que c'était Marc. Une joie intense l'envahit soudainement et, comme inconnue face à ce sentiment oubliée, elle ne pouvait s'empêcher de sourire bêtement. Puis il tomba. Et à peine s'était-il relevé en panique qu'un mutant sortit de nulle part et l'écrasa par terre.

Ember se retourna et courut à l'intérieur. Le temps semblait s'être arrêté. Elle descendit les marches à toute vitesse, courant vers la radio étudiante où était maintenant leur seule protection; le bouton de la cloche. Elle leva le poing et alla le rabattre avec force. Il n'y eut qu'un délai d'une courte seconde avant que les interphones n'envoient leur cri aigu qui était impossible – même à l'oreille humaine – de s'y habituer.

Elle sortit. Elle n'en avait rien à faire des monstres qui pouvaient être dehors, à l'attendre. De loin, elle voyait le corps, étendu dans une marre de son propre sang. Et plus elle avançait, plus elle pouvait apercevoir les marques sur ses bras et ses jambes. Elle se coucha à son chevet pour se rendre compte que ce n'était pas Marc du tout. Non, ce corps n'avait pratiquement plus de cheveux sur son crâne. Comme si on l'avait scalpé. Elle le retourna, espérant qu'il soit toujours en vie. Ses yeux rencontrèrent deux pupilles d'un bleu d'acier qu'elle reconnut immédiatement. Ailleurs, un rugissement annonça une victoire. Et là, alors qu'elle tirait le corps inconscient, elle leva la tête et remarqua un mutant qui regardait la scène du toit de l'église. La cloche de l'école résonna une nouvelle fois et chacun disparut d'où ils arrivaient. Au loin, des nuages gris se formaient et un orage se préparait.

Chapitre 13
Le récit de Chuck

Elle glissa à nouveau ses doigts aux travers ses cheveux devenus épais par le temps. Elle n'avait rien avalé de la journée. Elle préférait la douleur. Vivre avec les cris de famine pour ne pas avoir à hurler son chagrin. Ivan passa devant elle. Lui aussi était triste. Il avait perdu son stagiaire et assistant, mais surtout un ami. Ember, elle, avait l'impression de connaître pire. Elle avait retrouvé quelqu'un.

Et ça lui semblait cent fois plus terrible.

Elle le regarda faire, absorbé dans son travail, tandis qu'il changeait pour une énième fois les pansements sur la main brûlée du corps sur la table.

Combien de temps est-ce que ça faisait maintenant? 12 heures? À rester là, assise sur cette chaise en plastique, à se ronger les ongles, pensa-t-elle. Même après tout ce temps, elle ne voulait pas enlever cette vision d'horreur de Chuck étendu sur des chiffons trempés de son sang.

Elle dévisagea Ivan alors qu'il faisait une prise de sang avec une seringue écœurante. Normalement, elle aurait tourné la tête. Mais pas aujourd'hui. Elle avait peur que si elle détournait le regard, Chuck disparaisse à nouveau.

Ivan sortit. Elle s'étira le cou pour observer le corps devant elle. On aurait dit un mort, un macchabée dans un salon funéraire. Peut-être que ce n'était que la sérénité sur son visage endormi. Elle se demanda comment c'était possible d'avoir l'air si calme avec toutes ces blessures. C'était un horrible contraste. On aurait cru que les évènements des derniers jours ne lui étaient jamais arrivés. Qu'ils n'avaient détruit que son corps.

Elle ne put retenir les sanglots. Elle savait que quelques personnes s'étaient entassées devant la porte pour le voir. Des filles pour la plupart. Pleurer comme une madeleine montrerait qu'elle était faible. Même si elle ne voulait pas l'exhiber, pour la première fois depuis deux semaines, elle se laissa aller et montra à quel point elle était encore humaine.

Elle posa sa tête sur les fines cordes qui refermaient les plaies. Chuck semblait avoir rapetissé de quelques centimètres tant il y avait de points de suture qui lui tiraient la peau. Elle ne pouvait s'empêcher de s'apitoyer, murmurant : « Pourquoi?! Pourquoi lui? » Comme si ça pourrait changer quoi que ce soit. Elle se sentait si impuissante. Comme si le poids du monde était sur ses épaules, l'empêchait d'agir. Comme si elle devait se battre contre une force beaucoup trop puissante qui rendait toutes choses instables et forcément inévitables. Si instable que cela la rendait presque folle.

Puis elle s'arrêta, se figea; tous les poils sur ses bras s'étaient hérissés d'un seul coup. La mort venait de lui caresser la nuque. Elle leva doucement les yeux et croisa ceux de Chuck. Un sourire maladroit, un regard charmeur qu'il réussissait à peine à tenir et cette chimie étrange qui avait fait que leur amour naisse au départ.

— Comment ça va la rouquine?

Ember resta muette tandis que Chuck la regardait. Il n'y avait que les larmes pour exprimer sa joie.

— C'est si affreux que ça?

— Oh non!

— Alors pourquoi est-ce que tu pleures?

— Je pensais que je te reverrais jamais… J'étais sûre que tu… que t'étais mort.

— Heh, heh! Et moi qui croyais que tu avais compris qu'on tuait pas un Kyrric si facilement.

— Mais qu'est-ce qui c'est passé, Chuck, bon sang?

Il la fixa et soudainement ses yeux s'emplirent de pleurs comme s'il prenait finalement conscience de la douleur. « C'était… horrible. » murmura-t-il tranquillement, prenant une pause entre chaque mot. « Il y a rien d'autre à dire. Jamais je… j'aurais cru voir quelque chose comme ça.

— Comme quoi?

— La grotte.

— La grotte? Quelle grotte?

— Celle où ils vont pour naître.

— Quoi?

— Il faut que tu me croies Ember. On a trouvé la grotte après que moi et Marc on ait été emmenés devant le Grand Praeto.

216

— Le grand quoi?

Le regard de Chuck changea subitement. Ses pupilles s'élargirent. Tout d'un coup, il expirait la peur. « Praeto. C'est leurs noms. C'est leurs noms, Ember. C'était comme ça avec les autres... avec tous ceux qui survivent dans les égouts. C'est comme ça qu'ils ont nommé les mutants... Ils sont plusieurs dans les égouts... Il faut que tu me croies! »

— Je te crois Chuck. Je te crois. Mais tu dois m'expliquer.

— Tout a commencé quand le Grand Praeto est venu nous voir...

***

Une quinzaine d'heures plus tôt

On était dans les égouts. Marc était juste à côté de moi. Depuis qu'on était arrivé, il n'avait pas arrêté d'essayer de trouver un moyen de s'échapper. Il gesticulait dans un sens puis dans l'autre. Il arrêtait pas. Alors pour le calmer, ils lui ont planté un couteau dans la cuisse. Comme ça...

Je sais pas pourquoi ils nous ont emmenés à part. Tout ce que je sais, c'est que, rendu là bas, ils nous ont tabassés – Marc surtout. Moi, ils me retenaient et voulaient que je regarde.

Puis il est arrivé. Le Grand Praeto. Avec ses deux gardes du corps. Il a hurlé d'arrêter. Je peux pas m'empêcher de repenser à ses yeux à chaque fois que je pense à lui. J'ai l'impression qu'ils me regardent encore. Ses yeux blancs. Les regarder c'est comme plonger dans rien. Il y a pas de mot pour décrire...

Marc, lui, il a juste craché à ses pieds.

J'aurais tellement aimé lui dire de ne pas faire ça, de ne pas le provoquer, mais je savais; je savais que c'était une leçon qu'il lui apprendrait lui-même.

Alors là, le Grand Praeto, il l'a saisi par la gorge et l'a étranglé. Je voulais l'aider; j'aurais vraiment aimé pouvoir le sauver, mais je pouvais pas. Je... J'étais pas capable d'approcher le Grand Praeto.

Je sais ce que les deux autres derrière moi m'auraient fait si seulement j'avais bougé.

J'ai regardé. Je l'ai regardé alors que le visage de Marc devenait rouge. Et là, je me souviens, il a répété ce nom : « Mars. »

Il s'est ensuite tourné vers moi. Il m'a regardé dans le blanc des yeux. Je crois qu'il a vu toutes les choses que j'ai faites et celles encore à venir. C'était comme s'il voyait mon âme. Et il a souri.

Il se moquait de moi, se foutait de ma gueule.

J'ai pas été capable de soutenir son regard.

T'as déjà eu de ces moments? Où quelqu'un te fait exactement ce que t'as toujours fait aux autres?

C'était ça.

Et avant même que j'aie le temps de bouger, son poing est venu me frapper en plein dans le ventre. Je te le dis, un coup de ces choses et tu as l'impression de mourir.

Quand j'ai rouvert les yeux et que j'ai croisé les siens, je me suis figé. Je tremblais. J'étais pas capable de le voir me regarder comme si j'étais un moins que rien, comme... comme si c'était mon père qui me regardait.

Je me sentais comme totalement détruit de l'intérieur. C'était comme si des centaines et des centaines de vers rongeaient chaque atome de mon âme. J'avais plus le goût de vivre. J'avais presque envie de lui demander de me tuer, d'en finir là.

Et soudain j'ai pensé à l'école. À tous ceux de qui je m'étais moqué. À Marc. J'ai... J'ai compris comment il avait pu ressentir toutes ces années. Et puis il a dit :

— Ne le touchez pas.

J'ai tourné la tête et il était là; couvert de sang, même pas capable de se relever. Et il les dévisageait tous, prêt à s'en prendre à n'importe lequel d'entre eux. Il m'a regardé et a hoché la tête. Je sais pas qu'est-ce que ça voulait dire, mais je sais que ça m'a réconforté plus que n'importe quoi sur cette bon dieu de Terre.

Le Grand Praeto a juste souri et il est parti avec les autres. Dès que la porte a claqué, Marc, il s'est retourné vers moi et, comme si c'était la chose la plus... la plus simple à faire, il a dit qu'il fallait qu'on s'en aille.

— Comment tu veux sortir d'ici, toi? Je... je peux à peine bouger. Et puis, toi... comment... il y a... tellement de Praetos, c'est quasiment...

Et pendant que je disais tout ça, Marc a mis ses mains dans son jeans. J'ai cligné des yeux et, quand je les ai rouverts, il brandissait un gros truc noir. Il s'est penché pour prendre une bouteille d'eau en plastique et il l'a attachée à son fusil avec les élastiques à ses poignets.

— Ouvre la porte.

— Quoi?!

— Ouvre-la.

Je me suis approché de la porte. Je l'ai ouverte, un tout petit peu. Lentement.

Il y avait deux Praetos, juste là, devant moi. Je l'ai refermée et j'ai regardé Marc qui tenait à peine debout. Je pouvais pas faire ça, jouer aux héros comme lui. J'avais pas ça en moi, moi. Même lui, j'étais pas sûr qu'il serait capable.

Il a rien dit. Après un moment, il a juste souri.

Il s'est avancé et a cogné sur la porte comme un dément. Rien. Il a recommencé, cette fois avec la crosse de son pistolet. Ça te faisait un putain de vacarme. Il me semble qu'il a été obligé de faire ça au moins cinq ou six fois avant que les Praetos se décident à ouvrir la porte.

Et là : Bang! Bang!

La seule chose dont je me souviens c'est le bruit. Étouffé. À cause de la bouteille d'eau, qu'il m'a dit. C'est con, mais, pendant un instant, j'ai pensé que peut-être – peut-être – on s'en sortirait. J'ai eu un peu d'espoir – un espoir vague et incertain –, mais quand même! L'espoir reste quand même l'espoir.

— Allez, viens!

Il a mis sa main sur mon épaule et m'a tiré avec une telle délicatesse, qu'honnêtement, j'aurais pu croire que je planais.

Devant moi, il y avait les deux corps, gueules grandes ouvertes. Ça avait aucun rapport, mais je nous ai revus, enfants, dans les ruelles du quartier où on habitait à D.C., quand on jouait au cowboy et à l'indien, à la cachette, dans les modules du parc et à tous les autres jeux que deux jeunes peuvent jouer. Et je me suis souvenu qu'on les avait tous faits. Tous.

Je l'ai regardé et, pour la première fois depuis un bon bout, je lui ai souri. Un vrai sourire là. On allait s'enfuir. J'en étais sûr. J'étais libre. Et c'était grâce à mon frère.

Et ça a failli me tuer, me transformer en steak.

Une de ces choses est sortie d'un couloir. Tout ce que j'ai vu, c'est Marc pointer son arme directement à côté de ma tête. J'entends encore le coup de feu me résonner dans les tympans.

La bête a glissé par terre jusqu'à mes pieds, un trou dans le crâne.

— Merci.

— N'en parlons plus. Allez, viens.

Il s'est avancé, comme s'il y avait aucun risque. Pourtant il semblait garder son sang-froid tandis qu'il regardait dans les deux directions qui s'offraient à nous. Seule sa main montrait vraiment à quel point il avait peur. J'ai rien dit et lui, il est parti vers le bout du corridor qui était éclairé en boitant. Je suis resté là. Je pouvais pas bouger. J'étais juste… terrifié.

Quand je l'ai perdu de vue, j'ai pas eu le choix, je l'ai suivi.

Quand je l'ai finalement rattrapé, je lui ai demandé pourquoi il allait par là et tu sais ce qu'il m'a répondu?

— Parce que.

Rien d'autre.

— C'est pas vraiment une réponse ça!

— T'as peur?

Je pouvais pas croire qu'il se foutait de ma gueule.

— Oui et alors?! Que je lui ai dit en criant presque.

Il m'a plaqué la main contre ma bouche et il m'a regardé, super sérieux, droit dans les yeux, puis il a murmuré quelque chose comme : « Tais-toi! On va par ici parce que c'est comme ça. Si tu parles encore, on va se faire prendre… »

Je suis resté là sans dire un mot. C'est stupide, mais je me sentais tellement con tout d'un coup. Il avait raison. Alors on est reparti et on a plus parlé pendant… Je sais pas… longtemps…

À un moment, je me suis demandé si Marc savait où il allait. Je le regardais aller, vérifier de tous les côtés à chaque fois qu'on arrivait à un carrefour. Il savait clairement pas où il allait. Je suis sûr qu'on a tourné en rond au moins quatre ou cinq fois.

Après… je sais pas combien de temps, on s'est tous les deux arrêtés. Marc était plus capable de tenir debout alors je l'ai aidé à faire un garrot à sa jambe. Dans le noir, je pouvais entendre sa respiration. C'était évident qu'il n'allait pas bien. C'était lourd. Il râlait. J'étais pas à mon top moi non plus, mais on m'avait pas planté un couteau dans la cuisse il y a une demi-heure, au moins. Pendant que je lui faisais son bandage, j'ai pas pu m'empêcher de lui demander pourquoi on avait pas croisé un mutant depuis qu'on était parti. C'était pas normal.

— Je sais pas. Je me suis posé la même question tout à l'heure. Peut-être qu'on s'est tellement égaré qu'on est même plus dans les égouts… ou… je veux dire… ce qui est à eux. Je sais pas. Allez, viens!

Et il est reparti en boitant.

Je me suis approché de lui et je l'ai pris par l'épaule. Juste comme ça, pour l'aider à marcher. Il a rien dit, mais je savais qu'il était content que je le tienne. Je le sentais. Je sais pas comment.

On a tourné dans un petit tunnel et un autre et encore un autre et, au moment où j'étais sûr qu'on allait retomber au carrefour d'où on était parti, je me suis rendu compte que je savais pas où on était. On avait juste... trouvé un autre chemin. Je sais pas comment. On a continué et c'est à ce moment-là qu'on est tombé sur la grotte. Au départ, on savait pas ce que c'était. Il y avait une odeur qui venait nous titiller les narines. Ça sentait pas super bon, mais, bon, ça devait être normal, après tout, on était dans des égouts, non? Mais ça sentait comme le vinaigre. C'était pas comme d'habitude. C'était pas l'odeur de reflux gastrique, tu vois? Et à mesure qu'on avançait, ça devenait vraiment – mais vraiment – vraiment plus fort. C'en était même plus tolérable. On s'est arrêté, en partie à cause de ça, mais aussi pour que je refasse un garrot et, juste avant de repartir, Marc m'a fait un signe.

— Quoi?

— Chut! Tais-toi et écoute.

Alors j'ai écouté. Rien. J'étais sûr que Marc commençait à me péter un câble. Il devait perdre du sang et il imaginait des voix, je sais pas. Puis j'ai entendu moi aussi. Ça ressemblait au bruit de l'eau qui coule. Marc est tout de suite parti voir ce que c'était. Il s'est avancé jusqu'au bout du tunnel.

Et il s'est figé.

Le regard qu'il t'avait. Je connais pas le mot pour décrire l'expression sur son visage. On aurait dit qu'il était comme absorbé, comme si la chose qu'il regardait était la plus belle ou la plus terrible qu'il avait jamais vue... Je sais pas. Dans ses yeux, il y avait un reflet bizarre et – je te jure – j'ai eu peur de lui. Il y avait un petit quelque chose que j'aimais juste pas. Pourtant, je me suis avancé, j'ai fait les premiers pas sans même me rendre compte que je bougeais. Et quand je suis arrivé à côté de lui, j'ai compris tout de suite pourquoi... pourquoi il avait cet air. Je me souviens que je me suis demandé : « à quel point est-ce qu'on s'est enfoncé dans les profondeurs de la Terre pour déboucher sur un endroit pareil? » C'était... c'était la plus grande grotte que j'avais jamais vue de ma vie. C'était... énorme. Des stalactites et des stalagmites hautes comme des immeubles et larges comme des autobus. Il y avait des crevasses qui semblaient tomber à l'infini. Et au milieu... au milieu, il y avait le lac, les colonnes de pierres qui descendaient du plafond et les jets d'eau qui passaient au travers la roche et qui faisaient le bruit qu'on avait entendu. Celui de chute. C'était… relaxe. Bizarrement… Bon sang, qu'est-ce que j'aurais fait pour avoir un joint à ce moment-là? Mais ça aurait sûrement pas été une bonne idée. J'aurais fait un de ces *trips* juste à regarder l'eau en bas. C'était… je sais pas… pas de l'eau… comment… ordinaire. Je pense que c'était ça qu'on sentait plus tôt; qui puait le vinaigre, tu vois? Et puis on les a remarqués.

Il devait en avoir des centaines. Tout autour. Sur les murs. Autour du lac. Ça avait l'air de petites boules en jujubes d'où on était. Marc s'est tourné vers moi, m'a demandé ce que c'était et j'ai pas répondu. Puis il a compris. C'était des œufs. *Leurs* œufs.

Puis un Praeto est arrivé. Marc a tout de suite sorti son fusil et l'a mis en joue. Il semblait pas nous avoir vus alors Marc a pas bougé. Il s'est avancé jusqu'à l'eau. Il avait un bras qui avait été coupé en deux à partir du coude. Je me souviens de tous les détails, de la longueur à la couleur de ses foutues écailles. Tu sais comment voir des infirmes ça me rend mal à l'aise. Mais lui j'étais juste pas capable de pas le regarder. C'était… c'était juste trop bizarre. Et là, il est entré dans l'eau et a disparu. Marc a rangé son arme. Il pensait qu'on serait tiré d'affaire.

Mais c'est pas vrai. C'est là que c'est devenu étrange; quand le Praeto est ressorti de sous l'eau. Il est sorti en marchant, comme si de rien n'était. Seulement… son bras avait repoussé. Je… je sais pas comment. Peut-être que c'était pas le même Praeto. Peut-être. Mais il avait l'air d'être le même alors… Je sais pas. Son bras a repoussé. Et je crois que c'est à cause de l'eau.

Et là, un deuxième Praeto est venu le rejoindre. Il a fait comme l'autre; il est allé se baigner deux minutes et, après, il est ressorti. Et après, ça a été une meute au complet qui est arrivée. Ils ont tous été faire trempette. Moi et Marc on voulait plus bouger. S'il en avait un qui nous voyait, on était foutu, c'était clair. Alors on est resté à pas bouger, à les regarder. Certains allaient de leur côté, sur le sable, ils attendaient là et, après deux ou trois minutes, ils revenaient. Et on pouvait voir un œuf de plus sur la rive. Je pourrais pas dire combien ils étaient. Tout ce que je sais, c'est qu'ils étaient un putain de paquet. À un certain point, il y en avait juste tellement que je me suis retourné pour dire à Marc qu'on devait partir au plus vite avant qu'ils nous trouvent parce que sinon ça allait barder et… bah… c'est là que ça a commencé à barder.

Lentement, Marc s'est tourné vers moi. Sa tête semblait presque figée dans une position étrange. Il me regardait, mais ses yeux fixaient autre chose. Quand il m'a regardé, il tremblait. Jamais je l'avais vu aussi terrifié. Il avait cet air sérieux. Plein de peur et… et il y avait quelque chose d'autre… j'arrive pas à trouver quoi… on aurait dit de la honte. En un souffle, il a dit : « On peut pas les battre. »

— Quoi? Pourquoi?

— Parce qu'ils sont nous, Chuck.

— Quoi? Comment ça?

— Ils sont nous…

Et il en a pointé un, à part, dans son coin. Il avait une cicatrice à l'œil gauche. C'était le type contre qui Marc s'était battu le premier soir. Et c'était aussi celui qui m'avait couru après quand on revenait de chez les Malware. C'était lui qui m'avait donné au Grand Praeto. Il était là, il regardait les autres qui se baignaient et il s'est tourné vers nous. Je sais pas s'il nous a vus, mais je sais qu'il s'est tourné vers nous. Et là, Marc a hurlé, il a crié ce mot – ce seul mot – qui m'a complètement figé sur place.

Papa.

Tous les mutants se sont retournés et nous ont dévisagés. Et tous, en même temps, ils ont commencé à sprinter vers nous. Tous. Sauf un.

Il nous a fixés avec un drôle d'air et, la seconde d'après, nous, on partait à courir. J'ai été obligé de tirer Marc par le collet parce que, honnêtement, je crois pas qu'il aurait bougé sinon. Il était gelé là.

On s'est retourné et on a pris le premier corridor qu'on a vu. Par où est-ce qu'on allait? J'en sais rien. L'important c'était juste qu'on dégage. Le… le reste est flou… c'est des couloirs et des couloirs… On s'est arrêté – quoi? – dix minutes plus tard, quand Marc est tombé. Sa jambe saignait. Tout son pantalon était rouge. Je l'ai regardé et tu sais ce que j'ai fait? Je l'ai cogné. Du plus fort que je pouvais. En plein sur la gueule. Une fois. Deux fois. Trois fois.

— Mais c'était quoi ça?! Tu me répètes depuis tout à l'heure : « Chuck, il faut pas faire de bruit. » Tu me répètes tes conneries… à chaque fois… que je sors un seul foutu mot… et toi… et toi…

quand tu vois toute la meute… monsieur le génie… se décide de crier! BRAVO! La prochaine fois… apporte des feux d'artifice et de la marijuana, au moins ça va être drôle!

Pour toute réponse, je m'attendais à ce qu'il me plaque au sol et qu'il – je sais pas – me fasse ses prises de karatés et de je-sais-plus-trop-quoi. Mais non. Il est tombé à genoux et il a commencé à pleurer dans ses mains comme un gros bébé.

— Il était là. Il nous a regardés… Je pouvais pas le supporter. Excuse-moi… j'étais pas capable… Je suis désolé, Charles… Je suis désolé.

— Merde… Écoute Marc… on... on va trouver… on va sortir d'ici. Il doit y avoir une sortie pas loin. Et puis, il va sûrement bientôt faire soleil – je sais pas – on va se sauver. On va rentrer à l'école… Tu vas retourner voir Ember… Elle t'attend.

Et là, j'ai fait ce que j'avais pas fait depuis… je sais plus quand; je l'ai pris dans mes bras. Je l'ai pris dans mes bras et je l'ai serré contre moi même s'il puait la vieille vaseline.

— Chuck… il faut que tu y ailles. Va-t'en. Laisse-moi ici. Je veux plus continuer.

— Tu plaisantes!? Comme si je pouvais abandonner mon grand frère… T'es drôle, toi. Allez, viens.

Je l'ai aidé à marcher du mieux que j'ai pu et on a continué comme ça pendant un bon moment encore. On faisait juste avancer. Sans même savoir où on allait. Et puis là je l'ai vue. Une petite lumière, devant moi. Ça avait l'air minuscule au loin, mais tout de suite j'ai su. On s'en sortirait. On arrivait au bout…

Et là, j'ai senti Marc bouger bizarrement, comme s'il se tordait dans mes bras. Je m'en allais le reprendre quand il a tiré. Juste un gros BANG qui a résonné dans mes tympans au point que j'avais l'impression que ma tête était écrasée par un compacteur.

Avant même que je comprenne quoi que ce soit, quelque chose est tombé derrière moi, un trou difforme entre les deux yeux. J'ai regardé par-dessus mon épaule et qu'est-ce que je vois? Une dizaine de Praetos à l'autre bout du corridor qui arrivaient en hurlant.

À leur tête… il y avait mon père.

J'ai pris Marc comme s'il avait été une vulgaire poche de patates et je suis parti. Je pouvais l'entendre tirer à l'occasion. Il me semble que j'arrêtais pas de crier comme un débile. Je pense qu'à ce moment-là, ça devait être la seule chose que ma bouche soit encore capable de faire. J'ai peut-être hurlé des trucs comme « Tiens bon! » Mais bref.

On a passé un couloir, puis un deuxième. À chaque fois, je m'attendais à ce que quelque chose nous plaque de côté. Tout ce qui était important c'était que je tienne Marc et que je devienne de plus en plus sourd à chaque fois qu'il canardait à côté de mes oreilles. Au troisième couloir par contre, il y a quelque chose qui m'est rentré dans le ventre. Je présume que c'était un coup de poing, mais je sais pas… On s'en fout de toute façon… Je suis tombé par terre. Marc aussi, forcément. Et tout ce que j'entendais c'était ce bruit de cri de chien enragé. Le Praeto m'a sauté dessus. Je me souviens encore de son haleine… Argh! J'aurais voulu mourir juste pour ça. Je me suis débattu avec le peu de force qui me restait et puis j'ai senti le corps devenir lourd et s'écraser sur moi. Quand j'ai rouvert les yeux, Marc était à côté de moi et il avait fracassé la tête de la bête avec la crosse de son arme.

On s'est relevé tout de suite après. J'ai repris Marc en poche de patates. J'ai aucune idée de comment j'arrivais à le soulever. Il pèse quand même pas loin de 130 livres. Et puis là, il y a eu un de ces cris derrière nous. C'est flou. Mais je savais que ça voulait dire que les Praetos étaient justes derrière. Je me demande comment ça se fait que c'était moi qui trimbalais mon frère alors que c'était clairement moi qui avais le plus peur. Je me rappelle juste qu'on était presque rendu quand ils ont commencé à crier comme ça.

Et là... comme un con... je suis tombé. J'ai dû me mettre les pieds de travers ou… je sais pas. C'est pas facile courir avec quelqu'un dans ses bras dans des égouts. Je me suis relevé et je m'en allais reprendre Marc quand je les ai vus arriver. Ils devaient être pas loin d'une trentaine. J'ai regardé Marc et je… je me souviens de l'air qu'il avait dans son regard. J'ai tout de suite compris. Il a pris son arme et a visé un tuyau à côté de moi. *BAM*! Je sais pas si il espérait que ça soit une conduite de gaz et si il voulait tous nous faire sauter, mais ça a fait un jet de vapeur entre moi et lui. J'ai hurlé et j'ai essayé de l'attraper et de le tirer vers moi, mais je me suis brûlé la main. J'ai levé la tête et j'ai vu les bêtes foncer sur lui... alors j'ai juste foutu le camp. Je me suis retourné et j'ai jamais regardé en arrière.

J'ai avancé vers la lumière et je suis monté sur une espèce de pente en terre et je me suis retrouvé dans l'épicerie. J'ai même pas pris le temps de m'arrêter pour prendre quelque chose à manger.

J'ai continué et c'est tout. Quand j'ai vu la lumière du dehors, j'étais sûr que j'étais au paradis. Que j'étais mort! C'était tellement blanc que j'ai dû courir les yeux fermés avant de voir quoi que ce soit. Mais putain que ça sentait bon. Ça sentait le sable. Ça me brûlait les poumons. Ça faisait vraiment du bien. C'était comme débarquer dans une chocolaterie. Tout plein de parfums. Et le vent… C'était comme si il réussissait à enlever l'odeur des égouts d'un seul coup.

Alors c'est ça… j'étais finalement sorti.

Et là j'y repense. Marc. Je sais pas si il est encore en vie. Je sais même pas ce qui lui est arrivé et, merde… Tu sais que j'y serais retourné si seulement j'avais eu le courage qu'il a? Mais je l'ai abandonné, Ember. Je l'ai laissé là, je suis parti. J'ai descendu la rue principale sans même penser à l'aider. Tout ce que je voulais c'était revenir à l'école. J'ai été un putain d'égoïste…

***

Elle dévisagea Chuck. Elle s'était abstenue de prononcer un seul mot tout ce temps. Mais son regard parlait sûrement mieux qu'elle en ce moment. Elle désirait le gifler pour lui avoir conté de telles atrocités, mais elle n'avait pas la force de frapper ce cadavre.

Chuck, avec sa main dont il lui manquait un doigt, effleura délicatement sa paume avant de monter pour aller lui caresser la joue, essuyant au passage la larme qui y coulait. Elle n'aurait pu dire si l'intention derrière ce geste était de la réconforter. Si c'était le cas, ça ne réussissait qu'à l'effrayer davantage. Le contact glacé des points de suture sur sa peau était une désagréable sensation. Il était froid. Elle n'entoura même pas Chuck de ses bras dans l'espoir de le réchauffer, de le cajoler. Croyait-elle – ou espérait-elle – que la mort viendrait le prendre? Elle n'en était même plus certaine.

— Chuck?

— Ouais?

— Je… Est-ce que tu pourrais m'aider? Marc m'a donné une… euhm… une énigme… et j'ai eu beau demander à Freddy et à tout le monde, mais… mais personne n'est capable de la résoudre. Est-ce que tu penses que…

— Je sais pas… Qu'est-ce que c'est?

— Les balles se trouvent dans la caisse claire de la perle.

226

Chuck ne répondit pas tout de suite. Puis il esquissa un sourire. À peine allait-il dire quelque chose qu'Ivan fit irruption dans la pièce, visiblement pressée, drapée dans un large sarrau blanc. Il paraissait terrorisé, presque inquiet.

— Ivan, qu'est-ce qu'il y a?

Il la fixa avec un drôle d'air. Comme s'il savait qu'elle venait de parler, mais qu'il ne l'avait tout simplement pas écoutée. Il tourna la tête et dévisagea Chuck avec attention. Il s'approcha et mit ses doigts sur ses côtes puis sur son cou, avant de le tâter à différents endroits. Après un moment, il baissa la tête et laissa échapper un long soupir.

Il se retourna vers Ember. Il fuyait le regard de Chuck pour une raison quelconque, comme si ce qu'il s'apprêtait à dire n'était pas pour lui. Il s'approcha et murmura en un souffle : « Il est infecté! »

— Quoi! dirent à l'unisson Chuck et Ember.

— Non, c'est impossible... Je... Je peux pas être infecté! Comment que... je... Je peux pas.

— Ce matin. Quand tu es arrivé à l'école...

— Sinon... sans t'en avoir rendu compte, dans les égouts.

— Non... Non...

Ember le regarda. Chuck avait ses mains plaquées contre sa bouche et son nez. On aurait dit qu'il n'avait pas respiré depuis qu'Ivan avait annoncé la nouvelle.

— Écoute-moi Chuck et écoute-moi bien! Tu n'as jamais été bon élève et ça serait bien que tu comprennes la leçon du premier coup. La vie de plusieurs est en jeux. Si tu veux accomplir quelque chose, si tu veux sauver la vie de ceux qui t'aiment et que toi tu aimes et bien... et bien, je crois que tu devrais t'enlever toi-même la vie.

— Hein!? Un silence vint planer tandis qu'Ivan, avec son air grave, et Ember, avec son air terrorisé, ne cessèrent de le dévisager. Il fixa pendant un long moment son unique chaussure restante. C'était tellement plus simple de se demander où était passé l'autre que de se concentrer sur un tel choix. Il trouvait tout simplement qu'une telle décision était trop importante pour quelqu'un comme lui. Il tourna la tête et croisa le regard d'Ember. Elle pleurait. Il lui sourit gentiment. Ça lui sembla la seule chose qu'il put faire.

Il avait décidé.

— Est-ce que j'ai au moins le temps de coucher avec quelqu'un une dernière fois? dit-il un sourire triste en coin. Les mots ne sortaient soudainement plus avec la même aisance qu'il avait toujours eue.

— Hum… Non, désolé. dit Ivan, décontenancé. Nous ne savons pas si ce virus peut se transmettre par relations sexuelles et je ne crois pas que maintenant soit le moment approprié pour essayer et risquer la vie d'innocentes jeunes filles… ou jeunes hommes, tout dépend de vous.

Chuck ne put retenir un petit rire. « Dommage… »

— Si vous voulez, j'ai une grosse corde dans mon bureau. Nous pourrons utiliser la bonne vieille technique de la pendaison. Je te laisserais tomber d'une chaise…

— Ouais, OK… Je présume que c'est indiscret de vous demander ce que vous faites avec ça?

— Une autre fois peut-être.

— Ha! Ha! Une autre fois peut-être. ricana Chuck tandis qu'Ivan entrait et ressortait avec une courroie de cuir et un nœud coulant déjà fait à l'extrémité. Il alla l'installer avec délicatesse autour du cou de Chuck qui, avec peine, avait réussi à se tenir debout sur une des chaises de plastique. D'un coup sec, Ivan serra le nœud. L'autre bout, Ivan l'attacha solidement à un tuyau au plafond.

— Mademoiselle… euhm… Я всегда забываю ваше имя. [J'oublie toujours votre nom.] S'il vous plaît, sortez. Je ne suis pas sûr que ce soit sain que vous assistiez à un si funeste spectacle… Merci.

— Ember! cria Chuck. Il avait cru qu'à cet instant il pourrait dire quelque chose de pas trop idiot, quelque chose que l'on pourrait admirer quand on regarderait sa tombe (si seulement il en aurait une un jour) ou tout simplement une phrase qui aurait marqué l'esprit des gens. Quelque chose digne d'un héros qui mourait tel un martyr aurait été bien, pensa-t-il. Mais toutes ses pensées s'éclipsèrent dès qu'il vit ce morceau de peau se soulever et révéler cette nouvelle chair noire. Il fouilla son regard, presque aussi terrifié qu'elle, et lui sourit. Il n'avait plus rien à dire.

Elle sortit dans le corridor et découvrit bien plus que de simples filles impressionnées par le personnage narcissique et macho que Chuck avait été. Presque tout ce qui restait de l'école était amassé dans le petit couloir de moins d'un mètre et demi de large. Près de soixante-quinze ou même une centaine de têtes la regardaient, aussi tristes et abattus qu'elle.

Une fille à peine plus jeune qu'elle s'avança et parla pour tout le monde quand elle demanda : « Comment est-ce qu'il va? Est-ce qu'il va s'en sortir? »

Ember secoua la tête tristement. L'espoir de tous s'éclipsa sur leurs visages, remplacé par une expression d'accablement. Un des bons amis de Chuck souleva la foule en entier en prononçant ce simple nom, le répétant sans cesse : « Chuck… Chuck… Chuck… Chuck… » Ils n'arrêtaient plus et le nom se transforma en un cri de ralliement qu'ils se mirent à hurler.

Dans le local, Ivan fit un signe à Chuck. Il ferma les yeux et pensa à sa famille. Son frère était là. Dans ses bras, Ember souriait, plus joyeuse que jamais. Il voyait son père, humain, main dans la main avec sa mère. À leurs côtés, il y avait sa sœur. *Quel âge aurait-elle aujourd'hui? Huit ans?* Elle était là, comme il se l'était toujours imaginée.

— J'arrive! Préparer le fort et la mari, on va se la couler douce! se dit-il laissant finalement perler la larme qu'il retenait depuis trop longtemps, un sourire affiché sur le coin de sa bouche.

Ivan donna un coup brusque sur la chaise et tout disparut. L'obscurité avala la lumière. Dehors, les nuages commencèrent à pleurer tandis que les premières gouttelettes de pluies recouvrèrent les vitres sales et poussiéreuses. Les premiers grondements du tonnerre vinrent entamer ce triste requiem. Quelque part là-haut, pensa Ember, il y en a un qui ferait du grabuge.

Épilogue
Ce que le futur nous réserve

```
Jour 16
Maison des Kyrric, Mead's Cliff, Nevada
18 h 31
```

Il poussa la porte jusqu'à ce qu'elle s'écroule. Il entra dans le portique bien trop exigu pour une bête de sa stature puis monta les trois marches qui le menèrent au salon. Les murs étaient couleurs taupe, brun et vert. Pratiquement les mêmes couleurs qu'il arborait sur sa tunique militaire. Il regarda le grand divan en cuir situé devant le cinéma-maison avant de commencer à faire le tour de la pièce. Ce fut à ce moment-là qu'il la vit. Il observa la bannière ornée des cinquante étoiles pendant un instant puis continua à fouiller la demeure.

À l'étage, il dépassa une petite salle de bain aux teintes orangées, avant de se diriger vers la première chambre. Désordonnée et chamboulée, une odeur de linge sale et de pizza oubliée planait. Dans tous les coins, des affiches de voitures s'entassaient en désordre. Le lit, constata-t'il, n'était toujours pas fait et était couvert de plis. Un parfum de vanille avait imprégné les draps. Tandis qu'il pénétrait de plus en plus à l'intérieur, il remarqua les cadres qui étaient affichés un peu partout dans la pièce d'une façon aléatoire. Il prit celui qui était le plus près de lui et regarda le visage de la rousse qui souriait à pleine dent.

Il tourna la tête pour la voir sur une seconde photographie. Cette fois, elle était accompagnée. C'était le garçon que le Grand Praeto avait traité comme un chien pendant quelques jours. Celui qui avait fini par s'échapper. *Mon fils.* Sur la dernière photo, la jeune fille ne semblait plus aussi enthousiaste que sur le premier cliché. Au contraire, on y décelait même une tristesse tandis qu'elle se pendait au cou du jeune homme, essayant de sourire malgré le fait qu'elle était visiblement mal à l'aise.

Il sortit, n'ayant pas trouvé la chose intangible que son esprit cherchait. Il arriva à la deuxième chambre qui était tout l'antagonisme de la première. Ordonnée, somptueusement rangée et avec une bibliothèque pleine à craquer de trophées, de médailles,

231

de certificats, de coupes et de décorations de toutes sortes qui avaient tous l'air d'être remportés lors d'évènements divers. Le lit, finement fait, ne comportait aucun pli ou presque. Dans un coin, sur un bureau, plusieurs pamphlets d'écoles supérieures s'empilaient les uns sur les autres, créant un semblant de désordre. Pourtant, quand on s'approchait, on découvrait qu'ils étaient tous classés selon un certain ordre. Dans un autre recoin, sur une petite scène faite à la main, une batterie, brillante de propreté, reposait. Il refit le tour et, enragé par ce qu'il pensait être une perte de temps, il balança un des trophées sur la peau de la grosse caisse qui se déchira en deux.

Il sortit et continua de parcourir la maison. Il cherchait quelque chose, mais il ne savait pas quoi. Il entra dans la chambre principale et, tandis qu'il observait la grande pièce, il analysa la peinture assez étrange dans le fond. D'un vert aussi sombre que celui du salon et devenant un beige quasiment couleur sable au raz du plancher. Le majestueux lit occupait pratiquement tout l'espace et ne laissait que modiquement de la place pour quelques meubles de bois, vieux de plusieurs décennies.

Il se promena à l'intérieur de la chambre, persuadé que le morceau manquant du puzzle était bel et bien là. Il devait l'être! Et il le vit, ce petit bout de papier colorié sur la commode. Il regarda le dessin avec intérêt. Sur le portrait en deux dimensions, un homme aux cheveux bruns avec un jeune garçon blond et un jeune garçon aux cheveux foncés souriaient, leur sourire marqué par un trait de crayon rouge. Il était signé : À papa, de Chuck et Marc, 3 ans.

Sans s'en rendre compte, le destin venait de lui lancer la vérité qu'il cherchait tant en pleine figure. Il tenait sa preuve irréfutable, il comprit tout de suite qu'il était temps d'agir. Il descendit les marches et, d'un coup de griffe, il déchira la bannière étoilée.

Table des matières

www.ingramcontent.com/pod-product-compliance
Lightning Source LLC
Chambersburg PA
CBHW052034020726
47501CB00004B/1405